D1730741

Carl Oskar Renner

Kirchwald

Historischer Roman
über die Eremiten vom Kirchwald
bei Nußdorf am Inn.

ECORA-VERLAG Prien am Chiemsee

© 1993 ECORA-VERLAG
Otto Eckelmann und Alois Rieder
83209 Prien am Chiemsee

Umschlagbild:
Willy Reichert, Wasserburg

Herstellung:
Rieder-Druckservice GmbH, Prien am Chiemsee
Printed in Germany

ISBN 3-923437-11-0

Inhalt

3. Buch: Der Sohn des Gastgebs

Erstes Buch:

Der Sohn des Tuchmachers

*»Die Menschen sind grausam,
aber der Mensch ist gütig«*
Rabindranath Tagore

Der Abschied

Da hatten sie den zweiten Kaiser Ferdinand zu seinen Ahnen begraben, während rings im Heiligen Römischen Reich Deutscher Nation schon zwanzig Jahre der Schwedenkrieg tobte. Der Fromme Herr in Wien hatte ihn nicht zu beenden vermocht, wie er denn überhaupt mit Herrschertugenden vom Himmel her nur sehr sparsam bedacht gewesen war.

Sein Sohn und Nachfolger Ferdinand – auch nicht sonderlich gesegnet – glaubte, sich zu seinem Heer nach Böhmen begeben zu müssen, um den Soldaten durch seine Gegenwart den Rücken zu steifen. Indes, der schwedische General Torstensson machte all seine Hoffnungen zunichte; der Kaiser kehrte nach Wien zurück und verfügte die Aushebung neuer Truppen in Böhmen und Mähren.

Hier beginnt unsere Geschichte. Es ist die Geschichte eines Mannes, der in der Jugend von daheim auszog, um den Wirren des Krieges zu entgehen, und der am Ende in den Bergen sein Glück und seine Ruhe fand.

Damals hatten in der mährischen Bergstadt Iglau die deutschen Montanherren das Sagen, weil sie eigens für den Abbau des großen Silbervorkommens in jenem Gebiet von den böhmisch-mährischen Herzögen aus dem Reiche herbeigerufen worden waren. Es waren freilich auch andere Handelsleute mit in die Stadt gekommen, wie etwa die Tuchmacherfamilie Schöpfl aus dem Thüringischen. Auch sie hatten es in ihrem Gewerbe zu einem nicht geringen Wohlstand gebracht, taten sich jedoch unter ihresgleichen nicht hervor, weil ihnen die religiöse Haltung das untersagte. Sie bekannten sich nämlich zur mährischen Brüdergemeinde. Das waren fromme Leute, die – aus der Sekte der Utraquisten hervorgegangen – das Christentum sehr ernst nahmen, zur Schande der Katholiken und Protestanten, die sich gerade zu dieser Zeit auf den Schlachtfeldern Mitteleuropas gegenseitig die Schädel einschlugen.

In der Zechenzeile besaß Elias Schöpfl sein Handelshaus: ein geschätzter Mann, von den Deutschen wie den Mährern gleichermaßen verehrt. Er hatte einen zwanzigjährigen Sohn Michael, die Hoffnung seiner alten Tage. Indes, diese Hoffnung geriet gerade jetzt, in diesem 1643er Jahr, arg ins Wanken, weil der kaiserliche General Gallas seine Werber und Feldwaibel aussandte, um jeden jungen Mann, der noch seine geraden Glieder hatte, für den Kriegsdienst auszuheben und zum Sterben fürs Vaterland zu begeistern. Nun wäre dagegen nicht viel zu sagen gewesen, hätte nicht die Lehre der mährischen Brüder ihren Anhängern das Eidschwören, das Bekleiden öffentlicher Ämter und den Kriegsdienst als sündhaft und gottlos untersagt.

Für Elias Schöpfl und seinen Sohn Michael stellte sich die Gewissensfrage: Kriegsteilnahme oder Vaterlandsflucht? Dabei kam erschwerend hinzu, daß das Entweichen aus dem Vaterlande als Fahnenflucht gedeutet und mit dem alsbaldigen Tode durch Erschießen geahndet werden würde.

Die beiden Männer begaben sich also zusammen mit der Mutter eines Abends zu Beginn des Monats Feber in die kleine Betstube ihres Hauses und flehten den Himmel um Erleuchtung an. Während Vater und Sohn mit der Geißel sich den Rücken blutig schlugen, lag Frau Mirjam bitterlich weinend auf den Knien und bestürmte die Chöre der Engel um Einsicht in den Willen des Allerhöchsten.

Sie hatten die Übernatur nicht umsonst beschworen, denn in den Morgenstunden waren sie gemeinsam zur Überzeugung gekommen, daß man Gott mehr dienen müsse als den Menschen und Michael folglich das Vaterhaus, die Eltern und die bescheidene Wohlhabenheit zu verlassen habe.

Während der folgenden Tage richtete Frau Mirjam dem Sohne das Reisegewand, nähte auch in die unauffälligen Stellen des dicken Lodenmantels etliche gute Gold- und Silbermünzen ein und füllte ihm eine beachtliche Geldkatze; wußte man doch nicht, wohin es ihn verschlagen und wie lange er unterwegs sein würde. Nur darauf hatten sie sich geeint, daß er in währender Kriegszeit die Vaterstadt nicht aufsuchen solle. Eine Waffe führte er nicht mit sich, hatte doch der Vater Elias den biblischen Satz gesprochen: »Wer ein Schwert besitzt, kann leicht durch das Schwert umkommen!«

Es war grimmig kalt, als Michael Schöpfl, vom Segen der edlen Eltern begleitet, das Vaterhaus verließ und den Niederungen an der Donau zustrebte. Er hatte erwogen, stromaufwärts dahinzupilgern, verhoffend, daß ein Schiffszug mit Getreide vom Ungarland heraufkäme und ihn bis nach Hall im Tirol mitnähme, bestand doch schon seit langem ein reger gegenseitiger Handelsverkehr mit Korn und Salz.

Und weiß der Himmel!, der junge Mann schien einen wackeren Schutzengel zu haben, denn schon bei Dürnstein in der Wachau erfuhr er, daß ein Treiberzug angesagt war.

Michael wartete an der Ländstelle bei den Heftstecken und schaute stromabwärts. Er schaute viele Stunden lang und überlegte dabei, wie er es wohl anstellen könnte, daß ihn die Treidlreiter mitnähmen. Denn von dem oft bis zu sechsundzwanzig Rössern starken Geleitzug, der drei oder vier Frachtpletten im Schlepptau hatte, hing diese Mitnahme ab. Daß sie an seine Geldkatze appellieren würden, war klar. Andererseits mußte er sparen, wußte er doch nicht, was alles noch auf ihn zukommen würde.

Als schließlich die Dunkelheit sich sachte über die hochragende Burg und die enge Donauniederung zu senken begann, kamen sie: Voraus der Stangenreiter, der mit einer Latte jeweils die Tiefe des Stromes zu messen hatte, wenn die Rösser hineinreiten mußten. Dieser Stangenreiter hatte stromaufwärts das Sagen; an ihn mußte Michael sich wenden. Doch der Gastgeb am Ländplatz hatte ihm schon gesagt, daß er diesen Mann erst dann anreden dürfe, wenn er gegessen und das erste Wort gesprochen habe, – sonst erhalte er keine Antwort, nicht einmal eine abschlägige.

Das Anlenden der schwerbeladenen Kornschiffe und das Einschleusen der Rösser in die weitgedehnten Ställe besorgte der Gastgeb mit seinen Knechten; es geschah unter fast unaufhörlichem Geschrei und Gefluche aller. Als es geschehen war, trugen sie einen kranken Mann in die Tafern hinein: es war der Salzschreiber. Den hatte in der frostigen Luft über dem Strome eine Krepense angeflogen. Er hustete ständig, auch hatte er bereits einen Blutsturz überdauert.

»Wir können ihn nit weiter mitnehmen; müssen ihn bei dir lassen!« sagte der Stangenreiter Paulus Achleitner von Törwang zum Gastgeb. »Bestell ein Kräuterweib! Die soll ihm heiße Güsse machen und Lindenblütenabsud mit Honig eintrichtern. Der Peter packt's scho wieder. Is noch jung!«

Der Gastgeb brummte bejahend und trug dann dem Paulus und den sechs Stoirknechten das Essen auf. Das war so viel, daß davon eine halbe Kompanie hätte satt werden können. Michael Schöpfl saß derweil an einem Tische in der hintersten Ecke der Gaststube. Ihm lief das Wasser im Munde zusammen, als er die große

Pfanne mit dem dampfenden Schweinsbraten und dem duftenden Sauerkraut sah. Der Stangenreiter schien ihm die Gier aus den Augen gelesen zu haben und rief: »Du, fadenscheiniger G'sell da hint, wenns d' Hunger hast, setz di her zu uns!«

Das ließ sich der andere nicht zweimal sagen, dankte und rückte zu den Männern vor.

»Bist a G'studierter?« fragte der Achleitner in einem gar nicht polternden Tonfall.

»Kein Student, nur Tuchmacher!«

»Bist auf der Walz?«

»Auch nicht auf der Walz, sondern auf der Flucht!«

»Hast was ausg'fressen?«

»Gottlob nicht! Aber ich will nicht zu den Soldaten!«

Der Achleitner erwiderte mit tiefer und etwas gedeckter Stimme: »Wenn d' schreib'n und rechnen kannst, bleibst bei mir! Hast doch g'sehng, daß uns der Salzschreiber ausg'fall'n is!«

Auf ein eindeutiges Zeichen des Stangenreiters brachte der Gastgeb noch ein weiteres Speisebrettl und legte es vor dem Schöpfl auf den Tisch.

»Jetzat greif zua!« sagte der Paulus und gabelte aus der Pfanne ein Stück Braten, so groß wie die zwei Handteller eines Holzknechts, ließ es ein wenig abtropfen und tat es energisch auf das Brettl: »So G'sell! Und laß dir's schmecka! Wenn d' erscht amol bei uns bist, holt di koa Feldwaibel ein! Wohl geht's bei uns öfters hart her, aber g'sund sama! Dreiviertel Jahr' am Wasser, und das letzte Viertel im Alkoven! Dös is dann der rechte Ausgleich!«

Michael Schöpfl aß mit Bedacht und überlegte dabei hin und her, bis er plötzlich fragte: »Und Ihr meint, daß ich das mit Eurer Salzschreiberei schaff'?«

Der Stangenreiter schaute ihn wohlgefällig von der Seite an: »Wenn oaner den Mut aufbringt, vor den Feldwaibeln des Kaisers abzuhauen, der hat g'wiß soviel im Hirn, daß's für an Salzschreiber langt!« – Dabei reichte er dem jungen Manne die wuchtige Hand hin – 's war schon eher eine Pratze! – und sagte: »Abg'macht! Morgen in aller Herrgottsfrüh' packmers; 's soll dei' Schad'n nit sein!« –
Während die Knechte die schweren Samerberger Rösser einschirrten und ihnen die Hafersäcke prall auffüllten, ging der Achleitner mit dem Michael auf die Hohenau, das vorderste Schiff des ganzen Zuges, wo die Hütte des Schreibers stand, zog die Kladden aus der Tischschublade und erklärte ihm seine Aufgabe. Dann gab er ihm einen Schlag auf die Schulter, sagte »Pfüad' God!« und ging.
Um die Mittagszeit hielten sie in Amstetten.

Der Tafernwirt am dortigen Ländplatze holte sich den Stangenreiter in die Hinterstube und sagte: »Du, Achleitner, ganz im Vertrauen: Wenn du unter dein'n jungen Leiten den oan'n oder andern G'selln hast, dens fürs Militär brauch'n kannten, dann darfst z' Passau auf der Hut sein! Dort filzens alle Pletten und Flöße. Und die von der Passau'schen Kunst san ganz wilde Hund!«
»Was hoaßt Passau'sche Kunst? Bei mir gibt's koan Künstler nit!« erwiderte der Paulus mürrisch.
»Du verstehst dös nit richtig? Paulus! Die von der Passau'schen Kunst san nämlich no die letzten vo dene bayerischen Soldaten, die wo den böhm'schen Winter-

könig am Weißen Berg vor Prag dengelt hab'n; weil sie sich zuvor kugelfest g'macht hatten...«

»Kugelfest? Was hoaßt dös?«

»Die haben dortmals ihre Haut aufg'schnitt'n, haben in die Wund'n a Brieferl einig'schob'n und das Ganze nacher verheil'n lass'n. Dös Brieferl aber is a Stückerl Jungfernpergament g'wen; da drauf habens während der Christmetten die vier Buchstaben INRI g'schrieb'n g'habt, was soviel hoaßt wie Jesus von Nazareth, König der Juden. Und wenn die Haut nacher zuag'wachs'n war, sans kugelfest g'wen. Verstehst, Achleitner?«

»Dös wird so a Schmarrn sein!« antwortete der Stangenreiter und meinte nach einer Weile: »Und du moanst, die kannt'n mir meine Leit' nehma?«

»Wissen tu i's nit, aber 's is leicht möglich. Euer Herzog Max muaß ja alle Leit', besonders die jung'n, z'samma kratzen, daß sie eam helfen, die Schwed'n ausm Land zu jagen. Was schert's ihn, ob die Tiroler ihren ungarischen Woaz vo dir kriagn oder nit!«

Das leuchtete dem Stangenreiter ein, und er begann zu überlegen. Dabei wurde ihm klar, daß er sich spätestens bis Linz entschieden haben mußte, wer von den Seinigen auszutauschen war. Zuerst natürlich der junge Gesell aus Iglau, dann drei Roßknechte und zwei Stoirer. Er brauchte also sechs Mann. Drum sagte er, zum Gastgeb der Tafern gewandt: »Schick an schnellen Reiter auf Linz und laß ihn dort sechs alte Schiffer aufbiet'n, – bis Obernberg, aber nit weiter!«

Der Wirt hielt ihm die hohle Hand hin, der Paulus tat ein Geld hinein, das der andere mit dem Zeigefinger und mit scharfen Augen prüfte. Drauf fuhr der Schiffzug mit dem ungarischen Getreide weiter. In Linz vollzog sich alles wie geplant: die sechs Jungen wurden gegen die angeheuerten Alten ausgetauscht und diese bezogen deren Posten. Als sie dann ein gutes Stück ins Mühlviertel hineingefahren waren, hielten sie vor einem Auwald, und der Achleitner rief die Jungen zu sich: »Jetzat gebts Obacht! Ihr zimmert euch auf der Hohenau an Kasten z'samm', darein ihr euch alle mitanand setz'n könnt. Und auf allen Seiten und obendrauf stapelt ihr die Woaz'nsäck' so, daß vo dem Kast'n nix mehr z'sehng is'! Bevor wir dann bei Passau in'n Inn einibiag'n, schlupft ihr in den Kasten. Den Eingang verstell'n wir mit etlichen Säcken. Wenn dann die Kugelfesten auf unserne Hohenau steig'n und sich unserne Leit' oschaugn, wird's sein, wie wann sie mit'm Ofenrohr ins Gebirg einischaug'n taten. Nacher fahr'n wir glei weiter, und z' Obernberg wechselt ihr wieder auf eure alten Plätz'! Die Passauischen können uns gar nit moana!«

Das war eine lange Rede und sie klang gut in den Ohren der sechs jungen Gesellen. Denn das hatten sie im Laufe ihres bisherigen Lebens schon oft erfahren, daß mancher Heißsporn mit einem Herzen voller Freud' den werbenden Feldwaibeln gefolgt war – und wiedergesehen hatten sie ihn nimmer. Sie taten also alles, was der Stangenreiter angeordnet hatte, und schloffen, als sie die Domtürme von Passau erblickten, mit bangen Herzen in ihren Kasten. Das war nicht zu früh gewesen, denn am Ufer trabte schon ein Soldat daher und gab dem Stangenreiter die Weisung, beim Scheiblingsturm anzuländen.

Als sie dahin kamen und festgemacht hatten, wurden die drei Getreideschiffe von etlichen Landschergen fast überfallen. Keiner der Stoirer durfte an Land. Den Treidlreitern ließen sie nicht einmal die Zeit, den Rössern die Hafersäcke an den Kopf zu hängen. Doch wie wild sie sich auch gebärdeten, sie fanden weder hier noch dort einen, der ihnen für den Kriegsdienst tauglich erschienen wäre: lauter bejahrte, abgerackerte, schon fast gichtbrüchige »Ware«!

»Die taaten dem Herrn Kaiser das Kraut nit fett machen!« sagte ein Oberscherge, als er sich vom Achleitner verabschiedete und ihm eine gute Weiterfahrt wünschte.

o-o-o-o-o

Fasching

Überlang – es war der »Unsinnige Donnerstag«, der letzte vor Beginn der Fastenzeit – ging der Geleitzug in Obernberg an die Heftstecken. Jetzt kamen die sechs jungen Leute aus ihrem Versteckkasten heraus und nahmen ihren Dienst wieder auf, während der Achleitner den Linzern mit einer reichlichen Entlohnung den Abschied gab. Weil aber eben der »Unsinnige Donnerstag« zur Neige ging, hatte der alte Stangenreiter ein Einsehen und gewährte den Jungen eine halbe Nacht. Sie durften den Hang hinauf in den Ort gehen und sich mit den Obernbergern und Obernbergerinnen verlustieren, hatten sie doch in ihrem Versteck allerhand Angst und Ungemach überdauert. Jetzt konnten sie wieder frei atmen und sehnten sich nach einem Faschingstänzchen mit einer strammen Maid.

Dem Michael freilich war nicht danach zumute; die mährischen Brüder, in deren Sittenlehre von Haus aus erzogen worden war, verabscheuten dergleichen Ausgelassenheiten, weil sie die Übertretung des sechsten Gottesgebots herausforderten und außerdem dem jungen Menschen die gottgegebene Kraft aus den Lenden saugten – jene Kraft, die der Ausbreitung und dem Fortbestand des Gottesvolkes dienen sollte. Weil er aber kein Spielverderber sein wollte, schloß er sich den anderen an. Gemeinsam strebten sie den Steilhang hinan, über den noch ein paar beachtliche Ruinen der alten Veste Obernberg bedrohlich herabschauten.

Bald waren sie oben angelangt, überquerten dann den weitgedehnten Marktplatz und lurten hierhin und dorthin, ob nicht aus dem einen oder anderen der ringsum prunkenden Bürgerhäuser ein Licht zu sehen und ein lustiges Spiel der Marktpfeifer zu hören wäre. Und wahrhaftig, da luden sogar mehrere Häuser ein – nicht bloß eins.

Michael Schöpfl hatte sich im Hintergrund gehalten, und als die Kameraden in eine dieser lauten Gaststuben hineindrängten, schlich er seitlich davon und begab sich auf die Burg zu. Doch auch von dorther drang ihm jetzt Jauchzen, Gesang und Musik entgegen.

Schon wollte er sich abwenden, als ihn aus dem Gesträuch des Burggartens drei Mägdlein anriefen. Er blieb stehen. Sie kamen auf ihn zu. Da rannte auch schon ein Schloßdiener mit einer Kienfackel daher und gesellte sich zu den fortwährend kichernden Dirnlein, die den Michael jetzt in ihre Mitte nahmen. Er wußte nicht, wie ihm geschah, und tat, als wollte er sich wehren.

Da fing aber plötzlich eine von den Dreien zu schreien an: »Das ist er! Den hat mir Sankt Mattheis im Traume erscheinen lassen!« Und mit einer höfischen Gebärde machte sie vor Michael eine Verneigung und sprach: »Mein liebes Herrlein, Ihr seid mir als Bräutigam vom Himmel bestimmt. Laßt Euch in unser Haus einführen!« Die beiden anderen henkelten sich alsbald in seine Arme ein, und zu fünft – vom Fackelträger geführt – wandten sie sich den beleuchteten Fenstern hinter den Büschen zu. Hier waren auch etliche Pfeifer gerade dabei, das uralte Lied des Mönches von Salzburg zu singen, darin er die Kuhmagd sagen läßt:

> *»Gehab dich wohl, ich kumm her wieder,*
> *So bald und schnell ich kann,*
> *Und leg mich wieder zu dir nieder,*
> *Herzallerliebster Mann!«*

Als die Pfeifer das Liedchen abgesungen hatten, wandte sich die Höfische abermals dem Schöpfl zu und sagte: »Mein liebes Herrlein, seid nicht ungehalten! Doch ich muß Euch berichten, daß ich in der Nacht vor dem Sankt-Mattheis-Feste drei kleine Plätzchen gegessen habe, die ich aus drei Fingerhüten voll Mehl, Salz und Wasser gebacken hatte; da seid Ihr mir im Traume erschienen. Ich glaube an dieses Orakel!«

»Wer seid Ihr eigentlich«, fragte er, »daß Ihr die Dienerinnen und den Fackelknecht über mich herfallen laßt?«

»Hat der Besitzer nicht das Recht, Eindringlinge in seinen Garten zu überfallen und dingfest zu machen?«

»Dann seid Ihr also die Tochter der Herrschaft? Ich bitte um Vergebung, daß ich – ein Mann aus Mähren und unkundig der örtlichen Verhältnisse – zu weit gegangen bin!«

»Das seid Ihr nicht! Im Gegenteil, Ihr seid mir entgegengekommen! – Ich bin Gunda, die Tochter des Burgvogts!«

Nun machte der Schöpfl eine artige Verbeugung: »Mit Verlaub, edles Fräulein, ich möchte den Frieden Eures Hauses weiter nicht stören.« Und er wandte sich zum Gehen.

Doch da fiel sie ihm um den Hals und hauchte: »Ihr seid mir doch im Traume angekündigt worden; wie könnt Ihr mich verlassen, noch ehe wir uns kennengelernt haben! – Oder bin ich Euch zuwider?«

»Zuwider? – Da sei Gott vor! Doch die Geburt und somit der liebe Gott haben Grenzpfähle gesetzt zwischen Euch und mir, Grenzpfähle, die wir bewußt nicht überschreiten dürfen, ohne uns zu versündigen.«

Da ließ sie plötzlich von ihm ab und stand da wie eine,

die Macht hat: »Woher nehmt Ihr das Recht, ein von den Vätern überkommenes Orakel Lügen zu strafen?« Lächelnd erwiderte er: »Mit den Orakeln hat es so sein Bewenden, verehrtes Fräulein! Wir halten nämlich, was wir gerne glauben wollen, für einen Fingerzeig des Himmels und lügen uns ins eigene Wams. Gleichwohl will ich den lieben Frieden Eures Hauses nicht stören.« »Das klingt schon freundlicher!« sagte das Edelfräulein, henkelte sich in seinen Arm ein und alle betraten das temperierte Gartenhaus, in dessen großem Mittelsaal ein runder Kachelofen harzduftende Wärme ausstrahlte.

★

Inzwischen waren die fünf anderen Schiffknechte vom Gastgeb und dem bereits lustig trinkenden und tanzenden Völkchen empfangen worden und versuchten, die Fröhlichkeit der anderen zu teilen. Das wollten jedoch die Obernberger nicht vorbehaltlos hinnehmen, namentlich als sich die Bayerischen an deren Mägdlein heranmachten. Zunächst gab es ein paar verbale Auseinandersetzungen, bald aber begannen die Fäuste und die irdenen Bierkrügerl zu fliegen und richteten in der Gaststube eine derartige Ramassurie an, so daß die Frau des Gastgebs eilends die Schergenstube im Torhause aufsuchte. Hier aber hatten sich bereits etliche Landschergen eingefunden, wohl wissend, daß der »Unsinnige Donnerstag« explosive Anwandlungen in den Gemütern des jungen Volkes freizumachen pflegte.
Sie begleiteten also die Gastgebin in ihren Saal und kamen dort an, als die Hitze des Gefechts den Siedepunkt

erreicht hatte. Sie zauderten nicht, zogen ihre Präxen vom Leder und hieben so wacker auf die Köpfe der Streitenden ein, daß sich bald einige auf dem Fußboden wälzten, andere dagegen zu entwischen versuchten. Diese gelangten jedoch bloß bis zur Haustür und wurden daselbst von etlichen einheimischen Schergen empfangen und sofort dingfest gemacht. Nach zehn Minuten war der ganze Spuk zu Ende. Die Gastgebin holte den Bader, und die Landschergen kehrten mit sechzehn jungen Männern zurück ins Torhaus.

Hier wurden die hitzigen Gesellen mit Namen und Geburtsjahr aufgeschrieben. Und weil die fünf Bayerischen ebenfalls herzhaft mitgefochten hatten, kettete man sie alle an einen schweren Holzschlitten, und ab ging's ans Landgericht nach Schärding. Hier – so war es zu vernehmen – machte man nicht viel Federlesens, sondern übergab sie dem Militärkommandanten, der sie unverzüglich in die Garnison einwies...

Von alledem hatte man im Gartenhaus der Burg nichts wahrgenommen. Im Gegenteil, das Edelfräulein Gunda schickte die Pfeifer nach Hause und ließ alle Fensterläden des runden Gartensaals von innen verriegeln; denn jetzt erst wollte sie mit ihren zwei Freundinnen das Fest des »Unsinnigen Donnerstags« so recht beginnen, mußten ja doch die Verehrer der beiden anderen Mägdlein jede Minute eintreffen. Indes, sie trafen nicht ein, weil ihnen das gleiche Geschick widerfahren war wie den Gesellen in Obernberg: sie waren von den Landschergen aufgegriffen worden. So sank die anfängliche frohe Stimmung im Gartensaale von Minute zu Minute merklich ab, und nur Fräulein Gunda nährte in ihrem Herzen noch eine süße Erwartung.

Um sich diese von der Traurigkeit der anderen nicht vermiesen zu lassen, ließ sie jetzt von einer Kuchldirn in der Kammer nebenan einen Gewürztee bereiten, dem sie selbst verschiedene Aphrodisiaka beigegeben hatte. Doch das merkten die beiden Freundinnen, als die Dirn das Getränk auf das kleine Tischchen neben dem Kachelofen stellte. Sie empfanden das als eine Zumutung, verständigten sich gegenseitig durch ein paar vielsagende Blicke und verließen den herrschaftlichen Garten.

Gunda bekundete zwar einiges Bedauern, war jedoch zu guter Letzt froh, daß sie das Weite gesucht hatten; so konnte sie sich ausschließlich ihrem einzigen Gesprächspartner widmen. Mit der den reiferen Mägdlein eigenen Zielsicherheit steuerte sie den Schöpfl an. Dabei wurde ihr klar, daß der noch ein unbeschriebenes Blatt war, bar jeglicher Erfahrung in den Dingen zwischen Mann und Weib, zugleich aber doch begierig, hinter die Schleier zu schaun. Das Fräulein wußte geschickt der Begierde seines Herzens Nahrung zu geben, und der teuflische Tee tat ein übriges.

Überlang erhob sie sich von der Ofenbank und verlöschte sämtliche Windlichter des Gartensaals, eines ausgenommen, das auf der Gegenseite des Ofens verschämt in einer Nische vor sich hinglomm...

Es mochte schon weit über Mitternacht hinaus sein, als Michael Schöpfl plötzlich verlangte, zu den Schiffen zurückzukehren.

Gunda bekundete Verständnis, hatte sie doch in den verwichenen Stunden aus dem jungen Mann alles herausgeholt, was ihr wissenswert erschien, und war dabei zur Erkenntnis gekommen, daß das Mattheiser Orakel offensichtlich ein Krampf gewesen war. Wie hätte sie sich ihre Zukunft an der Seite eines Tuchmachers oder Schiffknechts vorstellen können! Sie wollte indes nicht alle Brücken zu ihm abbrechen, war er doch ein Jungmann wie aus dem Bilderbuch; und konnten nicht Zeiten kommen, in denen sie auf ihn zurückgreifen müßte?

Sie wies daher einen Burgknecht an, den Gast auf dem Fluchtwege der Burg über den Steilhang an den Fluß hinabzugeleiten.

Sie verabschiedeten sich inbrünstig, wohlwissend, daß es ein Wiedersehn – gar in der erlebten Atmosphäre – nie mehr geben werde; sind doch gerade die unverhofft aufscheinenden Stunden des Glückes die unwiderruflichsten. Man sollte sie darum nicht zerreden, sollte ihnen nicht nachweinen, sie nicht beschwören. Heiter, wie sie gekommen waren, sollte man sie ziehen lassen. Ein Lächeln noch, ein Kußhändchen, ein feuchter Augenaufschlag – und vorbei...

Der Knecht, der ein getarntes Windlicht bei sich hatte, reichte dem Michael einen spitzen Hagelstock und ging voraus. Irgendwo in den alten Bäumen des Gartenhanges weinte ein vereinsamtes Käuzchen...

Gunda, liebes Mägdlein, horch nicht hin...!

Es war ein halsbrecherischer Pfad, und ohne den geländekundigen Knecht wäre Michael zweifellos in die Tiefe gestürzt.

Schließlich aber kamen sie heil auf dem Ländplatze an, und er begab sich in seine Schreiberhütte. Ruhig plätscherten die Wellen des Innflusses vorbei, kein Lüftchen regte sich, es war eine kalte Nacht. Ein leichter Dunst zog über dem Wasser dahin: 'Das wird am Morgen einen frierenden Nebel geben!' dachte sich der Schöpfl.

Dann aber wühlten die verlebten höllisch-lieblichen Stunden sein Gemüt erneut auf. Wie konnte all das geschehen in dieser kurzen Zeit? Ein fremdes Haus, ein süßer Wein – oder was es sonst war! –, ein weiches Mägdlein, ein fremder Schmerz; wer mag das zusammenreimen oder gar ergründen? Und jetzt dieses leere, ausgebrannte Herz, dieses anklägerische Gewissen! – Herrgott im Himmel! welch eine abgründige Not, drei Wochen nach dem Auszug aus dem Elternhause!...

Michael ringelte sich in seiner Hütte zusammen wie ein Hund; ihn fror.

Als dann der Morgen aufgraute und alle Schiffsleut' auf ihre Posten eilten, gewahrte der Achleitner, daß fünf Mann fehlten. Sofort wandte er sich an den Schreiber. Der erklärte, er habe sich am Marktplatz droben von ihnen abgesetzt und sei ihnen danach nicht mehr begegnet.

In einer Art Fluchpsalm machte sich der alte Stangenreiter zunächst gehörig Luft und begab sich darauf in die Tafern, wo die Linzer, die er am Vorabend entlohnt hatte, zur Nacht geblieben waren. Er heuerte ihrer fünf an, und dann bewegte sich der Geleitzug weiter über Ranshofen und Mühldorf auf Rosenheim zu.

Rosenheim!

Seit 1388 mit allen Marktrechten ausgestattet, vor allem mit dem uralten Anschüttrecht für Getreide, machte schon seit langem von sich reden – nicht nur im Guten, sondern auch im Bösen. Denn das junge Weibervolk daselbst, meist Schößlinge welscher Kaufleute, war außerordentlich lüstern und mit der zweifelhaften Kunst begabt, auf Grund samtig dunkler Haut und schwarzblitzender Augen den letzten Kreuzer aus dem Beutel der Männer zu locken.

Nun hatten aber die Tiroler Kaufherren in Hall und die Bayerischen in Rosenheim vereinbart, die Schleppzüge auf dem Inn aus Ungarn nicht entladen, sondern nur aufzeichnen zu lassen und so den Mautsatz zu bestimmen – ein sinnvolles und zeitschonendes Übereinkommen. Die Rosenheimer Marktschreiber überprüften also die Papiere des Schiffschreibers, zahlten und entließen das Gefährt zur Weiterfahrt. An diesem bitterkalten Febertage ließ der Achleitner seine Leut' ruhen, denn eine Nacht in Rosenheim hatte ihre Reize und vermochte, gestörte Gemüter wieder ins Gleichgewicht zu versetzen. Und jetzt – nach einer vielwöchigen Wasserfahrt und kurz vor den Grenzpfählen des Heiligen Lands Tirol – waren die Gemüter halt schon sehr gestört. Da schloffen die Männer in die Tafernen, in die Frauenhäuser bei den Toren, bisweilen sogar dort und da in ein stattliches Bürgerhaus, wenn dort Not am Manne war. Und weiß der Himmel! in diesen Kriegsjahren war vielerorts Not am Manne, hieß es doch bereits allerwegen, das Morden auf den Schlachtfeldern habe schon die Hälfte der männlichen Bevölkerung des Heiligen Römischen Reiches Deutscher Nation nieder gemäht. Da empfanden es die »Lustigen Fräulein« fast als eine Gnade, wenn ihnen ein paar Schifferknechte ihre Aufwartung machten.

★

Anderen Tags zogen sie weiter, hinauf in dem von unfreundlichen Bergen flankierten Inntal, vorbei an den stolzen Burgen von Neuen Beuern, Brannenburg und dem Falkenstein, vom Kirnstein und Katzenstein und an der mächtigen Auerburg. Das waren lauter einstige Raubnester, von denen aus der landfahrende und flußfahrende Kaufmann geschröpft wurde. Aber was soll's denn? Jetzige Zeiten schröpfen andere: die Herren Fürsten, an ihrer Spitze der Herr Kurfürst Maximilian und das viele Kriegsvolk, eigenes und fremdes, Bayern und Österreicher, Franzosen, Mecklenburger und Sachsen, vor allem aber die gottverdammten Schweden. Die haben es auf den ärmsten der Armen besonders abgesehen: auf den Bauer. Sie würgen ihm einen Trichter in den Hals und gießen Odel hinein, bis der Gequälte einen Bauch kriegt wie ein Wasserschaff; und dann treten sie drauf herum, bis er gesteht, wo er die paar Kreuzer für sein eigenes Totenhemd versteckt hat. Herrgott, sei diesen armseligen Hunden gnädig! –

Als der Getreidezug an den Anger bei Kiefersfelden kam, ließ der Stangenreiter halten. Denn hier vollzog sich ein rares Schauspiel: die Probe einer »Kamedie«, eines Theaterspiels aus der vergangenen Ritterzeit. Die Kohlenbrenner, Nagelschmiede und Holzknechte dieses Gebirgsdorfes hatten es sich seit etlichen Jahren zur Pflicht gemacht, sich selbst und ihre Angehörigen mit dergleichen »Spektakeln« zu unterhalten. So konnte man jetzt auf dem Anger den Kampf zweier ritterlicher Haufen sehen, die einander mit Schwertern und Keulen und Morgensternen die eisenblechernen Rüstungen verbeulten. Weiß Gott, das ging nicht zimperlich her! Knochenbrüche und da und dort ein paar ausgeschlagene Zähne gehörten zum Ritual der Spiele und wurden von den Akteuren gleichsam mit der linken Hand weggesteckt.

Auch hier und jetzt starrten die Treidlreiter und Schiffknechte mit großen Augen und offenen Mäulern auf das, was sich da vollzog. Der eine wurde niedergeworfen und mit einem Prügel verdroschen; einem anderen rann das Nasenblut unter dem Visier seines Helmes hervor; der da hinkte vom Schlachtfelde, weil ihn der Gegner etwas zu hart ins Gebet genommen hatte. All das tat aber der Kampfmoral keinen Abzug und hörte erst auf, wenn der alte Spielleiter einen langgezogenen Heulton hören ließ. Dann scharten sie sich um ihn und vernahmen Lob und Tadel.

Jetzt erst konnte der Achleitner weiterziehen, denn während der »Ritterschlacht« wäre das eine oder andere Schiff unweigerlich auf Sand gelaufen oder an einer »Kugel« hängengeblieben; so sehr waren die Leut' von dem Ereignis am Kieferer Anger gefesselt.

o-o-o-o-o

In der Ewigen Stadt

Bei Kufstein erreichte der Schiffzug die Landesgrenze von Tirol. Man kannte sich schon seit Jahren, und der alte Achleitner kam den Mautnern vor wie ein kleiner Herrgott; brachte er ihnen doch das ungarische Getreide, das sie alle so bitter nötig hatten bis an die Grenze der schwyzerischen Eidgenossen. Sie verwöhnten ihn und seine Leut' mit Etschländer Weinen im Auracher Löchl, wo ihnen eine Unterkunft gerichtet wurde, die sie während ihres ganzen sündigen Lebens noch nirgendwo so genossen hatten wie hier.

Selbst der Burgvogt von der Veste Kufstein kam am Abend vorbei, um den wackeren Männern seine Aufwartung zu machen. War es doch kein geringes Wagnis, in dieser Winterszeit den eistreibenden Inn zu befahren, gar nicht zu gedenken der Gefahren, die ihnen durch streunende Soldaten und Marodebrüder an seichten Uferstellen drohen konnten. Paulus Achleitner genoß die Huldigungen mit sichtlicher Wonne und sprach den Weinen so herzhaft zu, daß er am anderen Morgen die Meßlatte einem seiner Männer in die Hand drücken mußte – doch nur bis Mittag! Die letzte Phase der Fahrt bis Hall nahm er sie wieder an sich; denn was hätten sich die dortigen Mönche gedacht, wenn sie mit einem »b'soff'nen« Stangenreiter hätten abrechnen müssen!

In Hall erhielten auch all seine Leut' ihr gehöriges Geld und waren von da an auf sich selbst gestellt, bis in den Mai des folgenden Jahres hinein, wann die Holzknechte die schweren Bauhölzer für die Kaiserstadt Wien würden zu mächtigen Flößen zusammengebun-

den haben. Dann mochte die Stunde des Stangenreiters wieder schlagen...

★

Nicht ohne Wehmut trennte sich Michael Schöpfl von
dem alten Manne; war er doch ihm stets wie ein Großvater gewesen.

»Und wohin jetzat?« fragte der Achleitner.

»Auf alle Fälle zunächst nach Innsbruck, und dann
über die Berge, der Sonne entgegen!«

»Recht hast, Bua! Der Mensch muaß d' Welt sehng, so-
langer frei und ledig is'! Laufen eam Weib und Kind
hinterher, is' er wie der Zugochs vorm Pflug. Kommst
du wieder z'ruck und hast nix z'beiß'n – Salzschreiber
braucht ma allweil!« Er gab dem Schöpfl einen Schlag
auf die Schulter, und der schritt wacker dahin gen Innsbruck. Er fragte nach dem Hause der Jesuitenväter,
worauf man ihn in die Sillgasse wies. Und da fragte er
nach dem Gästepater.

Es kam ein älterer Mann den Gang dahergeschlurft, etwas gichtbrüchig vielleicht, doch mit einem guten Gesicht: »Sei gegrüßt, mein Sohn! Ich bin der Pater Heitlinger! Und du?«

»Ich heiße Michael Schöpfl und bin auf der Flucht, weil
sie mich zu den Soldaten holen wollen!«

»Und wohin willst du fliehen?«

»Nach Rom, Pater Heitlinger!«

»Das ist aber noch weit, mein Sohn! – Und du
glaubst, daß die Welschen keine Landsknechte brauchen?«

»Ich will zum Herrn Papsten!«

»Zum Heiligen Vater willst du? – Der braucht aber

auch Soldaten! Und ich kann mir vorstellen, daß er einen so rüstigen Gesellen, wenn er dich daherkommen sieht, gleich in seine Waffenkammer schickt und fein säuberlich mit Präxen, Spieß und Stange einkleiden läßt.«

»Das wird er sicherlich nicht, denn ich bin nicht seines Glaubens, ich bin einer von den Mährischen Brüdern!«

»Ein Ketzer also?«

»Wenn Ihr wollt: ein Ketzer!«

»Was willst du dann bei ihm?«

»Er soll mich katholisch machen. Denn wenn es stimmt, daß er der Stellvertreter Christi ist, dann braucht er ja auch seine Gefolgsleute; und das müssen nicht lauter Soldaten sein. Auch der Herr Christus hat keine Soldaten gehabt, doch viele Jünger!...«

Pater Heitlinger war erstaunt über die Worte des jungen Mannes und erwiderte: »Du weißt aber schon, daß du – um katholisch zu werden – nicht zum Heiligen Vater persönlich gehen müßtest. Jeder Geistliche kann dich in die Kirche aufnehmen.«

»Das ist mir bekannt, Pater! Indes, ich will mich selbst überzeugen von der Größe der Ewigen Stadt und von dem Strome der Gnaden, der von ihr ausgeht und den ganzen Erdkreis befruchtet; steht doch geschrieben: Hier wird dir lebendiges Wasser gegeben, auf daß du nimmer dürstest in Ewigkeit!«

Der Pater nickte bedächtig und meinte: »Lieber, junger Mann, wenn du wüßtest, was du nicht wissen kannst!..«

Dann führte er den Gast einen dunklen Gang entlang, wo die Gästekammern lagen, und wies ihm eine an. Weil es bereits zu dunkeln begann, brachte er einen Krug Bier und Brot und Almkäse, wünschte dem Schöpfl einen gesegneten Schlaf und versprach, am anderen Morgen nach den Gottesdiensten wiederzukommen.

★

In dieser Nacht geschah es nun, daß sich die Wächter der beiden Männer, die jedem Menschen von Geburt an beigegeben sind, im Innenhofe des Jesuitenhauses zu einer kurzen Zwiesprache begegneten.

Sagte der Wächter des Jungen zu dem des Alten: »Er will allein über die Berge!«

Erwiderte der andere: »Du weißt doch, daß die Jungen ihre Schnäbel sperrangelweit aufreißen, wenn sie Hunger haben!«

»Und leider haben sie Hunger ohne Unterlaß! Dem Himmel sei's geklagt!«

»Das brauchen wir nicht zu beklagen; denn wenn die Alten den Hunger der Jungen hätten, fräßen sie sich zum Krüppel!«

»Wie können wir's also beheben? Dem Jungen steht noch eine hohe Aufgabe ins Haus...!«

»Sie haben einen Römling des Ordens der Predigerbrüder mit zu Tische sitzen. Den soll der Alte beflüstern, den Jungen in seine Obhut zu nehmen und erst auf der Tiberbrücke in die Freiheit Roms zu entlassen.«

»Hat der Römling ein gesichert Fahrzeug?«

»Kannst du dir einen Römling denken, der ungesichert reiste? Die sorgen sich doch mehr um ihr schäbiges Erdenleben als um die ewige Seligkeit!«

»Bist du nicht gehässig?«

Nach einer Weile des Nachdenkens erwiderte der andere: »Kann Wahrheit gehässig sein?«

Als die beiden Wächter ihre Interessen so aufeinander

abgestimmt hatten, tauchten sie in der Düsternis des Innenhofes – in der Ecke, wo die Küchenbuben bisweilen hinbieselten, – lautlos unter.

Franz Heitlinger, der Gästepater, war gerade dabeigewesen, sich auf die Meditation des anderen Morgens einzustimmen, als er das Gespräch der beiden Wächter draußen im Hofe durch das offene Fenster seiner Zelle mitbekam. So wußte er, was zu tun war.

Als daher die Frühsonne die Bergzinnen der Serles rötete, erhob er sich von seinem harten Pfühl, meditierte eine Stunde lang – kniend auf dem Betschemel – und begab sich dann in das hohe Gotteshaus. Er empfahl dem Himmel seinen Schutzbefohlenen, betete auch um Erweichung des Kopfes jenes Römlings und trat darauf bei Michael Schöpfl in die Kammer. Der schlief noch und träumte von dem guten Geld, das die Mutter ihm eingenäht hatte; davon wollte er sich ein kerniges Roß kaufen, das ihn in die Ewige Stadt brächte.

Noch am gleichen Tage ging Heitlinger mit Hilfe seines Rektors die Sache des Gastes an, und beide erreichten, daß der Römling sich bereiterklärte, den jungen Mann in der Rolle eines Roßknechts mitzunehmen.

Drei Tage später bewegte sich das Geleit des Predigerbruders auf Brixen zu.

Der anbrechende Frühling wehte ihnen seinen belebenden Hauch entgegen, als sie die Po-Ebene hinter sich hatten und in den verkarsteten Apennin hineinfuhren. In Florenz wurden sie von der traurigen Kunde überrascht, daß sich der Heilige Vater Urban nicht mehr guter Gesundheit erfreue. Darauf ergriff eine nicht geringe Traurigkeit Michael Schöpfls Herz, befürchtete er doch, seine lange Reise umsonst angetreten zu haben. Indes, der Römling tröstete ihn und versicherte, er werde Sorge tragen, daß ein Berufener gefunden werde, der den Eintritt des jungen Mannes in die katholische Kirche fördern könne.

Mitte März fuhren sie dann über die Tiberbrücke. Der Römling, Mönch eines Dominikanerklosters auf dem Janiculo, der während der Reise an Michael einigen Gefallen gefunden hatte, nahm den jungen Mann mit in sein Haus und ließ ihn durch einen deutschen Mitbruder auf die christkatholische Taufe vorbereiten.

Im Kloster lebte auch der Kardinal Salvatore Cravallo, ein sehr lauter, aber gutmütiger Kirchenfürst. Auch er

Rom

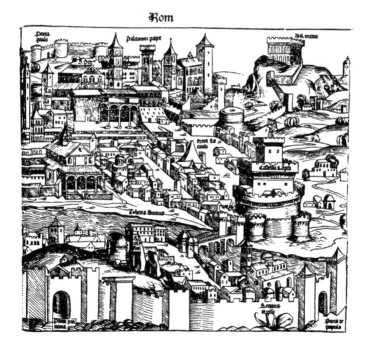

war vom Wesen Schöpfls begeistert und versprach, ihm eine Audienz beim Papste zu erwirken. Auch ließ er es sich nicht nehmen, ihn in der Peterskirche zu taufen; anschließend überreichte er ihm ein Geschenk: Eine Ikone, die Mutter Gottes mit dem Kinde darstellend, von uralter Herkunft, die ihm die Familie verehrt hatte, als er vom Papste in das Heilige Kollegium berufen worden war. Dem Bilde wurden wundertätige Kräfte und gnadenhafte Ausstrahlungen nachgesagt.

Diesen Schenkungsakt soll der fromme Kardinal mit den Worten begleitet haben: »Geh, mein Sohn, Gott wird dir ein Zeichen geben, wo du bleiben und deinem Bilde eine Hütte bauen sollst!« – Damals ist im Kloster am Janiculo wiederholt die Frage aufgeworfen worden, wieso denn gerade dieser hergelaufene Deutsche in den Besitz der Wunderikone gelangen konnte. Weil aber niemand den edlen Spender zu fragen wagte, gab es keine Antwort, wohl aber viele wilde Gerüchte, angefangen von göttlichem Anstoß bis hin zu schmählichster Verleumdung.

Nach der Taufe blieb Michael Schöpfl noch den heißen Sommer über bei den Dominikanern und nahm jede passende Gelegenheit wahr, sich in der welschen Sprache zu ertüchtigen; denn er hegte den ganz geheimen Wunsch, über kurz oder lang in das Kloster einzutreten. Vielleicht wäre es auch geglückt, wenn nicht Salvatore Cravallo am gleichen Tage wie der Papst Urban das Zeitliche gesegnet hätte.

Ein neuer Papst mußte gewählt werden.

Da war in Rom – wie immer beim Zusammentreten eines Konklaves – alles außer Rand und Band. Jeder römische Pflastertreter, ganz gleich ob Geistlicher, Soldat oder Spießbürger, fühlte sich da berufen, seine vermeintlich wichtige Ansicht auf den Gassen und Plätzen lauthals kundzutun und den oder jenen Purpurträger als den geeignetsten für die sedia gestatoria (Tragethron des Papstes) zu deklarieren. Aber nur sechs Wochen lang. Denn dann hatten sich die purpurnen Väter auf den Juristen aus dem fürstlichen Hause der Pamfili geeinigt und ihn als Innozenz X. zum Herrn der katholischen Christenheit gekürt.

Wie das geschehen konnte, ist kaum erkundbar, es sei denn, man bringt das göttliche Walten ins Spiel, jenes Walten, das wieder einmal zu erkennen geben wollte, daß der Teufel seine Jünger selbst auf den Posten des Stellvertreters Christi zu setzen imstande war. Dieser Pamfili-Papst, ein Ausbund von Häßlichkeit, brachte nämlich seine Schwägerin Olympia Maidalchini mit, die sich innerhalb kürzester Zeit des Vatikans so vollkommen bemächtigte, daß man bald kaum mehr vom Papste, sondern nur von der »Päpstin (Papessa)« sprach, die sich von Diplomaten und Prälaten huldigen ließ, als hätte sie »alle Gewalt im Himmel und auf Erden«.

Da war für einen Michael Schöpfl keine Aussicht mehr auf eine Audienz; im Gegenteil, das Treiben am päpstlichen Hofe widerte ihn derart an, daß er Rom verließ. Er bat seine Gastgeber, die Söhne des heiligen Dominikus, noch um eine freundliche Empfehlung für andere Häuser dieses Ordens, nahm sein Wunderbild und wandte sich dem Norden zu.

Es ist nicht überliefert, wie lange er unterwegs und welcher Wege er gezogen ist, jedenfalls begegnen wir ihm

Mitte März 1644 vor Mantua. Als er hier beim Mailänder Tor mit seinem Muttergottesbilde Einlaß begehrte, fragten ihn die Torknechte pflichtgemäß nach dem Woher und Wohin.

»Aus der Ewigen Stadt zu den Herren Predigerbrüdern in Mantua!« antwortete Michael so klar und bestimmt, daß sie sich zwar gegenseitig mit fragender Miene anschauten, ihm aber dann ungehindert Einlaß gewährten. Nur der Torwärtl, der ihm das Einlaßtürl aufschloß, sagte nachher zu zwei Knechten: »Folgt ihm bedächtig und schaut achtsam, ob er sich wirklich zu den Dominikanern begibt!« – Sie taten's und kehrten nach geraumer Zeit zurück mit der Meldung, daß alles so geschehen sei, wie er's gesagt habe. Der Wärtl nickte zwar, doch glauben wollte er's nicht. –

Inzwischen war Michael Schöpfl auf Grund seines Empfehlungsschreibens von Fra Feliciano, dem Prior des Klosters, empfangen und in eine Gaststube eingewiesen worden. Ein paar geschickt gestellte Fragen hatten genügt, den Predigerbruder von der Glaubwürdigkeit des jungen Mannes zu überzeugen. Trotzdem bangte er ein wenig um dessen Zukunft. Die Signoria von Mantua hatte nämlich erst kurz zuvor die Weisung verkündet, daß kein männlicher Einwohner die Stadt verlassen dürfe, daß aber alle bestrebt sein sollten, möglichst viele kampffähige Männer ihrer Verwandtschaft zu bereden, aus dem Umfeld hinter die schützenden Mauern der festen Stadt zu eilen; die Mantuaner lagen in jenen Wochen wieder einmal mit den Florentinern wegen Maut und Brückenzoll im Streit und suchten einander gegenseitig die Fahrenden abspenstig zu machen. Das führte immer wieder zu Katzbalgereien und räuberischen Händeln auf den Straßen und vor den Toren. Darum auch waren die Mantuaner ständig darauf aus, unter diesen Fahrenden die kernigsten Gesellen in ihre Dienstbarkeit zu bringen – gegebenenfalls sogar mit Gewalt. Wie man das macht, zeigten ihnen ja die kriegführenden Völker in der Mitte des Heiligen Römischen Reiches Deutscher Nation, die sich nun bereits sechsundzwanzig Jahre die Länder verwüsteten, die Dörfer und Städte verbrannten und deren Bewohner raubten oder hinmordeten. Wenn solches schon im Heiligen Reiche, also am grünen Holze geschieht, dann brauchten sie sich kein Gewissen daraus zu machen, wenn sie die Fahrenden und Zugereisten mit sanfter oder auch weniger sanfter Gewalt nötigten, in ihre bewaffneten Haufen einzutreten.

Michael Schöpfl erwies sich bei den hochangesehenen

Mantua

Predigerbrüdern für die Gastlichkeit dadurch dankbar, daß er ihnen bei der frühjahrlichen Bestellung ihres Klostergartens eifrig an die Hand ging. Er war jung und stark und wirkte beim Umstechen des Erdreichs halbe Wunder an Tatkraft, – nicht zu erwähnen die Wendigkeit, mit der er alles vollbrachte.

Ist es da erstaunlich, daß der alte Torwärtl ab und an beim klösterlichen Wurzgarten vorüberging – rein zufällig! – und dem jungen Gesellen ein paar Augenblicke lang seine bewundernde Aufmerksamkeit widmete? So konnte es dann auch geschehen, daß er – rein zufällig! – einen Signore von der militärischen Verwaltung traf und ihn auf den zugereisten strammen Jungmann hinwies. Was war sodann natürlicher, als daß der Signore – rein zufällig! – beim Prior Fra Feliciano vorbeikam und sich so ganz nebenbei nach Namen und Herkunft des fleißigen Klosterknechts erkundigte?

Und siehe, als der Sommer vor der Türe stand und die Werber trommelnd durch die Gassen zogen, wurde Michael Schöpfl, der Klosterknecht, auf die Signoria befohlen.

Wie er denn zu den Herren Dominikanern gekommen sei? –

Michael erzählte von seiner Taufe, vom hochwürdigsten der heiligen katholischen Kirche Kardinal Salvatore Cravallo und von dessen wunderbarem Geschenk.

Ob er fortan in der festen Stadt Mantua bleiben wolle?

Das hänge davon ab, ob die Herren Dominikaner ihn in ihren Orden aufnehmen würden, wenn er sie darum bäte!

Ob er denn nicht willens wäre, sich unter die städtischen Landsknechte einzureihen, natürlich gegen eine zünftige Werbeprämie und einen respektablen Sold, einen Sold, wie ihn keine andere Stadt im Welschland zu zahlen vermöchte? –

Der Schöpfl winkte energisch ab: Um dem Soldatenleben zu entgehen, habe er seine mährische Heimat verlassen; wie könnte es ihn da gelüsten, im fremden Lande den sogenannten Heldentod zu sterben!

Vom Sterben könne doch gar keine Rede sein! Die paar Florentiner werde man mit ein paar Butterbroten kirre machen und sie dann wie wildgewordenes Federvieh durch die Gassen ihrer Stadt jagen, bis ihnen die Zunge zu Halse heraushänge! . . .

Das waren herzhafte Landsknechtssprüche, die sich gut anhörten, in Wirklichkeit jedoch den Ernst und die Absicht der Sache einnebelten.

Dieser Meinung war auch Fra Feliciano, dem Michael das ganze Gespräch mit dem kommunalen Administrationsbeamten berichtete.

Und er empfahl ihm, schwer auf der Hut zu sein, weil sich diese Herren bisweilen der hinterlistigsten Praktiken bedienten, um an ihre unsauberen Ziele zu gelangen.

o-o-o-o-o

Der fromme Betrug

Während der verwichenen Frühjahrsmonate hatte die Dame Olympia Maidalchini, die Schwägerin des Heiligen Vaters, ihre beherrschende Stellung im Vatikan soweit ausgebaut, daß sich auch die kleinkriegerischen Auseinandersetzungen der Städte und Stadtfürsten Italiens ihrer Kontrolle nicht mehr entziehen konnten. So hatte sie denn auch der Signoria zu Mantua nahegelegt, sich entweder für einen herzhaften Feldzug gegen Florenz zu entscheiden oder aber klein beizugeben. Denn das ewige Geplänkel hin und her beeinträchtige die Sicherheit und somit auch den Fernhandel mit den Nordländern.

Daraus resultierte der überhitzte Eifer der Signoria, Söldner anzuwerben, wo immer sich solche anböten. Daher auch die Vorladung des Michael Schöpfl zur Stadtverwaltung. Nun versprach aber die Unterredung mit dem jungen Manne alles andere als einen Beitritt zum Söldnerhaufen. Und doch war man auf jeden Einzelnen angewiesen.

Der Signore auf der Militärkommandantur – sie nannten ihn den »Maestro Sergio« – besann sich also auf eine Niederträchtigkeit, wie sie damals in diesen südlichen Breiten gang und gäbe waren.

Er begab sich in Begleitung eines Gefangenenaufsehers in einen der wehrhaften Stadttürme, darin vor allem die diebischen Ragazzi eingelocht waren, meistens junge Kerle zwischen fünfzehn und zwanzig Jahren. Sergio wußte, daß unter ihnen einer war, dem man das Meisterstück zugetraut hätte, der Frau Herzogin bei nachtschlafender Zeit das Bettuch unter dem Leibe wegzuziehen. Der Gesell hieß Rinaldino, hatte bohrende Augen und ein spindeldürres Körperchen, besser gesagt, ein spinnendürres.

Rinaldino wurde in die Wachtstube gebracht. Der Maestro setzte sich zum ihm und begann: »Du lausiger Bruder, den der Herrgott als einen Dieb erschaffen hat, wie lange mußt du noch sitzen?«

»Wenn der Himmel und die Signoria gnädig sind, noch vier Jahre!«

»Und wenn der Himmel und die Signoria noch gnädiger sind und dir ein Jahr schenken, – was dann?«

»Dann will ich auf diesen Armen im Handstand nach Rom pilgern und Buße tun wie ein Karthäusermönch!«

»Wenn aber die Signoria in ihrer verschwenderischen Güte dir noch ein weiteres Jahr schenkt, – was gedenkst du dann zu tun?«

»Maestro Sergio, alles, was Ihr von mir verlangt!«

»Alles, was wir verlangen! – Und wenn wir verlangen, daß du nächtens in die Klostergärtnerei der Herren Dominikaner einsteigst und einem der Gärtner fünfzig Gulden unter den Strohsack legst, ohne daß er es gewahr wird?«

»Maestro, ihr beleidigt mich! Für solche Stümpereien bin ich mir zu schade! Verlangt einen Streich, der mir zur Ehre gereicht!«

»Und einen Schreibebrief legst du ihm auf das Kopfkissen, damit er ihn sogleich sieht, wenn er erwacht!«

»Maestro Sergio, zeigt mir den Gärtner und gebt mir ein paar Tage Zeit!«

»Doch wehe dir, wenn du zu kneifen versuchst! Wir werden dir Tag und Nacht auf den Fersen sein und dich beim geringsten Fluchtversuch um einen Kopf kürzer machen!« –

Am folgenden Tage ging der Torwärtl mit dem Rinaldino am Wurzgarten des Klosters vorbei und zeigte ihm unauffällig den jungen Mann. In den zwei Nächten darauf stieg Rinaldino bei den Predigerbrüdern ein, schlich einer Raubkatze gleich durchs ganze Haus und erkundete jeden Raum und jeden Winkel. In der dritten Nacht, als der Mond noch nicht aufgegangen war, gaben sie ihm das Geld und den Schreibebrief – und das Abenteuer begann.

Es war ein kurzes Abenteuer, so daß die Wächter, die um das Kloster postiert waren, gar nicht fassen konnten, daß alles schon abgelaufen sein sollte, als Rinaldino plötzlich wieder vor ihnen stand. Er bleckte seine weißen Zähne und folgte ihnen in den Turm.

Als der Bruder Pförtner am frühen Morgen aus dem Alkoven stieg, um mit der Hausglocke die Mönche zum Gebet zu rufen, sah er sich plötzlich von einer Dekurie (Zehnerschaft) Schergen umringt. Ihr Anführer forderte ihn auf, sie unverzüglich zum Gärtner Michael Schöpfl zu begleiten. Der betagte Mann schlurfte mit ihnen davon, hinter in den Gartentrakt des Wirtschaftsgebäudes. Hier ließen sie ihn stehen und jagten wie die Irren die Treppe hinan. Sie rissen alle Türen auf, bis sie vor dem Gesuchten standen, der den Schreibebrief gerade von seinem Kopfkissen aufgehoben hatte. Sie packten ihn und zerrten ihn – halbnackt, wie er war – mit sich in den Hof hinab. Erst hier konnte er sich notdürftig bekleiden.

»Das ist er!« sagte der alte Torwärtl und gab einem Schergen die Weisung, sofort wieder hinaufzugehen und den Schlafraum des jungen Mannes zu bewachen, bis eine Ablösung käme.

Sie führten den Schöpfl auf die Signoria zu Maestro Sergio. Der machte kurzen Prozeß und schickte ihn in die Kasematten bei den Festungsmauern der Stadt. Hier waren die auszubildenden Söldner untergebracht. Ein paar handfeste Gesellen mit breiten Schultern und wilden Gesichtern nahmen ihn in Empfang und schoben ihn in ein Kellergewölbe, wo ein anderer zwischen lauter Wämsern und spanischen Hosen stand. Der musterte den Michael und warf ihm dann je zwei Wämser und Hosen vor die Füße – und brüllte: »Anziehen!«

Dem jungen Manne war zeitweise zumute, als träumte er einen bösen Traum. Und wie im Traume zog er jetzt auch diese Kleidungsstücke an, und nur in den hintersten Kammern seines Geistes sagte er sich immer wieder: Nicht aufregen! Nicht maulen! Sonst schlagen sie dich tot!

Im Nebenraum gaben sie ihm einen Präxen und eine Hellebarde und führten ihn dann auf einen Sandplatz hinaus, wo andere seinesgleichen im Fechten mit diesen Waffen von viechisch schreienden Männern unterrichtet wurden. Als er das sah und hörte, wurden ihm die Knie weich und er war nahe daran, in Tränen auszubrechen; nur die Angst, sich lächerlich zu machen, gab ihm die Kraft, sich zu beherrschen.

Als er etwa eine Stunde so dagestanden war und dem Treiben zugeschaut hatte, rief ihn einer mit lauter Stimme zu sich: »Wie heißt du?«

»Michael!« entgegnete der Schöpfl.

»Michael, pack deinen Präxen und schlag auf mich drein, so kräftig und so wild du kannst!«

Michael schaute erst ein wenig unschlüssig, doch der andere schrie: »Schlag schon!«

Da schlug er zaghaft gegen den Mann, der parierte und

weiterbrüllte: »Schlagen, hab ich gesagt! Nicht strei-
cheln! – So!«

Dabei gab er dem Schöpfl eine Hieb gegen die Brust,
daß er rittlings hinfiel: »Das war ein Schlag, ein sanfter! In den nächsten Tagen folgen härtere!«

Michael erhob sich, der andere aber brüllte wieder:
»Schlag jetzt! Schlag wohin du willst!«

Nun schlug er den Mann aufs Geratewohl mit seinem
Präxen auf den Kopf zu, gegen das Gesicht und den
Hals hin, doch alles umsonst; der andere parierte jeden
Schlag Michaels mit seinem Präxen so vollendet, daß
dem bald Arm und Hand schmerzten.

»Siehst du, junger Mann, so muß das sein! Erst wenn
du dich einmal so wehren kannst, daß kein Schlag des
Gegners dein Wams berührt, erst dann bist du ein
Landsknecht von Gottes Gnaden, einer von denen, die
am Ende ihrer Tage schnurgerade in den Himmel kommen und vom heiligen Georg zu Rittern geschlagen
werden. Doch bis dahin werden wir dich erst noch grün
und blau dreschen, daß du schon hier auf der Erde die
Engel singen hörst!« Und wieder versetzte er ihm einen
Hieb, daß Michael jäh zurücktaumelte.

Der morgendliche Streifzug der Schergen durchs Kloster hatte verständlicherweise die ganze monasterische
Ordnung verwirrt. Die Mönche irrten durch das Haus,
fragten einander, warum die Gebetsglocke nicht erklungen war, oder war sie doch erklungen, und man
hatte sie nur nicht gehört? Hatte man verschlafen? Wo
war der Bruder Pförtner? Was waren da für fremde
Leute durch den Wurzgarten geschlichen?...

Da kam Fra Feliciano, der Prior, daher, mit ihm der Pförtner. Alle Mönche gingen auf die beiden zu, fragend und mit den Händen gestikulierend. Er wies alle Frager ab und folgte dem Pförtner zum Wirtschaftsbau, und sie stiegen hinauf zu Schöpfels Kammer. Da vertrat ihnen der wachhabende Scherge den Weg. Nur den Schreibebrief, der auf dem Kissen gelegen war, streckte er ihnen entgegen.

Der Prior nahm ihn und las still für sich: »Der Söldnerführer bei der Signoria von Mantua bescheinigt dem Jungmann Michael Schöpfl, daß er den Werbern unseres Söldnerhaufens stattgegeben hat, sich in die Liste eintragen ließ und eine Werbeprämie von fünfzig Gulden in Empfang genommen hat. Schöpfl hat sich somit umgehend bei den Kasematten am Nordtor einzufinden. Alles Weitere wird ihm dort zu wissen getan. – Gegeben auf der Signoria zu Mantua am fünften Tage des Heumonats im Jahre des Herrn 1644.«

Fra Feliciano bedeutete der großen Mönchsschar, ihm in den Kapitelsaal zu folgen. Hier las er ihnen das Schreiben vor und fragte, ob sie je aus dem Munde des jungen Mannes eine Äußerung vernommen hätten, die in diese Richtung gezielt habe. Alle erklärten einhellig das Gegenteil, weil er ihnen wiederholt gesagt hätte, er sei aus seiner mährischen Heimat nur darum entflohen, daß ihn die Landschergen des Kaisers nicht zu den Soldaten holten. – Man könne doch kaum an einen solchen Sinneswandel glauben. – Darauf begab sich der Prior mit dem Schreibebrief zu Maestro Sergio auf der Signoria und fragte, was das zu bedeuten habe; auch bat er, unverzüglich mit Michael Schöpfl sprechen zu dürfen. Doch der Beamte benahm sich wendig wie ein Windhund und versicherte, daß zum gegenwärtigen

Zeitpunkte der Ausbildung die künftigen Söldner so sehr in Anspruch genommen würden, daß man jeglichen Kontakt mit der zivilen Welt von ihnen fernhalten müsse, weil sonst die soldatische Disziplin leide. In zwei knappen Wochen bestehe dann durchaus die Möglichkeit, auf den jungen Mann zuzugehen.

Diesen Schmäh erzählte Maestro Sergio, wohlwissend, daß die jungen Söldner in vierzehn Tagen bereits in Richtung Süden zum großen Heerhaufen abgeschoben sein würden. Fra Feliciano nahm ihm die öligen Worte auch gar nicht ab, mußte sich aber bescheiden und unverrichteter Dinge wieder in sein Kloster zurückkehren. Hier hatte sich weiter nichts Neues begeben, nur daß die Schergenwache immer noch auf ihrem Posten stand.

★

Es vergingen fünf Tage.

Inzwischen hatten die jungen Gesellen auf dem Sandplatze bei den Kasematten Blut geschwitzt, und nicht nur einer war unter der mörderischen Schinderei zusammengebrochen; – nicht der Schöpfl. Er trug sich gleich seit Beginn mit dem festen Gedanken, bei halbwegs günstigem Winde zu entfliehen. Dabei kam ihm zustatten, daß er einiges Geld besaß.

So peilte er denn schon am zweiten Abend beim Eingangstor zu den Kasematten einen Wachposten an und fragte so im Vorbeigehen, was denn wohl zwei Minuten »Wegschauen« kosten würden. Der wußte mit der Frage zunächst nichts anzufangen. Erst als Michael erklärte, er habe drüben bei der Kathedrale ein Mädchen, das er unbedingt für ein kurzes Stündchen besu-

48

chen müsse, fing der andere an zu begreifen, grinste
wie ein fauler Paradeisapfel und meinte, so etwa zehn
Gulden müßten schon herausschauen. Außerdem sei
der Präxen in der Wachstube zu hinterlegen.

Vier Tage darauf – am Feste des heiligen Benedictus
von Nursia – stand der Mann wieder auf Wache. Michael trat mit der Miene der Selbstverständlichkeit in
die Wachstube, legte seinen Präxen auf den Tisch und
schob dem anderen die zehn Gulden von der Seite her
ins Wams. Der Mann brummte kurz, verließ mit dem
Schöpfl die Wachbude, stellte sich abseits hin und fing
an, das Wasser abzuschlagen. Er hatte offensichtlich
vorher viel getrunken, denn der intime Vorgang dauerte eine ganze Weile.

Michael eilte im Häuserschatten dahin, kam ans Kloster der Predigerbrüder und trat bei Fra Feliciano ein.
Der blies sofort das Licht aus, vor dem er gelesen und
gebetet hatte, und strich mit ihm in den Mönchsgarten.
Unter der dichtbelaubten Pergola ließen sie sich auf einer Steinbank nieder. Und redeten und erwogen dieses
und jenes, verhoffend, Michael würde sich einige Zeit
im Kloster versteckt halten können, bis es möglich
wäre, ihn gefahrlos aus der Stadt hinauszuschaffen.
Doch diese Hoffnung trog!

Denn schon zwei Tage später erschienen die Schergen
der Signoria im Kloster und verlangten die Herausgabe
des Gärtners Michael Schöpfl, der sich fahnenflüchtig
aus den Kasematten abgesetzt habe. Fra Feliciano
hatte einen so raschen Gegenzug der Kommandantur
nicht erwartet, weshalb denn auch ein brauchbares Versteck für den jungen Mann noch nicht gefunden war.
Nach kaum einer Stunde hatten sie ihn ergriffen. Sie
schleppten ihn wieder auf die Signoria. Und noch ehe

der Abend begann, hatten sie ihn zum Tode am Galgen verurteilt, so daß der Nachtwächter bei jedem seiner Rundgänge durch die Stadt den Gedenktag der seligen Irmgard vom Chiemsee als den Tag der Hinrichtung eines Fahnenflüchtigen auf dem städtischen Forum ausrufen konnte.

Das kleine, armselige Volk liebte solche Schauspiele als prickelnde Abwechslung im Einerlei seiner harten, täglichen Arbeit.

Denn da strömten sie alle – und nicht nur sie! – voller Neugier auf den Richtplatz und genossen inbrünstig die letzten Sekunden eines Menschenlebens. Dies um so mehr, wenn der Gerichtete gar noch ein junger Mensch war. Alte, ausgewachsene Verbrecher waren ja schon abgebrüht; sie zeigen in der äußersten Phase ihres Daseins nicht mehr viel seelisches Empfinden, die jungen dagegen, die vom Leben noch allerhand hätten erwarten dürfen, taten sich da schon schwerer. Die brachen bisweilen in tierisches Geheul oder temperamentvolles Fluchen aus. Manche schmähten sogar den Geistlichen, der sie bis zur Richtstätte begleitet hatte und ihnen in den letzten paar Minuten noch den Weg ins ewige Jenseits ebnen wollte. Das alles zu sehen und zu hören, entbehrte nicht eines sonderlichen Reizes. – Die ganze Stadt Mantua war also voll fieberhafter Erwartung.

Die Signoria förderte diese Erwartung ganz bewußt, war doch eine solche Hinrichtung der wohlfeilste und wirkungsvollste Unterricht, vaterländische Gesinnung zu erzeugen und wachzuhalten.

So blaute denn der Festtag der seligen Kaisertochter
Irmgard in herrlicher Frische auf und verhieß der Be-
wohnerschaft der Stadt eine oder zwei Stunden unge-
trübten Genusses. Aus allen Gassen strömten sie bereits jetzt auf das Forum, war doch allein schon sehens-
wert, wie die Zimmerleute das hohe Schragengerüst
aufstellten und die Henkersknechte den Galgen mit allem Zubehör aufpflanzten. Ein Hin- und Herfragen erfüllte die Luft über dem weiten Platze, Interessengrup-
pen bildeten sich, die einander mit wüstem Schimpfen
und Schreien beflegelten, aufgestachelt durch Scharf-
macher, die von der Signoria besoldet und unters Volk
geschleust worden waren mit der Devise: So muß es jedem ergehen, der sich die Werbeprämie ergaunert und
dann Reißaus nimmt! – An einer Seite gerieten sich
die Städtischen und die armen Schlucker derart in die
Haare, daß sie sich am End mit den Fäusten traktier-
ten, wobei die Taglöhner, die Straßenkehrer und die
Roßknechte über die weitaus wirkungsvollere Schlag-
kraft verfügten. Auch diese Szene besaß ihren Reiz
und fand einen ganzen Kreis von aneifernden Zuschauern.
Mit einem Male erschien bei den Säulen am Eingang
zum Forum eine kleine Schar von Stadtpfeifern; das
war gewissermaßen die Vorhut der strafenden Gerech-
tigkeit, das heißt: des Profosen hoch zu Roß und des
Scharfrichters mit einem schwarzen Sacke über den
Kopf gestülpt; hinter zwei Augenlöchern in dieser Ver-
hüllung blitzten bisweilen ein paar grimmige Augen
auf. Während sich der Profos seitlich des Gerüsts auf-
stellte, stieg der andere auf einer schmalen, angelehn-
ten Holztreppe hinauf und packte die daliegende Leiter
mit einer Hand, – dies um die Kraft seiner Arme zu

bekunden! – und reichte sie einem Henkersknechte. Ein anderer Knecht zerrte aus dem Hintergrunde eine kleine, mit Rädern versehene Kiste heran und schob sie unter das Querholz des Galgens.

Dann warteten sie. Und der ganze Platz verstummte. Unheimliche Stille lag über allem.

Wieder ließen sich die Stadtpfeifer vernehmen; sie bliesen einen Akkord, den sie zweimal wiederholten.

Dann kamen inmitten von vier Schergen – zwei Dominikanermönche. Der eine hielt ein kleines Kreuz in der Hand, dem anderen – einem jüngeren, waren die Hände mit Stricken gefesselt. Sechshundert, siebenhundert, achthundert Augenpaare des gaffenden Volkes wandten sich fragend nach hierhin und dorthin: Was soll das? Wo ist der Verbrecher? Der Fahnenflüchtige?

Der Profos und der Scharfrichter schauten einander an, und schauten hin auf die beiden Mönche, die wie selbstverständlich auf der Treppe zum Schragen emporstiegen. Der Gefesselte trat unter den Galgen, umringt von den vier Schergen; der mit dem Kreuz – jetzt erkannten ihn viele: es war der Prior Fra Feliciano – schritt zum Profosen hin und sprach mit lauter, feierlich erhobener Stimme, wie er's in der Rednerschule seines Ordens gelernt hatte: »Im Sinne unseres Heiligen Vaters Innozenz X. verwahren wir uns gegen die Anmaßung der Signoria von Mantua, einen Postulanten des ehrwürdigen Ordens der Predigerbrüder der weltlichen Justiz zu unterwerfen, noch ehe die geistliche Justiz der heiligen Kirche Gottes um die Unterstützung des weltlichen Armes zur Ahndung einer Missetat gebeten hat. – Sollte die Signoria dennoch darauf beharren, den Mitbruder unserer Ordensgemeinschaft von sich aus richten zu müssen, dann hat sie seitens der Heiligen Kirche das Interdikt (Verbot gottesdienstlicher Handlung) zu gewärtigen, unsererseits aber die Forderung, daß dem Bruder ein ordentlicher und öffentlicher Prozeß gemacht werde, bei dem Schuld oder Unschuld von unparteiischen Rechtskundigen ermittelt und erkannt wird. War es doch in höchstem Maße verdächtig, daß die Signoria in einer Nacht- und Nebelaktion den Bruder aus dem Kloster gezerrt und in die Kasematten geschleppt hat, damit er dort 'magnis itineribus (in Eilmärschen)' zum Söldner der Stadt herangebildet werde, um so rasch wie möglich einem Landsknechtshaufen als Kanonenfutter zu dienen. – Sollte jedoch die Signoria auf der Durchführung ihres Unterfangens bestehen, lädt sie eine Mordtat auf sich, die vor Gott, vor der Kirche und vor anderen weltlichen Gerichten gesühnt werden muß!«

Ein langes Schweigen folgte.

Fra Feliciano stand da wie eine Säule; der Scharfrichter stand dort wie eine Säule; und der Profos saß auf seinem Roß wie angegossen.

Plötzlich schrie einer aus der Menge des Volkes: »Laßt doch den Bruder laufen!«

Da war's, als wäre ein Bann gebrochen. Ein mächtiges Schreien und Johlen erhob sich; das Volk drängte an die Schragen heran.

Jetzt stieg der Profos aus dem Sattel und betrat das Gerüst. Er winkte, und es wurde wieder ruhig. Dann sprach er: »Den Worten des Fra Feliciano wird stattgegeben! Der Verurteilte möge bis auf weiteres ins Kloster der Predigerbrüder zurückkehren!«

Michael Schöpfl aber fiel unter dem Galgen auf die Knie nieder und betete still. –

★

Der Chronist – wir kennen seinen Namen nicht, doch seine Aufzeichnungen haben sich erhalten – schrieb an jenem Abend mit zitteriger Feder in seine Annalen:

»Gewalt ging da für Recht, das Urthl war beschlossen, der Unschuldige solte henkhen als ein Ausgerissener; der Todt war ihme anerkhündt, die Laiter Lainet schon an dem Galgen . . .«

Als sich Michael dann unter dem Galgen zum Gebet niederwarf, weiß der Chronist weiter zu berichten, der Arme habe sich ganz in den Willen Gottes gegeben, habe auch der seligsten Jungfrau Maria versprochen, falls er mit dem Leben davonkomme, wolle er ein gottgeweihtes Leben führen und entweder in einem Kloster oder in einer

»Ainöden mit betten und geistlichen betrachtungen in Lob und Diensten Jesu und Mariae die ganze Zeit seiner Täg verzeeren . . .«

o-o-o-o-o

In der Haferkiste

Der fromme Betrug, durch den der Prior den Schöpfl vor dem Galgen gerettet hatte, war so zustande gekommen, daß er – Feliciano – mit zwei Kutten auf seinem Leibe das Gefängnis Michaels aufgesucht hatte, um ihn auf den Tod vorzubereiten und ihm die Beichte abzunehmen. Allein gelassen mit dem Beichtiger, war der junge Mann in die Kutte geschlüpft, und der Prior hatte ihn allen Ernstes versichert, seine Aufnahme in den Orden nachhaltig zu betreiben. –

Als sich das enttäuschte Volk der Gaffer sachte verlaufen hatte und das Aufgebot der Signoria abgezogen war, begaben sich die Zwei in ihr Kloster; Michael in seine Kammer, die jetzt niemand mehr bewachte. Dann sah er an sich selbst herunter: Da trug er den Habit der Dominikaner, und der Prior hatte ihn als Postulanten (Bewerber) erklärt. Das war seine Rettung vor dem Strick gewesen . . .

Wie ein böser Traum glitten die Tage der vergangenen Woche an ihm vorüber. Das neue Leben hatte sich ihm aufgetan, als er unter den Galgen hingekniet war, ein Leben, wie er es sich bei der Taufe zu Sankt Peter in Rom vorgestellt hatte: Hingabe an Gott, Hingabe an die Menschen, Achtung vor sich selbst. – Dann begann er zu beten, und langsam lösten sich die ausgestandenen Ängste und die Beklemmungen seines Herzens.

Gegen Abend kam Fra Feliciano und holte ihn ins Refectorium (Speisesaal). Er ging mit, doch Hunger spürte er nicht. Er war deshalb froh, als sie das Dankgebet gesprochen hatten und er wieder in seine Kammer gehen konnte. Mit Ehrfurcht vor dem Ordensge-

wand entkleidete er sich und fing dann an, den Strohsack schlafgerecht aufzulockern und seinen Inhalt
gleichmäßig zu verteilen. Als er ihn bedächtig aus dem
Bettkasten hob, siehe, da lagen fünfzig Gulden! Fast
schüchtern nahm er das Geld und tat es auf den Betstuhl, der in einer Ecke stand.

Morgen früh – so dachte er – nach dem Gottesdienst
werde ich's dem Pater Prior bringen! Er öffnete das
Fenster, das einzige dieser kleinen Kammer, und atmete tief die laue Abendluft ein, die vom Flüßchen
Mincio herüberstrich. Und wieder hauchte er Anmu-
tungen des Dankes zum Himmel empor. Erst als der
lichte Mond über der Po-Ebene aufgegangen war,
hüllte er sich in eine leichte Decke und legte sich nieder.
Wen wundert's, daß er keinen Schlaf fand?

Wiederholt erhob er sich, zündete das Windlicht an und
schritt in der Kammer betend und sinnierend hin und
her. Erst gegen Morgen, als ein Schwarm eingefallener
Zugvögel sich zwitschernd zum Weiterflug rüstete,
übermannte ihn die Not der ausgestandenen Qualen –
und er schlief ein.

Er hörte kein Gebetsläuten, auch nicht das Fluchen der
Fuhrleute auf der Gasse, nur spürte er plötzlich, als
wäre er nicht allein in der Kammer. Ängstlich riß er die
Augen auf, vermeinend, die Schergen seien schon wieder da, um ihn mit fortzunehmen. Dem war aber nicht
so, sondern der Prior stand neben seinem Bettkasten
und schaute ihm starr ins Gesicht: »Woher ist das Geld
dort auf dem Betstuhle?«

Michael mußte sich erst ein paar Augenblicke lang be-
sinnen; dann erwiderte er: »Es lag unterm Strohsack!
Als ich ihn auflockerte, ehe ich mich hinlegte, fand
ich's.«

»Merkwürdig!« entgegnete der andere. »Daß es einen Goldesel gibt, weiß man aus dem Märchen; daß aber ein Strohsack Münzen ausheckt, ist bislang noch nie gehört worden. Könnten es nicht die fünfzig Gulden Werbeprämie sein, von denen der Schreibebrief zu berichten wußte, der auf deinem Kopfkissen gelegen war? Jener Brief der Signoria, der bestätigte, daß du dich für die Söldner hättest anheuern lassen?«

»Ehrwürdiger Prior, glaubt Ihr allen Ernstes, ich wäre aus meiner mährischen Heimat entwichen und nach Rom geflohen, um in Mantua mit der Waffe in der Hand auf Menschen losgehen zu können?«

»Glauben kann ich's kaum, doch aller Anschein spricht dafür! Und daher auch der Prozeß, den man dir gestern machen wollte! Oder hast du eine andere Erklärung?«

»Woher sollte ich eine Erklärung haben, wo sie mich doch die ganze Zeit in den Kasematten eingesperrt hatten?«

»Und steht nicht zu befürchten, daß sie heute oder morgen wiederkommen? Sie sind es doch gewesen, die dir das Geld gegeben haben!«

»Herr, das Geld scheint für mich bestimmt gewesen zu sein, ist mir jedoch nie gegeben worden! – Nehmt es, ich bitt' Euch, und tragt es auf die Signoria!«

»Ich werde mich hüten, in diesen Haufen von Falschheit und Lüge noch einmal hineinzustochern! Unser Monasterium (Kloster) hat durch dich schon Schadens genug erfahren. Pack alles zusammen, was dein ist, und zieh deiner Wege! Morgen werden die Seidenhändler wieder gen Norden fahren; ich werde sie bitten, dich in ihre Obhut zu nehmen!«

Das war eine fürchterlich ernüchternde Rede nach dem Erlebnis des Vortages!

Michael Schöpfl schwieg.
Fra Feliciano wandte sich von ihm ab und verließ das
Wirtschaftsgebäude.

Weisungsgemäß schlichtete der junge Mann seine Habseligkeiten – viel war es ja nicht! – in seinen Mantelsack hinein. Das Gewand mit den eingenähten Münzen
lag immer noch in der Stube; hatten sie ihn doch vor Tagen fast halbnackt weggeschleppt. Am wichtigsten war
für ihn das wundertätige Bild, das unter einer Ölhaut in
einem Winkel der Stube stand. Niemand hatte es wahrgenommen, niemand hatte es beachtet, alles hatte sich
nur um ihn und seinen Söldnerdienst gedreht.
Michael kniete sich jetzt vor das zugedeckte Bild hin,
um zu beten. Er dankte, dankte vor allem für die wunderbare Rettung vor dem Galgen, vermittelt durch den
ehrwürdigen Prior und seine starken Worte. Was sind
es doch für begnadete Menschen, die kraft ihrer Rede
nicht nur ein Tribunal, sondern Hunderte von Menschen derart zu bezaubern vermögen, daß sie – einer
Meute gleich, mit dem Geruch von Blut in der Nase –
am Ende wie verwandelt vor ihrem vermeintlichen Opfer stehen und in die Hände klatschen vor lauter
Freude, daß es noch lebt! Ja, und so wird es auch richtig und dem göttlichen Willen gemäß sein, daß ihn jetzt
ebendieser Prior aus dem Gehege seines Klosters hin-
ausweist in die Unsicherheit des fremden Landes. Wer
weiß denn, ob nicht die scheinbare Sicherheit größere
Risiken für Leib und Leben birgt, als es die Fährnisse
auf den Fuhrmannsstraßen sind! – Herr, Gott im
Himmel, du gütiger Vater der Menschen, auf deine

Hilfe vertraue ich! Ich begebe mich abermals in deinen Schutz, denn ohne dich können wir nichts tun, sondern sind wie die Wellen auf dem Spiegel des dahineilenden Flusses, wie der flirrende Sand in der Wüste!« –

Das Geld aber – die Werbeprämie – lag immer noch auf dem Betstuhle . . .

Es ist Zeit, dachte sich Michael Schöpfl, an die Klosterpforte zu gehen. Denn wenn die Seidenhändler vorbeikommen, muß er gerüstet dastehen. Händler dulden keinen Zeitverlust: »Zeit ist Geld!« sagen sie und »Geld ist wichtiger als der Herrgott«, – das sagen sie nicht, aber denken es sich.

Er schnürte sein Bild unter der Ölhaut säuberlich zusammen, gliederte in die Schnüre die zwei Gurtbänder hinein, um es auf den Schultern tragen zu können, und verließ die Kammer.

Das Geld ließ er auf dem Betstuhle liegen . . . Und er kam an die Pforte und sah die Händler auf ihren schweren Kauffahrteiwagen durch das Klostertor hereinfahren, begleitet von zehn bewaffneten Fußknechten und fünf Lanzenreitern. Das war also das Geleit, dem er sich und sein Wunderbild bis Innsbruck anvertrauen sollte; Weiß Gott, ein sicheres Geleit! Die sechs Rösser vor dem Wagen gebärdeten sich recht unruhig: sie stach der morgendliche Hafer. Es galt, keine Zeit zu verlieren, um möglichst rasch auf die Fuhrmannsstraße zu kommen, die auf Custoza zu führte.

Jetzt erschien auch Fra Feliciano und redete im Flüsterton mit den zwei Seidenhändlern, die breit und bequem inmitten des Wagens saßen, auf allen Seiten von den wuchtigen Ballen ihrer Ware umgeben. Gleich nahm auch einer der drei Roßknechte dem Schöpfl das verschnürte Bild ab und stellte es im hinteren Wagenteil zwischen die Seide.

Drauf wandte sich der Prior an Michael. Der kniete sich vor dem geistlichen Manne nieder und bat um den Reisesegen. Fra Feliciano segnete und umarmte ihn. Dann brüllte der Vorreiter ein paar unverständliche Befehle, die Lanzenreiter setzten sich an die Spitze des Geleitzuges, und dahin ging's, hinaus zum Alpentor. Als sie aus der Sichtweite der mantuanischen Torwächter gekommen waren, wurde Michael zum Wagen gerufen.

»Du wirst verdächtigt«, sagte einer der Handelsherren, »bei den Söldnern desertiert zu sein. Wir haben also an der Nordgrenze des Herzogtums Mantua eine scharfe Kontrolle zu gewärtigen. Wie stellst du dich dazu, wenn wir dich in die Haferkiste stecken, die unterm Wagen hängt?«

Der andere aber – ein alter Mann – meinte: »Vielleicht solltest du eines unserer Nothemden anziehen!«

»Nothemden?« fragte Michael. »Was ist das: ein Nothemd?«

»Nun ja«, fuhr der Alte fort, »ihr Jungen heutzutage habt keinen Glauben mehr an das Übersinnliche. Euer Geist – und sei er auch noch so belämmert, dient euch als einzige Richtschnur der Wirklichkeit. Deshalb könnt ihr auch nicht begreifen, daß es irgendwo in der Lombardei drei unschuldige, jungfräuliche Mägdlein gibt, die in der heiligen Christnacht leinenes Garn spinnen, weben und zu Hemden machen, welche auf dem Brustteil zwei Häupter haben, das eine auf der rechten Seite mit einem langen Barte, das andere auf der linken Seite wie des Königs Beelzebubs Kopf mit einer Krone; zu beiden Seiten aber sind die Hemden mit einem Kreuze zusammengehalten. Die Länge der Hemden ist so verfertigt, daß sie vom Halse an den Menschen ganz und gar bedecken. Man bedient sich dieser Hemden in Krieg und Streit, damit man vor Hieb-, Stich- und Schußwunden bewahrt und sicher sei. Daher der Name 'Nothemd', weil man es in der Not zu Schutz und Hilfe gebrauchen kann. – Willst du ein solches Hemd anziehen?«

»Meine Herren, verfahrt mit mir, wie ihr es für richtig haltet! Ich scheue weder Nothemd, noch Haferkiste!« Mit dieser Antwort waren die Händler zufrieden und steckten ihn in die Kiste. Und siehe, sie hatten die Veroneser Klause noch nicht erreicht, da sprengten hinter ihnen etliche berittene Schergen heran und stellten den ganzen Geleitzug. Zuerst beäugten sie jeden der Begleitmannschaft, dann untersuchten sie oberflächlich das Innere des Wagens; an die Haferkiste klopften sie ein paarmal hin, – darauf kehrten sie ihres Wegs zurück. Michael Schöpfl aber kroch aus seiner Finsternis heraus. Er war benommen wegen des eingeatmeten Staubes, so daß ihn die Herren fortan immer wieder für einige Stunden zu sich in den Wagen nahmen.

Als sie in Trient einkamen, war dem Michael wohler. Hier hörte er viele Bewohner deutsch reden; auch hielt sich das Geschrei der Welschen auf Gassen und Plätzen in Grenzen. Weil sie sich und den Rössern einen halben Tag Ruhe gönnen wollten, rieten ihm die Seidenhändler, die fürstbischöfliche Residenz, das Kastell del Buon Consiglio, aufzusuchen und um Einlaß in den gewaltigen Rundturm zu bitten.

»Und Ihr meint, sie werden mir's erlauben?«

»Dir eher als uns! Denn zum einen ist der Fürstbischof

ein Österreicher, zum anderen behandeln sie jeden Fremdling wie ein rohes Ei.«

»Was soll ich in dem Turme? – Sie könnten mich ja danach fragen!«

»Menschenskind, hast du noch nichts gehört von den Monatsbildern?«

»Wie sollte ich? Ich stamme doch aus Mähren, und das liegt weit ab von hier!«

»Etwa am Balkan? Oder beim Schwarzen Meer? Oder gar beim Ural?«

»Ach liebe Herren, mich dünkt, Ihr seid krank gewesen, als der Mönch in Eurer Klosterschule die Geographia durchgenommen hat!«

»Junger Freund, zu welchem End bräuchten wir eine Geographia, wenn wir den Beutel voller Geld haben! Mit deiner Geographia lockst du keinen Hund vom Ofen; beim Klang von Dukaten aber springt jede Tür auf!«

»Auch die Himmelstür?« Michael Schöpfl stellte diese Frage mit einem herausfordernden Tonfall in der Stimme.

Da verzogen die beiden Handelsherren höhnisch die Gesichter und ließen den jungen Mann stehen. Damit war auch die Frage nach den Monatsbildern im Kastellturm abgetan. –

Michael Schöpfl kehrte zurück in die Fuhrmannsschänke, in der das ganze Geleit untergekommen war. Hier richteten sich ihre Fuhr- und Reitknechte für den Besuch des Badhauses her. Dieses von der Stadtsignoria wohlgepflegte »Haus an der Mauer« diente vor allem den fahrenden Männern zur Reinigung und zu allerlei Kurzweil mit den Bademägden. Hier ging es stets hoch her, und die Nachtwächter hatten meistens alle

Hände voll zu tun, wenn die verschiedenen Fuhrleut' – besonders wegen der Mägde – hart aneinander gerieten. Da gab es immer wieder einen Erstochenen oder Erschlagenen, denn die aufgestaute Leidenschaft der meist einfältigen, harten Gesellen, dazu der süffige Etschländer, peitschten die Gemüter auf und ließen sie Gott und die Welt vergessen.

Der jüngere der beiden Seidenhändler schloß sich den jungen Leuten an, weil er vorgab, sie so besser im Zaume halten zu können. Doch der alte raunte dem Michael zu: »Er hat daheim ein hitzig Weib, das ihn unaufhörlich belämmert und hinters Licht führt, so daß er hier verausgabt, was er seinem Weibe schuldig wäre. Weil aber das zu wenig ist, verzichtet das Weib schon lange ganz und gar auf ihn und zwingt ihn gleichsam zu den Mägden in die Badestuben.«

»Eine traurige Geschichte!« erwiderte der Schöpfl.

Der alte Handelsherr aber fuhr fort: »Da lobe ich mir schon so einen jungen Mann wie dich! Du kannst dich beherrschen und zurückhalten und bist doch allweil guter Dinge. Die anderen aber – du wirst sehen, wie sie morgen früh beisammen sind! Am besten redet man keinen an, wenn man nicht riskieren will, daß sie gleich handgreiflich werden.«

»Werde mich hüten!« sagte Michael und folgte dem Alten in die Schänke.

Tags darauf war es so, wie der alte Herr gemeint hatte: Übernächtig und ausgelaugt, maulfaul und mürrisch traten sie die Weiterfahrt an. Selbst der junge Handelsherr verkroch sich wortlos in den hintersten Teil des Wagens und schlief.

Sie fuhren im Tal der Etsch hinan bis Bozen und dann am Eisack entlang über Brixen zum Brennerpaß. Hier versprachen die Herren ihrem Gefolge abermals einen halben freien Tag zu Innsbruck. Die Wirkung war verblüffend: der Abstieg in die Stadt am Inn vollzog sich heiter und gelöst.

Hier trennte sich auch der Schöpfl vom Geleit der Seidenhändler. Er wollte am Inn bleiben, sie aber strebten auf Augsburg zu.

o-o-o-o-o

Am Kirchwald

Es hatte keine Abschiedsszene gegeben. Der Schöpfl hatte sein Bild auf den Rücken genommen und sich der Sillgasse zugewandt, um bei den Jesuitenvätern anzufragen, ob sie ihn vielleicht in ihre Ordensgemeinschaft aufnehmen würden.

Indes, sie wollten nicht. Als nämlich der Gästepater dem Provinzial das Ersuchen des jungen Mannes unterbreitet hatte, war dem kurzerhand die Bemerkung entschlüpft: »Ein junger Gesell, der Angst hat vor dem Soldatentod und daher in der halben Welt herumflaniert, um ihm zu entrinnen, ist für uns nicht brauchbar!«

Voll Trauer teilte Pater Heitlinger dem Gaste diese abschlägige Antwort mit. Darauf wollte der keine Zeit verlieren, verließ mit seinem Bilde das Jesuitenhaus und begab sich nach Hall an den Ländplatz. Und siehe, da war doch – wie er's im stillen erwartet hatte – sein

Blick ins Inntal mit Nußdorf.

alter Freund, der Stangenreiter Achleitner, wirklich dabei, eine mächtige Plätte mit Salzscheiben für Ungarn zu beladen. Er freute sich bei seinem Anblick und bedauerte lebhaft, ihn im Augenblick nicht als Salzschreiber einstellen zu können, versprach aber, ihn bei freier Kost mitzunehmen – wenn's sein müsse »bis ans Schwarze Meer«.

Michael war von dieser väterlichen Zuneigung des alten Mannes sehr angerührt, erklärte ihm jedoch, daß er nur bis ins bayerische Nußdorf, ganz nahe am Inn, mitfahren möchte, weil er von dort aus über die Gritschen und dann weiter zum Chiemsee ziehen wolle in der Hoffnung, von den Mönchen auf der Insel in ihre klösterliche Gemeinschaft aufgenommen zu werden.

Für dieses Vorhaben hatte nun der Achleitner kein Verständnis; im Gegenteil, er bedauerte, daß ein so sauberer Jungmann einen »derlei spinnigen Gedanken« haben könne, wo ihn doch »die jungen Weibsbilder mit geschmatzten Händen in ihre Alkóven zerren« würden.

Dieses herzhafte Wort entlockte dem Schöpfl ein verlegenes Lächeln: »Lieber Vater Achleitner, Ihr meint es ja so gut mit mir; doch ich habe mich unter dem Druck der Erlebnisse meiner Romreise zur Erkenntnis durchgerungen, daß es mir aufgegeben ist, ein Leben betend und büßend hinter Klostermauern, wenn nicht gar in der Einöde zu verbringen.«

Darauf erwiderte der Stangenreiter: »Mag's sei, wie's will! Jeder Mensch is halt anderst dumm!«

Damit war dieses Problem zwischen beiden abgetan. Michael fuhr mit bis Nußdorf, wurde dort an Land gesetzt, und die Salzplette setzte ihre Fahrt weiter dem Osten zu fort.

Der junge Mann mit dem verpackten Bilde auf dem Rücken erkundigte sich nach dem Wege über die Berge in den Chiemgau. Man wies ihn auf einen einfachen Pfad über den Kirchwald.

Und er schritt dahin . . .

Der Pfad führte steil durch den Wald hinan. Dieser Wald gehörte nicht – wie man vermutet hätte – der Kirche, sondern sein Name rührte daher, daß die Einödbauern in den umliegenden Gebirgstälern auf diesem Wege zum Gottesdienst nach Nußdorf zu gehen pflegten.

Es war ein warmer Herbsttag, der 21. September 1644, Fest des heiligen Matthäus. Michael Schöpfl schleppte sich müde dahin. War es der Föhn, der über die Berge herüberstrich, oder steckten in ihm noch die Strapazen der Reise von Mantua her – er wußte es nicht. Nur gewahrte er mit einem Male neben dem Pfade einen hohen Felsspalt. Er trat näher und schaute in diesen aufgeschlitzten Felsen hinein. Da schien es ihm doch, als sei hier voreinst eine Art Felsenwohnung gewesen, in der sich ein Holzknecht, ein Jäger, ein Wilddieb oder Fallensteller mochte aufgehalten haben. Und weil ihm aus dem Innern dieses verwahrlosten Raumes eine angenehme Kühle entgegenströmte, entschloß er sich zu einer kurzen Rast. Er stellte sein Bild ab, streifte von ihm die Ölhaut und stellte es vor sich in den Eingang der Felsenwohnung. Dann kniete er sich im Angesichte der Muttergottes hin, um zu beten. Da fuhr plötzlich ein starker Windstoß vorbei, und Michael vernahm im Rauschen des Windes die Aufforderung: »Bleib hier!«

Erschrocken schaute er um sich, zu sehen, wer da gesprochen haben könnte; doch niemand war zu erblicken.

Nun ging er in sich und prüfte sich, ob er nicht etwa das Opfer seiner Müdigkeit geworden sein könnte. Je tiefer er sich aber erforschte, desto größer wurde seine Selbstsicherheit, so daß ihn am End dünkte, er höre noch den Nachhall des befehlenden Wortes. Drauf begann er erneut und inständiger zu beten, und spürte dabei, wie sich in seinem Herzen eine große Stille Raum schaffte. Und er besann sich eines Wortes aus dem Munde des Jesuitenpaters Heitlinger: »Es ist das Wabern eines guten Geistes, wenn es in dir ruhig wird!«

In dieser Stille seines Herzens erwog nun der junge Mann noch einmal seinen vorgefaßten Entschluß, das Kloster im Chiemsee aufzusuchen; doch wie immer er ihn auch wendete und drehte, er hielt jetzt nicht mehr stand angesichts des Befehls, der ihm aus dem vorüberstreichenden Winde gekommen war.

Da ermannte er sich, ging tiefer in die Felsenschlucht hinein und untersuchte sie gründlich; er untersuchte auch die Reste des Mauerwerks der einstigen Wohnung und fand, daß es möglich sei, hier eine Klause zu errichten. Freilich bedurfte er zu diesem Vorhaben der Zustimmung des Besitzers dieses Waldes und der Erlaubnis der fürst-bischöflichen Behörde Chiemsee.

Als die Nacht hereinbrach, wickelte er sich in die Ölhaut ein, legte sich auf eine Moosbank und schlief gottergeben in den anderen Tag hinein. Eine wildernde Katze schien ihn geweckt zu haben, denn er sah sie noch kurz vor dem Eingange der Schlucht mit scheu aufgerichteten Ohren stehen, gewärtig, mit einem mächtigen Satz am nächsten Baumstamm hinaufklettern zu müssen.

Nicht weit ab von der Grotte quoll ein fingerdicker Wasserstrahl aus dem Felsen. Michael wusch sich das Gesicht, hatte aber dabei das Gefühl, als wäre dieses Wasser mit Öl vermischt; auch roch es nicht gut. Doch das störte ihn vorab nicht. Er verräumte sein Bild und begab sich wieder hinab nach Nußdorf. Er suchte den Vikar auf und brachte sein Anliegen vor. Der geistliche Herr verwies ihn an den Ortsvorsteher, denn Besitzer des Kirchwaldes sei die Gemeinde.

Der Vorsteher, Simon Lindner, zeigte sich zunächst sehr unfreundlich, weil er in dem jungen Manne einen Marodebruder oder einen entsprungenen Mönch vermutete. Erst nach vielem Ausfragen und allerlei Hin- und Hergerede kam er zur Überzeugung, daß an dem Gesellen kein Falsch sei, und er erlaubte ihm, in der Schlucht zu hausen, sofern der Vikar seinen Segen dazu gebe. Nun ging Michael abermals ins Vikariatshaus und ersuchte um eine Genehmigung des Bischofs von Chiemsee.

»Die holst du dir am besten selber!« meinte der Vikar. »Ich hab's nämlich nit so mit der Schreiberei; aber so was wie eine Empfehlung kann i dir schon mitgeb'n.«

Der Schöpfl pilgerte nun unverzüglich über Windshausen und Erl nach Niederndorf und dann den Berg hinan nach Sachrang. Die Zöllner an der bayerisch-tirolischen Grenze nahmen ihn stark ins Verhör, weil sich während des bereits sechsundzwanzig Jahre dauernden Krieges allerhand spionierendes Gesindel hier zu schaffen gemacht hatte. Am End erkannten sie jedoch, daß der Gesell harmlos war, und ließen ihn passieren.

Gleich jenseits der Grenze ragte aus dem Steilhang des Berges ein starker Felszinken heraus, darauf eine rohgezimmerte Bretterbude stand. Eine Hacke, ein Rechen und eine langstielige Axt lehnten daran, ein seitwärts gekippter Holzzuber ebenfalls.

Die Behausung scheint bewohnt zu sein!, dachte sich Michael und wandte sich vom Wege ab, dem Felsen zu.

Als er über wirr durcheinanderliegende Gesteinsbrokken zur Bude hinaufgekommen war, siehe, da trat ein weißbärtiger, von der Sonne braungebrannter Mann heraus: »Ich bin der Einsiedler Stephan und begrüße dich als einen lieben Gast!«

Der junge Mann wußte nicht, wie ihm geschah, und fand auch nicht gleich die rechten Worte der Erwiderung, bis es schließlich wie ein Sturzbach aus ihm herausbrach: »Ich will auch ein Einsiedler werden!«

Der Bruder Stephan merkte die Unbeholfenheit des anderen und reichte ihm die Hand hin: »Du bist bei meinem Anblick erschrocken, lieber Freund; doch so sieht man aus, wenn man alt ist und die verschiedenen Fährnisse des Lebens oft bis zur Neige durchgemacht hat. Dir wird es nicht anders gehen.«

Darauf der Schöpfl: »Vergebt mir meine Neugier, Bruder, wenn ich Euch das fromme Tagwerk gestört habe!«

»Da ist nichts zu vergeben! Komm und setz' dich mit mir in die Abendsonne, denn mich deucht, daß du einiges zu fragen hast, – genauso wie ich dir einiges zu sagen habe!«

Diese stille Zutraulichkeit tat dem Michael wohl, und seine Beklommenheit schmolz sachte zusammen.

»Du wirst Hunger haben, wenngleich du nicht verhungert aussiehst. Wer zu Fuß unterwegs ist, hat immer Hunger! Woher kommst du?«

»Von Nußdorf am Inn und will mir beim Herrn Fürstbischof vom Chiemsee die Erlaubnis holen, daß ich
mich im Kirchwald niederlassen darf.«

»Dann hat dich ein heiliger Schutzengel zu mir geführt,
denn ich habe mir die gleiche Erlaubnis einholen müssen. Ich kann dich ein wenig beraten. – Doch zuvor
wollen wir uns eine Mahlzeit richten. Komm mit in
mein Haus!« –

Bruder Stephan rührte nun an einer Feuerstätte in der
Ecke aus gestöckelter Milch und gequetschtem Hafer
eine Speise zusammen und stellte sie in einem Holz-
napf auf einen kleinen Tisch in der anderen Ecke. Darauf zog er zwei Holzlöffel aus der Schublade und sprach
den Speisesegen. Sie aßen mit Behagen, der eine, weil
er nichts anderes besaß, der andere, weil er Hunger
hatte. Danach nahm der Klausner Napf und Löffel und
begab sich zum nahen Bächlein, das den Berg herab-
hüpfte. Er wusch das Geschirr, trank von dem Wasser
und füllte auch den Napf voll für den Gast.

Inzwischen hatte sich hinter dem Kaisergebirge die
Sonne zum Untergang gerüstet; bald war sie hinabgetaucht, und in das Sachranger Tal krochen Dunkelheit
und die herbstliche Kühle herein.

»Wären wir uns nicht begegnet«, sagte Bruder Stephan, »hättest du gewiß heute noch dein Ziel erreicht.
Doch du mußt wissen, die Patres Augustiner auf Herrenwörth im Chiemsee sind des Fürstbischofs und genau so vornehm wie er selbst. Sie pflegen nur vormit-
tags zu arbeiten; am Nachmittag beten sie und genießen dann die Ruhe und wohl auch die Beschäftigung
mit den Künsten.«

»Ich will aber doch gar nichts von ihnen!« entgegnete
Michael.

»Du irrst, mein Bruder!« erklärte der Einsiedler. »Nur mit ihnen, und zwar mit ihrem Propst wirst du zu tun haben! Denn der Herr Fürst hält sich zumeist in Salzburg auf, namentlich in unseren gegenwärtigen Kriegszeiten, wo die Schweden bereits ins Bayernland eingefallen sind und das Bauernvolk schinden und schänden.«

»Könnten wir da nicht ebenfalls betroffen werden?« fragte der Schöpfl, der seine Angst und Abneigung vor dem Soldatentum nicht verbergen konnte.

»Wir hausen hier in einem der äußersten Zipfel Bayerns und sind von Bergen und dichten Wäldern umgeben. Außerdem ist Sachrang ein armes Dorf; seine Bauern sind anständige Manner, ihre Töchter und Mägde lassen's nicht aus den Augen.«

»Also kann ich meinen Weg zum Chiemsee bedenkenlos fortsetzen?«

»Getrost, lieber Bruder! Nur benimm dich sehr demütig! Die Herren sind nämlich hochgestochen, genau so wie die Nonnenschaft auf der Insel daneben. Da darf man nicht, wie man will, sondern da muß man, wie man soll: immer bescheiden, immer zerknirscht, und nur reden, wenn man gefragt wird! Solltest du mehreren dieser geistlichen Herren oder hochehrwürdigen Damen begegnen, dann starr nie nicht an wie ein gestochenes Kalb, sondern verneige dich tief und entsetz dich nicht über die Pracht ihrer Gewandung! Denn sie stammen meist aus adligen Häusern und sind sehr reich.«

»Dann ist das hier ja ebenso wie in Rom!« antwortete Michael entsetzt. Dort gehen sie auch in Samt und Seide einher und tragen Schuhe aus russischem Juchten!«

»Du kennst Rom?« – fragte der Einsiedler. –
Darauf erzählte ihm Michael seine ganze Geschichte –
bis in die tiefe Nacht hinein . . .

Der andere Tag, an dem der junge Mann nach Prien am
Chiemsee aufbrach, war naß und kalt. Er stülpte sich
die Ölhaut nach Art einer Kapuze über und zog die
Sandalen aus; denn Füße, die gehen, frieren nicht!
Kurz nach dem Mittagessen setzte ihn das Versorgungs-
boot des Klosters auf Herrenwörth an Land. An der
Pforte erregte er das Mitleid des Bruders Janicularius
(Beschließer) derart, daß der den von unten herauf
durchnäßten Mann in eine Knechtestube einwies und
ihm eine alte, schäbige Kutte gab. Danach führte er ihn
seinem Propst Arsenius Ulric vor mit den Worten:
»Der junge Mann kommt von Nußdorf am Inn und will
Klausner werden.«
Herr Arsenius war von der ausgefrorenen Gestalt
ebenfalls angerührt und begann sogleich, ihn im Sinne
seines Vorhabens auszufragen. Der Schöpfl wieder-
holte nun, was er schon in der Nacht dem Bruder Stephan berichtet hatte, fügte auch hinzu, daß ihm der
Ortsvorsteher eine Felsenhöhle auf der Höhe des
Kirchwaldes bereitstellen wolle, falls er die kirchliche
Genehmigung erhielte.
Darauf der Propst: »Wer solche Opfer auf sich nimmt,
wer solche Schicksale überdauert hat wie du, ist vor den
Augen Gottes des Vaters und seines menschgeworde-
nen Sohnes gewiß ausersehen, ein Leben in Gebet und
Buße zu führen. Wir verpflichten dich also auf das Re-
gular der Hieronymiten und stellen dich unter den Ge-

horsam des jeweiligen Ortspfarrers von Nußdorf, der uns auch von Zeit zu Zeit über deine Lebensführung zu berichten hat. Sei wachsam im Umgang mit dem weiblichen Geschlecht, denn die Schlange des Paradieses ist der Mutter Eva auf die Erde nachgefolgt und läßt ihr keine Ruhe, namentlich dann, wenn es gilt, einen auserwählten Diener Gottes ins Verderben zu reißen!«

Schöpfl kniete nieder und nahm das Regular mit beiden Händen in Empfang. Darauf erhob sich Herr Arsenius aus seinem plüschgepolsterten Lehnstuhle und sprach: »So segne dich denn Gott der Allmächtige, der Vater, der Sohn und der Heilige Geist! Er lasse sein Licht leuchten über dir und bewahre dich vor allem Übel des Leibes und der Seele!«

Michael antwortete: »Amen!« und küßte den Saum des mönchischen Gewandes.

An der Pforte händigte ihm der Bruder eine dunkle Kutte und einen weißen Lendenstrick aus. Und umarmte ihn.

In dem Regular aber lag obenauf ein Schreibebrief in lateinischer Sprache an den Ortspfarrer von Nußdorf am Inn, des Inhalts, er möge den Lebenswandel des jungen Klausners im Auge behalten, insonderheit was seinen Umgang mit dem anderen Geschlecht betreffe, sintemalen mit den brünstigen Bauernmägden, die – wie die Erfahrung gezeigt habe – sich nicht scheuten, einen Einsiedler nächtens aufzusuchen, um die Werke des Teufels mit ihm zu treiben. –

Darauf verließ Michael die Insel und begab sich auf den Heimweg. Er kam aber bloß bis Sachrang zum Bruder Stephan, frierend und durchnäßt bis auf die Haut. Der alte Mann freute sich, daß für den jungen alles so friedlich und rasch abgelaufen war.

Während der drauffolgenden Nacht überließ Stephan
die Bettstatt – eine Kiste voller Buchenlaub – dem
Gast, zog sich in die Nähe der verglimmenden Feuerstätte zurück und betete für den lieben Bruder die
ganze Nacht.

★

Am anderen Morgen ritt eine Kavalkade schwedischer
Söldner – von Österreich heraufkommend – über
die Sachranger Grenze. Die beiden Einsiedler standen
betroffen vor der Bude. Da sprengte einer von ihnen
den Hang herauf und fragte in schlechtem Deutsch,
wie man an den Inn und weiter nach Passau gelangen
könne. Bruder Stephan schüttelte nur mit dem Kopfe,
Bruder Michael dagegen begann sofort zu erklären, der
kürzeste Weg führe über den Chiemsee die Alz hinab
an den Inn, und dann sei man bald in Passau.
Der Reiter war über diese Auskunft so freudig erregt,
daß er den jungen Mann packte, auf sein Roß hob und
mit ihm den Kameraden folgte. Das war so schnell geschehen, daß sich die beiden Klausner nur noch einen
hilflosen Blick zuwerfen konnten und dann aus den Augen verloren.
Stephan betrat seine Bude, kniete sich in der Gebets-
ecke auf den kahlen Boden und betete: »Lieber Herr
Gott im Himmelreich, befrei ihn aus den Klauen dieses
mörderischen Krieges!«

o-o-o-o-o

75

Passau – Prag

Kurz vor Stein an der Prien holte der Reiter mit dem jungen Klausner die Kavalkade ein. Die machte jetzt halt. Da sah Michael, daß inmitten der vielen Berittenen ein Kutschwagen mitfuhr. Dieser öffnete sich jetzt und er mußte einsteigen. Gegenüber einem ranghohen Soldaten und einer schönen Frau mußte er sich niederlassen. Das Geleit setzte sich sachte wieder in Bewegung. Die beiden Insassen sagten kein Wort, sondern starrten ihn bloß an, als sei er aus einer anderen Welt gekommen.

Erst nach einer langen Weile fragte der Mann in Prager Deutsch: »Hat dir gesagt Soldat, wohin geht Reise?«

»Ja, nach Passau! Aber was soll ich in Passau?«

»Du nix sollen in Passau! Du uns sollen Weg zeigen! Aber wenn du schreien, wir dich schlagen auf Schnauze, verstehst?«

Michael nickte. –

Überlang fuhren sie an der mächtigen Burg Hohenaschau vorbei.

»Wer hier wohnen auf Burg?« fragte der andere.

Michael zuckte mit den Achseln: »Das weiß ich nicht. Ich bin nicht aus dieser Gegend. Ich komme aus Iglau in Mähren.«

Da war es, als hätte einer den hohen Soldaten ins Gesäß gezwickt. Er fuhr auf: »Ty Moravan? Dobrotivy Bosche! (Du bist aus Mähren? Gütiger Gott!). Und sofort redete er Böhmisch.

Nun hatte es freilich der Schöpfl nicht sehr mit dieser Sprache, weil die Iglauer in einer deutschen Sprachinsel lebten. Sie unterhielten sich fortan in einem Kauderwelsch, das dem Offizier sehr behagte. So gelangten sie bald an den Chiemsee, an die Alz und an den Inn. Zur späten Nacht waren sie in Passau, das der schwedische Unterfeldherr Königsmark besetzt hielt.

Inzwischen hatte der redselige Soldat die Katze teilweise aus dem Sack gelassen und dem Klausner hinter vorgehaltener Hand verraten, daß er bis vor kurzem noch einen hohen Rang in Wien bekleidet habe, jetzt aber mit dem Kaiser verfeindet und darum nunmehr in schwedische Dienste getreten sei. Der oberste General

Wrangel, der in Österreich, im oberen Österreich, lagere, habe ihn jetzt zu Königsmark geschickt, um ihm den Einfall in Böhmen und die Eroberung der Landeshauptstadt nahezulegen, »denn Kaiser sein kaputt!«

Von diesen kriegerischen Dingen verstand der Schöpfl freilich nichts, wollte auch nichts verstehen. Doch um so zudringlicher wurde jetzt der Offizier, der sich als Arnoscht Ottowalsky zu erkennen gab. Er stamme aus Prag, erklärte er, und kenne die Stadt wie seine Westentasche; auch sei er in der Lage, den schwedischen Herrn Königsmark auf geheimen und von der Stadthauptmannschaft verluderten Wegen bis auf den Wenzelsplatz zu schleusen, ohne daß auch nur einem einzigen Soldaten ein Haar gekrümmt werde.

Ottowalsky bildete sich auf diese Kenntnisse eine ganze Menge ein, konnte aber in den Augen des jungen Klausners keinerlei Bewunderung entdecken. Deshalb beeilte er sich, mit ihm in die Festung Oberhaus zu kommen, wo Königsmark sein Quartier aufgeschlagen hatte. Als sie zu später Stunde bei ihm eintraten, waren die schwedischen Herren gerade mit etlichen fürstbischöflich passauischen Jungfrauen beschäftigt. Sie empfanden es peinlich, von einem Kuttenträger überrascht zu werden, und jagten ihn unter wildem Geschrei in den Hof hinab. Michael hockte sich hier in eine Ecke; er fror und hatte Hunger. Nach einer Weile schien aber der Tschech Ottowalsky den schwedischen Herrn Königsmark von der Führungsaufgabe des Klausners überzeugt zu haben. Er kam in den Hof, überreichte dem Michael hundert Gulden und entließ ihn.

Der schlich den Burgweg hinab und gelangte, zitternd vor Angst, Kälte und Magenweh an die Heftstecken am

Inn. Hier ging's in der Tafern noch recht laut zu, auch duftete es herzhaft nach Gebratenem. Da hielt es den Schöpfl nicht länger; er trat ein. Doch diese Kühnheit wäre ihm fast zum Bösen geraten. Denn das schwedische Wachkommando, das hier tafelte, glaubte in ihm einen Spion zu erkennen. Sie packten ihn, banden ihn mit Stricken, und zwei Söldner zerrten ihn mit sich, wieder hinauf zur Veste Oberhaus.

Die meisten hier heroben waren freilich schon so blau und in ihre Vergnügungen mit den Dirnlein verstrickt, daß sie den Klausner kaum noch wahrnahmen – ausgenommen Ottowalsky. Der packte ihn sofort und übergab ihn einem seiner Waffenknechte. Dieser wiederum erinnerte sich, daß sie den Mönch bei Sachrang aufgeklaubt und als Wegekundigen mitgenommen hatten. Er erkannte auch, daß der Mann vor Erschöpfung kaum mehr auf den Beinen stehen konnte, und holte ihm aus der Selchkammer der Burg einen Runxen Geräuchertes, der ein ganzes Fähnlein satt gemacht hätte. Nachdem sich Michael einen beachtlichen Teil des Geselchten einverleibt hatte, dazu eine Kanne Bier, atmete er wieder auf, rülpste ein paarmal inbrünstig und legte sich zum Schlafen in der Nähe des Kachelofens auf den Fußboden hin. Der Waffenknecht, der auch nicht mehr nüchtern war, ließ ihn gewähren und legte sich an seine Seite.

Inzwischen hatte sich auch das zuchtlose Treiben der schwedischen Herren beendet, so daß Ottowalsky mit Königsmark den Plan der Einnahme Prags in Ruhe besprechen konnte. Beide zogen noch ein paar verräterische Holzschlagbuam aus dem Bayerwald zu Rate und verpflichteten sie als Kundschafter und Führer auf dem Goldenen Steige bis Prachatitz im Böhmischen.

Während der folgenden vierzehn Tage rüstete sich die schwedische Besatzung Passaus zum Abmarsch mit Mann und Roß und Wagen. Manch bitteres Jungferntränlein ward da vergossen, namentlich wenn die einstige Jungfernschaft nunmehr einer werdenden Mutterschaft entgegensah. Denn die Passauer Jungmannen waren eine wilde Gesellschaft und pflegten den Landsknechtshürlein kurzerhand die Haare abzuschneiden. Das wollten die Herren vom Magistrat zwar nicht billigen, vermochten es aber auch nicht zu verhindern.

Michael schlich unter dieser wilden Soldateska herum wie einer, den man gerade verprügelt hatte. Wäre er doch nicht in diese Tafern eingekehrt! Irgendwann wäre gewiß ein Getreideschiff gekommen, vielleicht sogar der alte Stangenreiter Achleitner selbst, und hätte ihn bis Nußdorf mitgenommen! Jetzt aber hatte ihn dieser Ottowalsky verpflichtet – nicht daß er kämpfe oder Prag miterstürme, sondern als schäbigen Beaufsichtiger dieses schönen Weibes, das der Tschech im Kutschwagen mit sich herumzog. Denn sie sei ein ganz gefährliches Ding, hatte er gesagt, und männernarrisch bis auf die Knochen. Von ihm, einem Geistlichen, werde sie aber wohl die Hände lassen . . .

Das will ich zu Gott hoffen!, dachte der junge Klausner in seinem Herzen, während die schöne Boschena in einer Ecke des Wagens schlief, um sich von den Strapazen der vorausgegangenen Nacht zu erholen. Ist doch ein bedauernswertes Geschöpf, so ein Weib!, dachte sich Michael.

Irgendwann wird der Ottowalsky sie irgendwo abset-

zen. Dann muß sie sehen, wie sie möglichst rasch an einen anderen kommt, der für ihr leibliches Wohl sorgt.
Solange sie noch mit dem Schmelz ihrer Jugend wuchern kann und ihr fülliges, schwarzes Haar nicht eingebüßt hat, mag das sein Bewenden haben; ist sie aber erst einmal zusammengerackert und durch viele Hände gegangen, wird sie an irgendeinem Straßenrande liegen bleiben, gleich einem gebrochenen Wagenrad, das der Fuhrmann ausgewechselt hat. – Arme Boschena!
Überlang bog der gesamte Heerhaufen in den Goldenen Steig ein, kam an den Ruinen der Burg des alten Minnesängers Dietmar von Ayst vorbei und gelangte auf die Wasserscheide des bayerisch-böhmischen Waldes. Von da ab war besondere Vorsicht geboten. Denn wenn auch die Tschechen den Schweden nicht unfreundlich gesinnt waren, so konnte es ihnen nicht gleichgültig sein, wenn ihre schöne Stadt Prag, auf deren Burg zwar die Kaiserlichen saßen – so mir nichts dir nichts – über den Haufen gerannt würde.
Königsmark teilte also das Heer in kleinere Abteilungen auf und schickte diese in Eilmärschen auf unterschiedlichen Wegen in das Herz Böhmens hinein.
Um die Mitternacht des 25. Juli, dem Feste des heiligen Jakobus, trafen sich einige Abteilungen vor der bewußten Mauerbresche auf dem Hradschin, einige andere vor dem Strachover Tor. Der Sturm begann und dauerte bis Sonnenaufgang. Als sich die auf der Prager Kleinseite wohnende Bürgerschaft den Schlaf aus den Augen rieb, starrten sie überall in die Musketenläufe der Schweden.
Auf der Alt- und Neustadt indes eilten alle Waffenfähigen, ganz gleich ob Bürger, Adliger, Student, Jude oder Mönch zu den Arsenalen. Es entbrannten erbitterte

Straßenkämpfe, in denen sich die Studentenschaft unter Führung des Jesuitenpaters Plachy auf der Steinernen Moldaubrücke besonders hervortat. Königsmarks Angriff verlor sich im Sande; er zog es vor, die Burg und die Kleinseite ausgiebig zu plündern und dann zum gleichen Zwecke ins Prager Umfeld auszuschwärmen. Monate später – es ging bereits in den Oktober hinein – kam die Nachricht, in den Westfälischen Städten Münster und Osnabrück habe man Anstalten getroffen, nach dreißig Jahren Krieg über einen Frieden zu verhandeln.

★

Jetzt erhielt auch Michael seinen Abschied. Was er schon im voraus erkannt hatte, war eingetreten: Arnoscht Ottowalsky hatte sich eine Prager Schönheit angelacht und der Boschena den Laufpaß gegeben. Die fiel zunächst dem Einsiedler ein paarmal um den Hals, weil sie aber an dem nur kalte Abwehr spürte, spielte sich ihr fürderes Leben auf den Wenzelsplatz ein – und sie fuhr dabei nicht schlecht.

Anders verhielt sich's beim Schöpfl. Er besaß zwar jetzt eine Menge Geld, konnte aber mit der Frage nicht klarkommen, was er damit anfangen sollte; auch bedrängte ihn die Sehnsucht nach seinem Bilde, das er in der Steinbachschlucht am Kirchwalde stehen gelassen hatte. So visierte er zunächst den Heimweg nach Sachrang an, zum Bruder Stephan, bei dem ja noch das Regular vom Chiemsee liegen mußte. Er kaufte sich also ein Reitpferd, eines von der niedrigeren Klasse, auf das kein Wegelagerer sonderlich scharf sein konnte, und nahm seinen Weg wieder über Prachatitz und den Goldenen Steig nach Passau. Hier war der Herr Fürstbischof gerade dabei – aus dem Exil von Salzburg heimkehrend – seine Residenz wieder zu beziehen. Da achtete niemand auf den mönchischen Reiter und seine dürre Hippe, so daß Michael über den Inn setzen und stromaufwärts weiterreiten konnte. Bei Obernberg war er versucht, im runden Gartensaal des Edelfräuleins Gunda einzukehren. Diese Versuchung flog ihn aber bloß für ein paar Augenblicke an, denn sogleich stand die harte Szene unter dem Galgen von Mantua vor seinem inneren Gesicht und verwischte den Gedanken.

Auf seinem Weiterritt an der Alz entlang kam ihm jäh zu Sinn, daß er ja aus seiner Heimat Iglau entwichen war, um dem Kriege und dem Kriegsvolk zu entgehen. Doch da hatte ihn der liebe Herrgott eingeholt und mitten unter die Soldateska gesetzt – gottlob ohne Waffe. Und er betete kurz: »Herr, gib mir Gleichmut und Ergebenheit in deine unerforschlichen Ratschlüsse!«

Und dann war er in Sachrang und beim alten Bruder Stephan.

Der schloß ihn mit Tränen in seine verwelkten Arme und beeilte sich dann, an der Feuerstätte das übliche Gastmahl aus gestöckelter Milch und gequetschtem Hafer zu bereiten. Dabei war er in einem Fragen, und Michael in einem Erzählen. Und so wie sie sich am ersten Tage ihrer Begegnung bis in die tiefe Nacht hinein gegenseitig die Herzen ausgeschüttet hatten, so taten sie auch jetzt und empfanden dabei Trost, Freude und Hoffnung . . .

Der Vikar von Nußdorf und Simon Lindner, der Gemeindevorsteher, waren baß erstaunt, als sie den jungen Mann in der Kutte daherreiten sahen, hatten sie doch schon wiederholt miteinander erwogen, daß man in jetzigen Zeiten schwer auf der Hut sein müsse, um nicht von scheinheiligem Gesindel übers Ohr gehau'n zu werden. Diese Erwägung hatte ja auch die Tatsache gerechtfertigt, daß der junge Mann Schöpfl sein angeblich so kostbares Bild kurzerhand in der Felsenhöhle hatte stehen lassen.

Um so größer war jetzt ihre Überraschung, die sich alsbald in Wohlwollen verwandelte, als der Vikar den Brief des Propstes vorlas, – freilich mit stockender Rede, denn er hatte es mit der lateinischen Sprache nie so recht gehabt. Beide Männer beglückwünschten nun das neue, würdige Mitglied ihrer Gemeinde und versprachen alle Unterstützung und Hilfe.

Bruder Michael schenkte sein Roß dem Gemeindevorsteher, worüber sich der nicht sonderlich entzückt zeigte, war doch mit einer so zusammengerackerten Schindmähre kein Staat zu machen. In der Erwartung jedoch, es werde demnächst der Rohrdorfer Roßmetzger vorbeikommen, machte der Lindner nicht das sauertöpfische Gesicht, wie das Herz es ihm gerne diktiert hätte.

Schöpfl bat noch um einiges Werkzeug und etliche Bretter und Balken, um sich vor dem Einbruch der kalten Jahreszeit eine brauchbare Bleibe zu richten. Der Gemeindevorsteher erklärte vor dem Vikar, daß er sich jederzeit aus dem Lagerplatz des Dorfes alles das holen dürfe, was er brauche. Desgleichen stünden täglich zwei Seidel Kuhmilch für ihn auf seinem Hofe bereit.

Darauf pilgerte Michael zu seiner Schlucht hinauf. Er fand sein Bild unversehrt wieder. Er stellte es auf, warf sich davor nieder und dankte der Muttergottes unter Tränen, daß sie ihn auch durch alle Fährnisse der jüngsten Zeit heil hindurchgeführt habe. Er versprach ihr, sein ganzes Beten und Arbeiten für sie einzusetzen, damit ihr Lob und Preis hier in diesem zaubrisch schönen Inntale mehr und mehr erschalle. Er bat sie um Gesundheit, denn die Ereignisse und Strapazen der letzten Zeit waren nicht spurlos an seinem Körper vorübergegangen.

★

Hier möge eine Aufzeichnung aus dem »Mirakelbuch« stehen, einer Chronik, die Michael Schöpfl selbst begonnen haben könnte; – vielleicht . . .

Nun hebt der brueder Michael an, an gemeltem Orth ein Hütten zu seiner Wohnung zu bauen. Indessen ermanglet ihm am Wasser. Und weil um selbige Gegend kein frisches, gesundes Brunnenwasser zu fünden, hebt er an zu graben in dem wilden, pfützigen Winkel zwischen dem Perg und Weeg, wo vorhero allzeit ein Morast und ungesundtes Wasser gewesen. Wer darvon getrunckhen hat, dem that es wehe in dem Leyb. Er raumete dasselbige Orth mit möglichstem Fleiß, so guett alß er khunte, setzet es aus mit Holz zu einer Brunnstuben, und ob zwar das Wasser etwas lauter hersah, khundte man gleich wohl nit spürn, daß es gesündter und besser zutrinckhen wäre. Dahero gedachte er auf eine andere weis, wie er durch genadt mit hillf der selligisten Junckhfrau Mariae diesen brunnen nit allain sich, sondern noch andern leithen khunt mehr zu nuzen machen. Nahme also in seiner einfeltigen weis an-

dacht mit fesstem Vertrauen auf die himmelskönigin Maria seinen wasserkhrueg und raiset damit gen Aybling hinauß nacher Högling, verrichtet allda bei der khürchen sein gebett und bittet die Seelligiste Muetter Gottes, welche an disem orth einen sonderbaren Genadenbrunnen hat entsprünnen lassen, sie wolle durch Crafft dieses genadenwassers auch seinen brunnen also begnaden, daß er bei seinem hüttlein, welches er ihr und ihrem liebsten Sohn zu diensten erbauen wolle, einen guetten und gesundten trunckh darvon genuesen khundte. Er gehet darauf hin zu dem genadenbrunen, schöpfet seinen khrueg voll mit wasser, traget selbiges in seinen Khürchwalt, und schidet es in seinen neu außgepuzten Brunen.

Da mechte man woll sagen, der alte Prophet Elihaus, welcher salz in ein saures wasser geworffen und damit den ursprung zu einem gesundten wasser gemacht, hat sein alts wunderzaichen Erneyert, denn gleich da er dises genadtenwasser – neben etlichen Particeln, so er von Rom gebracht – in seinen brunen hineingegossen, ist das ybl wasser in ein guett frisch wasser veränt worden, welches vill Benachbarte mit greßter Verunderung erfahren und bezeugt . . .

Nachdem die Wasserfrage so gelöst war, errichtete sich Michael auf Mauerresten in der Schlucht eine Klause, die er als seine Quarantan bezeichnete, – genannt nach dem Berge Quarantania bei der biblischen Stadt Jericho, wo Christus sein vierzigtägiges Fasten begonnen hatte. Auch baute er für sein wundertätiges Marienbild eine Holzhütte, damit es von frommen Betern leicht besucht werden konnte.

Und die frommen Leute kamen oder ließen sich das heilsame Wasser bringen und fanden Heilung von vielerlei Gebrechen und Hilfe aus vielerlei Nöten. So ist da die Rede vom »Blutgang«, von ungarischer Krankheit, vom »Glockfeuer« und vom »Wurmfinger« oder von der »Schwarzen Galle«.

Begreiflicherweise kamen die Pilger und Wallfahrer aus der näheren Umgebung. Doch auch weiter entfernte Ortschaften werden genannt, so Landsberg, Indersdorf, Schrobenhausen, Peißenberg, und die Länder Franken und Tirol. Allen sprach Bruder Michael Mut zu, mit allen betete er vor seinem Wunderbilde und schöpfte für sie aus seinem Brunnen.

o-o-o-o-o

Zweites Buch

Der Sohn des Pflegerichters

»Das Leben ist reicher geworden
durch die Liebe, die verlorenging«
Rabindranath Tagore

Die Loni

Um diese Zeit geschah es auch, daß sich der Gemeindevorsteher und der Vikar von Nußdorf wieder einmal zusammensetzten, um das Wohl und Wehe des ihnen anvertrauten Dorfes zu »beschnarchen« – wie sich der Vikar auszudrücken pflegte. Es gab ja immer etwas zu beschnarchen, – seit einiger Zeit war es der Eremit Michael. Nicht daß sie über ihn hergefallen wären, wie das bei derlei Zusammenkünften häufig geschieht. Nein, im Gegenteil! Er hatte es beiden Gemeindegrößen recht angetan, und sie lobten ihn sehr.

Sagte der Hochwürdige: »Bedenkt man's recht, so ist uns mit dem Klausner groß Heil widerfahren. Jung und fromm, wie er ist, fliegen die reiferen Frauen auf ihn wie die Wespen auf das Honigfaß. Und außerdem, ist es nicht fast wunderbar, was da bisweilen durch sein Brunnenwasser geschieht?«

»Weiß der Himmel!« erwiderte Simon Lindner, »wenn man nit selber die außergewöhnlichen Geschehnisse bezeugen könnt', man taat's nit für möglich halten. Drum hab i a an großen Respectum vor eam. Indes, i kannt' mir noch was Mehrer's von eam wünschen!«

»Noch was Mehrer's? Was wär das zum Exempel?«

»Zum Exempel a Schul', wo die Kinder lesen und schreib'n und rechnen lernen. Natürli' nit wie bei die Kapuziner z' Rosenheim, aber doch so was Ähnlich's. Verstehst scho, Vikar!«

»Versteh di scho, Simon, und versteh auch, wo du 'nauswillst. Doch ob er's schafft, der Bruder Michael? Hat ja nix anders nit g'lernt wie die Tuchmacherei!«

»Und is dös nix? Die vo dahint san nit die Dümmsten!«

»Ja mei, wenn d' moanst! Ma könnt ja mal mit eam dadrüber red'n!«

★

Und eines schönen Tages machten sie sich auf den Weg
und stiegen miteinander den Kirchwaldberg hinan; der
Vikar tat sich schon recht hart, denn zwei Zentner und
etwas drüber, das will verkraftet sein. Der Klausner sah
sie kommen und führte sie alsbald in seine Behausung
in die Schlucht. Er bot ihnen seine Gastfreundschaft
an, doch sie lehnten dankend ab, hatten sie doch schon
von vielen Seiten vernommen, wie asketisch er lebte.
Dann brachten sie ihm ihr Anliegen vor. Er bedachte
sich ein Weilchen, wies aber dann darauf hin, daß er
zum einen keine steinerne Klause habe, und zum anderen keinen Raum, wo man die Kinder – und wenn es
auch nur wenige wären – nicht den Unbilden der Witterung aussetzen müßte.
Simon Lindner hatte dieser Antwort gierig entgegen
gesehen und gedachte jetzt dem Vikar einen Deckel zu
geben. »Daß du koan Raum nit hast«, entgegnete er,
»dös hab'n wir g'wißt. Dös soll aber dei Kummer nit
sein. Bruder Michael! Unser Herr Vikar könnt' ja in
sei'm Widum leicht Stücker vier-fünf Schulstub'n herrichten, wenn's sei' müaßt!«
Diese Bemerkung betrachtete nun der geistliche Herr
als eine Zumutung und erwiderte gereizt: »Möcht' moana, daß auf dei'm Bauernhof noch amol so vuil Kinder
Platz kriagatn!«
Der Gemeindevorsteher konnte ein hündisches Vergnügen über diese Antwort nicht verwinden, schmun-
zelte und sagte: »Nix für unguat, Vikar! Ma red't ja nur
drüber!«

Der aber war eingeschnappt und wandte sich an den Einsiedler: »An deiner Stell' taat i halt oan Musketen-schuß weiter drob'n auf derer Waldwies'n a echt's Häusl hibaun, a stoanern's, und an Gaden taat i drauf-setz'n aus Holz. Nacher wär' die Misere glei behob'n. Unser Vorsteher hat dir ja verwilligt, daß du vom Lager-platz nehma kannst, was d' wuillst!« Mit dieser Bemer-kung hatte er dem Lindner-Simmerl 'rausgegeben; er erhob sich und sagte genüßlich: »Dadrüber ist das letzte Wort no nit g'sprocha!«

Darauf verließen beide den Bruder Michael, der da-stand wie ein begossener Hund; denn sie waren gekom-men, als hätten sie den halben Kirchwald umkrempeln wollen, – und geschehen war nichts . . .

Als sie wieder unten am Fuße des Berges angelangt wa-ren, hatten beide ihren Koller vergessen, und der Vikar ging mit in den prächtigen Hof des Vorstehers hinein; das Thema Schule hatten sie weggewischt. Vor der Haustür kam ihnen das dreizehnjährige, schmucke Vorstehertöchterl, die Loni, wie Apollonia genannt wurde, mit wiegenden Hüften und wogenden Brüst-chen entgegen.

»Wirst amal dei liabe Not hab'n mit dem Kind!« flü-sterte der Vikar und streichelte dem Mägdlein über das pechschwarze Haar.

»Ganz wia d' Muatta, nur nit so züchtig!« erwiderte Simmerl.

»Ja, ja, Gott sei's geklagt, die Deandln verludern, wenn koa Muatta nit da is!«

Dann waren sie in der Stube, wo eine herzhafte, junge Magd den geistlichen Gast mit viel Charme willkom-men hieß.

»Hast lauter resches Weibervolk beinand!« sagte der

Pfarrer und verlor einen Blick im offenen Brustausschnitt der Magd.

»Mein Gott, wenn's Mannsbild grad erscht dreißig is . . .!« erwiderte der Lindner und zuckte mit den Achseln.

Darauf brachte die Magd einen Etschländer und zwei Steinkrügerl.

Während sich das Gespräch um das Innufer drehte, das durch die jüngsten Hochwasser arg gelitten hatte und vor Winterseinbruch gefestigt werden mußte, ritt ein junger Kavalier durch das wehrhafte Hoftor ein, saß ab und warf die Zügel über die Deichsel eines Ackerwagens, der für die Ausfahrt bereitstand. Mit federnden Schritten war der Herr die paar Steintreppen zum Eingang ins Wohnhaus hinaufgeeilt und stand vor der schweren Stubentür. Weil sie angelehnt war, klopfte er nur kurz und trat ein. Und sprach mit einem Akzent von Würde: »Ich bin Wolfgang Rieder von der Auerburg und künde euch, werte Herren, zuvor den Gruß des kurbayerischen Pflegerichters Benedikt Rieder!«

Der Vikar und der Lindner erhoben sich umständlich von der derben Eckbank, die sich um den schweren Tisch im Herrgottswinkel zog.

Und der junge Herr fuhr fort: »Nachdem es dem hochwürdigsten Domkapitel vom Chiemsee gefallen hat, mit etlichen Herren Äbten zu einer Hasenjagd auf den Samerberg zu kommen, sind unsere Bauern von Nußdorf, Törwang und Neuen Beuern gehalten, die Flurgatter umgehends wegzuräumen, auf daß den besagten hochwürdigsten Herren die Jagd hoch zu Roß nit zu beschwerlich werde. Auch habt ihr beflissentlich Sorge zu tragen, daß sich keiner eurer Hofhund' während besagter Jagd in die freie Wildbahn wage; widrigenfalls geht er mit Tod ab.«

»Und wann soll die Jagd sein?« fragte der Simmerl recht unfreundlich.

»Solches wird euch noch zur rechten Zeit angesagt!«

»Da werden uns die noblichten Herren die Wintersaat zerstampfen, und der ohnedies g'schund'ne Bauersmann hats Nachsehn!«

Der junge Mann tat, als hätte er diese Bemerkung überhört, machte eine kurze Reverenz und verließ die Bauernstube. Als er in den Hof hinaustrat, sah er, daß die Loni mit seinem Roß schmuste.

»Mein Hengst ist zu beneiden!« sagte er und griff dem Mägdlein an die Brust.

Die Loni tat, als wollte sie sich wehren; dabei zeigte sie ihm die schönen weißen Zähne und meinte mit verhaltener Stimme: »Mein Herr, Ihr seid ein sehr kühner Herr! Seid Ihr's auch, wenn's ernst wird?«

Darauf er: »Mein Fräulein, es müßt' eine Vorahnung der sieben paradeisischen Seligkeiten sein, Euch einmal so recht von Herzen abzubusseln!«

»Dann kommt und busselt!« flüsterte sie, wandte sich ab und schritt stolz über den Hof, der Scheune zu. Er nahm sein Roß und folgte ihr. Hinter der Tenne stellte er es ab, während die Loni auf der Tenne eine dicke Korngarbe aufknebelte, ausbreitete und sich darauflegte . . .

Als er nach geraumer Zeit hinter der Tenne hinausritt, auf Törwang zu, um auch dem dortigen Gemeindevorsteher die böse Botschaft anzusagen, sah er, wie die Loni sich aus dem obersten Luftloch des Scheunengiebels weit herauslehnte und mit der weißen Schürze, die sie vorher getragen hatte, ihm weitschwingend nachwinkte.

Kind, sagte er dann in seinem Herzen, das war das erste, aber nicht das letzte Mal! Kann die ewige Seligkeit seliger sein als du? . . .

★

Und dann kamen sie: die vom Chiemsee über Sachrang und Niederndorf her; der Herr Abt Benedictus des hochlöblichen Stifts Georgenberg den Inn herab; der Herr Propst Valentinus von Weyarn, und der Herr Abt Ulrich vom Tegernsee. Alle mit spärlichem Gefolge, denn der Dreißigjährige Krieg, unter dem sie manches Ungemach erlitten hatten, war ja erst vier Jahre zuvor beendet worden. Alle strebten der mächtigen Auerburg zu, von deren Zinnen herab freudige Fanfarentöne das Inntal erfüllten. Der Richter Benedikt Rieder, ein doctor utriusque iuris (für Zivil- und Kirchenrecht) kam ihnen bis zum »Torhaus an der Burg« entgegen und reichte jedem einen Bissen Brot, den er zuvor kräftig in ein Salzfäßlein getunkt hatte, eingedenk des Wortes unseres Herrn: »Der Mensch lebt nicht vom Brot allein!« Als einer der Capitularen vom Chiemsee dieses Wort zitierte, erfaßte eine große Heiterkeit all diese würdigen Herren, und sie rühmten den Pflegerichter ob seiner erstaunlichen Bibelfestigkeit.

Die Nacht verbrachten sie dann alle auf der Burg, ausgenommen der junge Herr Wolfgang. Er hatte seinem Herrn Vater erklärt, daß es sicherlich notwendig sei, in der bevorstehenden mondhellen Nacht über die Hänge des Samerberges zu reiten und zu prüfen, ob wohl die

Bauern auch alle Gatter und Umzäunungen abgeräumt hätten. Und weil er voraussetzte, daß all das ordnungsgemäß vollzogen worden sei, glaubte er, des Abreitens der Hänge entraten zu dürfen, und schlüpfte bei vorgerückter Stunde zur Loni in die Kammer, die er mittels einer Kaminleiter über die Altane erreichte – getreu der liebenswürdigen Gepflogenheit aller jungen Männer im Gebirg . . .

Als am anderen Morgen die geistlichen Herren mit etlichen Jägern und einer kleinen Meute anrückten, gerieten die Hasen am Samerberg in arge Bedrängnis – nicht so sehr wegen der Schützen, sondern vor allem wegen der Hunde, die jeden Winkel, jeden Graben und jeden Strauch aufstöberten, wo einer sich verkrochen hatte.

Nein, mit der Schießerei hatten es die würdigen Kuttenträger wahrhaftig nicht! Und wie sehr ihnen auch die beiden Rieder an Hand gingen und sie zu etwas mehr Umsicht und Geduld mahnten – da half alles nichts! Sie ritten hin und her und ballerten in der Gegend herum, so daß jeder einigermaßen Jagdkundige den Eindruck gewann, sie hätten gar nicht die Absicht zu treffen, sondern einfach nur das Krachen ihrer Musketen zu hören. –

Die Bauern, die jetzt natürlich in der Geborgenheit ihrer Höfe verweilten und neugierig zu den Fenstern herauslurten, fanden ein rares Vergnügen darin, den anderen ihre Ungeschicklichkeit und Dummheit zu bescheinigen. Und alle waren sich darin einig, daß es bei diesen Herren geradezu an Gewissenlosigkeit grenzte, jetzt, nach dem mörderischen Kriege, wo Felder und Wälder verrottet und über Jahrzehnte hinweg brach gelegen waren und wo man das Saatgut löffelweise hatte erstehen müssen – daß sie jetzt über die bestellten Winteräcker jagten, als hätten sie Schlachtrösser unter ihren feisten Ärschen. Und sie sagten: »Gott genade ihnen!«, – wenn sie auch hinter der vorgehaltenen Hand wünschten, einige Würgeengel möchten kommen und die lausigen Brüder aus den Sätteln schmeißen, damit sie sich das »G'nack« brächen!

Und weiß der Himmel!, einen der Capitularen vom Chiemsee hat das Roß in der Nähe eines dürren Apfelbaumes so unglücklich abgeworfen, daß sie sofort einen Schnittarzt von Rosenheim kommen lassen mußten, – freilich umsonst, weil der alte Domherr wegen zweier Armbrüche und einer Hüftverrenkung das Zeitliche bereits gesegnet hatte. – Ja, ja, so muß es kommen, wenn man sich an Dinge heranwagt, von denen man keine Ahnung nit hat! Heißt es doch nit nur zum Spaß: Schuster, bleib bei deinem Leisten!

Die Jagd wurde kurz vorm abendlichen Gebetläuten abgebrochen. Der Lindner Simon zog seinen Kutschwagen aus der Remise; darauf betteten sie den Toten. Über Erl und Sachrang brachte er ihn sodann nach Herrenwörth im Chiemsee, während zwei andere Geistliche an der Seite des Wagens mitritten und Totenpsalmen sangen.

Als der Vorfall nach einiger Zeit bei Hofe in München ruchbar wurde, entkleidete der Kurfürst Maximilian den Pflegerichter Benedikt Rieder seines Amtes, verwies ihn aus der Auerburg und setzte ihn als »Amanuensis (Gehilfe)« in das »Torhaus bei der Burg«, das – eingeklemmt zwischen zwei Felsen – eine feuchte und mehr als kümmerliche Behausung war. An den hochheiligen Weihnachtstagen des Jahres 1652 saßen der einstmals hohe Beamte des Kurfürstentums Bayern mit Frau und Sohn in dem schäbigen Torbau. Sie froren, weil die Burgverwaltung versäumt hatte, die erforderliche Holzmenge anliefern zu lassen.

»Was soll jetzt aus uns werden? Besonders aus unserem Wolfgang?« Diese besorgte Frage der Frau Mutter Martha klang in diesem Wohnloch wie ein Aufschrei von Anklage, gerichtet an den Vater. Herr Benedikt kroch in sich zusammen und wagte weder der Frau, noch dem Sohne ins Gesicht zu schauen. Bis daß Wolfgang mit einem Male ganz tonlos den Eltern das Wort zuwarf: »Noch dazu kriegt sie ein Kind!«

»Wer kriegt ein Kind?« polterte Benedikt.

»Die Loni vom Vorsteher zu Nußdorf!«

»Von wem?«

»Sag' ich doch: Von mir!«

Da erhob sich der Richter, stürzte auf den Sohn zu und hieb mit beiden Fäusten auf ihn ein.

»Herr Gott im Himmel, Vater! Du erschlägst ihn doch!« schrie die Frau Martha und ging dazwischen. Erschöpft und zitternd vor Wut, ließ Herr Benedikt schließlich von seinem Sohn ab und sank wieder in den Stuhl zurück. Er war keines Wortes mehr mächtig, sondern stierte bloß vor sich hin.

Da fragte Frau Martha: »Was sagt der Lindner dazu?«

»Morgen geh' ich nach Nußdorf!«

Mit dieser Antwort gab sie sich zufrieden, wie es schien, weinte aber dennoch still in sich hinein. –

Wolfgang Rieder ging zu Fuß nach Nußdorf, denn die Rösser auf der Burg waren ihnen nicht mehr zugänglich. Zuerst begab er sich zum Vikar, weil es auf dem

Dorfe immer gut ist, den Geistlichen hinter sich zu haben. Weil aber der Vorsteher diese pfarrherrliche Ausstrahlung zu würdigen wußte, war er schon ein paar Tage vorher im Widum gewesen und hatte den Vikar in Sachen Loni abgetastet und ausgehorcht – und war recht zufrieden von ihm wieder heimgegangen.

Jetzt trat Wolfgang bei ihm ein und er hieß ihn niedersitzen. Und weil er sah, daß der junge Mann Beulen und blaue Flecken im Gesicht hatte und ganz verschwollene Augen, tat er ihm leid, so leid, daß er sagte: »Bua, dös kriag'n mir scho, mir zwoa!«

Auf dieses verständnisvolle Wort hin schoß dem Jungen das liebe Herzwasser ins Gesicht. Mit stockender Stimme preßte er den Satz heraus: »Seid uns bitte ein Fürsprecher beim Lindner!«

»Dös war i scho!« entgegnete der andere und fuhr fort: »Wie die Juden dem Herrn die Ehebrecherin vorg'führt ham mit der Frag', ob man sie steinigen dürfe, hat er ihnen ganz still erwidert: 'Wer von euch ohne Sünde ist, der werfe den ersten Stein auf sie!' Drauf haben alle nacheinander die Steine fallen lassen, und a jeder ist wegag'schlichen wie ein geprügelter Hund!«

»Und was hat er darauf gesagt, der Lindner?«

»Erscht hat er pelzig werd'n woll'n. Wie i eam aber an Spiegel hing'halten hab' und auf den dicken Bauch von seiner Hausmagd z' red'n kemma bin, hätt' er mir schier aus der Hand g'fress'n.«

»Wird er uns den Segen geben?«

»Da drüber hab'n wir kein Wort nit verlor'n! Aber wir zwoa, du und i, wir haben uns über den Fall zu unterhalten!«

Der Vikar setzte sich hinter seinem Schreibtisch zurecht, schlug ein Kreuzzeichen über sich und begann mit amtlichem Tonfall: »Walte Gott, daß mir der heilige Schutzengel die rechten Worte auf die Zunge legt! – Abgesehen davon, daß die Loni erst vierzehn ist, also selber noch ein Kind, würde ich wagen, euren Ehebund zu segnen. Aber die Erlebniswelt ihres Herzens ist alles andere als kindlich. Das beweist ja schon die Tatsache, daß sie dir zu Willen war, kaum daß sie dich gesehen hatte. Und wer weiß, wie vielen sie noch zu Willen sein wird! Denn ist einmal beim Mühlenweiher die Staumauer gebrochen, versuchst du vergeblich, die Flut zu hemmen. Du magst noch so viele Versuche wagen, noch so viele Ersatzdämme errichten, noch so viele Helfer um Unterstützung bitten, – die Flut hemmst du nit! – Darum und nur darum werde ich einen Ehebund zwischen euch nicht segnen, bevor die Loni nit mindestens sechzehn Jahr’ zählt. Nit des Gesetzes wegen, auch nit der Loni wegen, sondern allein um deinetwillen!«

»Habt Ihr das auch dem Lindner gesagt; und hat er Euch darauf eine Antwort gegeben?«

»Wolfgang Rieder, glaubst du denn, ich gehe mit den Worten meiner Pfarrkinder hausieren? Was hier im Vertrauen gesprochen wird, ist versiegelt bis zum Tage des Jüngsten Gerichts!«

Der junge Mann verabschiedete sich sehr formell, so wie er’s gelernt hatte und wie es in seinen Kreisen üblich war. Jetzt hatte er Hunger; er versagte es sich aber, angesichts der Unterredung, die er mit dem Gemeindevorsteher zu führen vorhatte, so mir nichts dir nichts an der bäuerlichen Tafel zu erscheinen. Noch während der letzten zwei Monate war er mit der Miene der Selbstverständlichkeit und der Loni am Arm an Lindners Tisch getreten. Heute lagen die Dinge anders. Heute war er ein Habenichts, der Sohn eines Entmachteten, eines Verdammten – ein besserer Bettelmann.

Er wartete also bis die Essenszeit vorüber war, dann betrat er den Hof. Unter der Haustür begegnete ihm der Lindner; er wischte sich gerade mit dem Handrücken das Bratenfett vom Munde und blieb ein Weilchen stehen: »Ah, du bist's, junger Rieder! Schaug'st nit guat aus! Habens di verdroschen?«

»I hätt' gern mit dir g'redt, Lindner!«

»Kimm eina! Heraußt is's kalt!« –

Dann saßen sie einander gegenüber.

Der Bauer fragte nicht, ob er schon gegessen habe, bot ihm auch nichts an, obwohl am Küchenschrank eine große Schale köstlich herschauender Brezln und Guatln stand. Nein! Er ging sofort den Fall an! Er erklärte, daß er sich stets etwas darauf eingebildet habe, einmal einen Schwiegersohn von solch nobler Herkunft zu haben. Das habe sich jedoch jetzt geändert. Er wolle zwar seiner Tochter nicht vorgreifen, zumal ja eine Ehe vor ihrem Sechzehnten sowieso nicht in Frage komme. Er, Wolfgang Rieder, müsse sich aber fragen lassen, wie er es sich vorstelle, eine Frau mit Kind zu ernähren, wo er doch praktisch nichts gelernt und kein Vermögen in der Hinterhand habe. »Von dem, was dei alter Herr amol war, kann ma nit abbeißen!«

Er sagte das mit verächtlicher Miene und erklärte dann weiter, er habe zeitweise mit dem Gedanken geliebäugelt, ihn – den Schwiegersohn – dereinst als Erben einzusetzen. Nachdem er aber nunmehr um Sonnwend herum von seiner Magd ein Kind erwarte, lägen die

Karten noch völlig offen – und überhaupt hätte er dortmals von dem großen Respektum, den der Herr Pflegerichter stets ausgestrahlt habe, sich auch für seine Person einen Schub nach oben versprochen und geradezu erwartet. Doch damit sei es jetzt »Matthaei am Letzten . . .«

Da nun kam das Mägdlein Loni zur Tür herein und unterbrach den Strom der Beredtsamkeit des Vaters.

o-o-o-o-o

Die Fehlgeburt

Sie saßen beieinander in Lonis städtisch ausgestatteter Kammer, Wolfgang Rieder und das Mägdlein. Die Wangen beider leuchteten durchsichtig vor Müdigkeit beim Rieder, vor Schmerzen bei ihr. Weiß Gott! ihre Schwangerschaft war alles andere als glücklich!

»Was hat dein Vater gesagt?«

»Ja, als Sohn des Richters wärst du ihm schon recht gewesen. Du hättest dein Glück in kurfürstlichen Diensten machen können, als hochrangiger Soldat, als Attachê im diplomatischen Dienst, als Kammerherr mit dem Goldenen Schlüssel . . .«

»Daraus wird nun nichts!«

»Und wovon wollen wir leben mit dem Kind? Du weißt, die Magd ist schwanger; wir kommen beide ungefähr um die gleiche Zeit nieder. Ich steh' dann im Wege; und du erst recht! Ich merk' bereits jetzt, wie sie Zug um Zug das Hauswesen in die Hand nimmt, besser gesagt, an sich reißt.«

»Was tätst du sagen, wenn ich auf euren Hof käme und eine Arbeit übernähm', irgendeine Holzarbeit: Holzschlagen im Forst, Holzhacken am Platze? Damit könnt' ich uns doch das Essen und noch ein paar Kreuzer dazuverdienen? Was meinst du, Loni?«

»Ach Gott! es ist alles so unsagbar traurig! – Schade, daß ich die Magd nit leiden kann!«

»Du wirst dich aber mit ihr zusammenraufen müssen! Was mich betrifft, so werd' ich ihr tunlichst aus dem Wege gehen.«

»Zusammenraufen, sagst du? Da kratz' ich ihr doch lieber gleich die Augen aus; allein schon deswegen, weil sie mir den Vater wegnimmt!« –

Wolfgang Rieder schlang den Arm um ihre weichen Schultern. Da mußte sie aber rasch hinausgehen, weil ihr schon wieder schlecht wurde.

»Und so geht's den ganzen Tag über, sieben bis zehnmal!« sagte sie, als sie wieder hereinkam.

»Armes Kind!« sagte er und zog sie an sich.

»Der schlecht'ste Gedanke is dös nit: ins Holz!« sagte Simon Lindner und war froh, diese leidige Sache, deretwegen ihm die Magd schon wiederholt in den Ohren gelegen hatte, glimpflich hinter sich gebracht zu haben.

Wolfgang Rieder fuhr also jeden Morgen mit einem alten Gaul ins Holz – es war ja Winter und viel Schnee lag in den Wäldern; er fällte die gezeichneten Bäume, entästete sie und schleppte sie heraus; und hatte er eine Schlittenfuhre beisammen, nahm er ein zweites Roß mit und brachte das Langholz in den Hof oder zum Sagmeister, der es zu Balken und Brettern und anderen Bauhölzern verarbeitete; denn jetzt, nach den fürchterlichen Kriegsjahren, griff eine rege Bautätigkeit um sich.

Kam er abends müde und erschöpft heim und setzte sich – wie es der Brauch wollte – mit allen Bewohnern des Hofes zum Essen an den gemeinsamen Tisch, fiel ihm von Mal zu Mal erschreckend auf, daß die Hausmagd aufblühte wie eine Königsrose, während seine Loni zusammensank wie die Primel, die man zu gießen vergessen hat. Und wenn sie sich zur Ruhe begaben, klagte sie über Schmerzen und weinte.

So durfte das nicht weitergehen! Darum sagte er eines Morgens zum Bauer, er möge doch die Wehmutter und einen Physikus kommen lassen. Die kamen im Laufe des gleichen Tages. Beide untersuchten das schwangere Kind, beide auch machten bedenkliche Gesichter, und am End verlangten beide von Loni strengste Bettruhe.

»Und wer wird sich um sie kümmern?« fragte Wolfgang. »Ich bin doch täglich im Holz!«

»Ja, soll i leicht einen Lakaien hertun?« geiferte der Vorsteher und wandte sich von ihm ab.

Da wußte der junge Mann, was die Uhr geschlagen hatte. Jetzt war es Zeit! Jetzt mußte er die Schlafmütze abtun und handeln!

Er bat den Bauer um einen freien Halbtag und um ein Reitpferd, weil er seine Eltern aufsuchen wolle. Der machte ein sauertöpfisches Gesicht und schnauzte: »Daß d' aber morgen wieder ins Holz gehst!«

Wolfgang ritt gen Auerdorf zum Torhaus an der Burg. Er fand seine Eltern – und erschrak. Die Mutter redete wirr und schien ihn nicht mehr zu erkennen, der Vater saß in einer Ecke vor ein paar rechtsgelehrten Büchern und hatte sich bis über die Ohren in eine Roßdecke eingehüllt. Kaum daß er den Sohn wahrnahm. Er fragte nichts, erkundigte sich nicht nach seinem Leben und Treiben, so daß dem Sohne vorkam, als ob auch er an seinen alten Lebenstagen vorbeilebte. Wenn er von seiner Lektüre ab und zu aufschaute und den Sohn blicklos anstarrte, nickte er leicht und machte eine abfällige Handbewegung, um alsbald in den zerlesenen Schwarten wieder zu versinken.

Nach einer knappen Stunde hatte Wolfgang Rieder die sichere Überzeugung gewonnen, daß sein Besuch im Torhaus völlig überflüssig war. Er hatte geglaubt, seine kleine Loni in ihrer Not bei den Eltern unterbringen zu können; doch dahin führte kein Weg.

Und wohin jetzt?

In der Augsburger Ordinari Postzeitung soll — so hatte der Bauer neulich am Abend bei Tisch erzählt — von einer interessanten Begebenheit die Rede gewesen sein. Die Tiroler Landesregierung lasse für ihre Hüttenwerke in Kundl, Brixlegg und Schwaz in den Wäldern um den Thiersee Langholz schlagen, dieses zur Verkohlung nach Kiefersfelden schleusen, um es dann als Holzkohle leichter ins Tirol befördern zu können. Während der letzten Kriegsjahre sei die Kohlstatt am Kieferbach zwar stillgelegt, doch seit neuestem wolle man wieder mit der Verkohlung beginnen. Man suche bereits ehrliche, arbeitsame Leut'.

Also auf nach Kiefersfelden!

Der Rieder ritt in die Kohlstatt, sah aber, daß sich da noch nichts rührte. Er suchte den Brandmeister auf und trug ihm seinen Fall vor: daß er sich im Langholz auskenne und beim Simon Lindner zu Nußdorf arbeite, daß es aber da wegen seiner jungen Frau zu Irrungen gekommen sei, worüber er sich jedoch weiters nicht auslassen wolle, und daß er gerne in der Kohlstatt schaffen würde, wenn man ihm in den Werkshäusern eine einigermaßen günstige Wohnung zuweisen würde.

Der Brandmeister schaute sich Wolfgangs harzverschmierte Hände an und meinte: »Du woaßt aber scho, daß wir vor Pfingst'n nit ofang'n könna!«

»Nacher derf ma kemma?«

»Kemmts in Gotsnam, und a Wohnung kriagts!«

Nachdem er noch seinen Namen genannt hatte, bekräftigten sie das Übereinkommen mit einem festen Handschlag; dabei spürte der Brandmeister, daß der junge Gesell ganz ordentliche Pratzen hatte.

Der Rieder ritt wieder ins Dorf hinein. Gleich am Orts-
rande stand die Sankt-Sebastians-Kapelle. Er ging für
ein paar Minuten hinein, dankte dem Herrgott für die
neue Arbeit und vor allem für die Wohnung, und empfahl sein Mägdlein und ihr Kind der Mutter Gottes, die
in ihrer Schwangerschaft möglicherweise ebenfalls
Schwierigkeiten gehabt hatte, weil sie ja auch noch
blutjung gewesen war. Auch für die Eltern betete er ein
Vaterunser.

Mittags war er wieder in Nußdorf.
Bei der Loni sah es freilich schlecht aus, bedrohlich
schlecht. Die Wehmutter war schon am Morgen gekommen und bis jetzt geblieben: »Ob sie 's Kindl kriag'n
ko, is nit g'wiß! Geb Gott, daß sie selber am Leb'n
bleibt!«
Der Lindner aber hatte kein Einsehen: Nach dem Essen mußte der Rieder ins Holz. »D' Anna wird si scho
kümmern!« sagte er und meinte damit seine Hausmagd.
Im Laufe des Nachmittags schien das Verhängnis seinen Lauf zu nehmen. Die Wehmutter waberte zwar viel
herum, machte Umschläge und Wickel und einen Ein-
lauf nach dem anderen, um einen Abgang herbeizufüh-
ren; denn, daß es keine gesunde Geburt werden würde,
war ihr klar, nur wollte sie das den Umstehenden nicht
sagen. Der Simon soff gebrannten Kornschnaps und
begann zu fluchen. Die Anna erklärte, daß sie den Anblick der Loni nicht mehr aushalte und um ihres eigenen Kindes willen gehen müsse. Der Vikar war auch gekommen; er trug die Letzte Ölung bei sich und wartete

nur auf einen Wink der Wehmutter, um mit der Zeremonie zu beginnen. Es wäre ihm sehr lieb gewesen, wenn die Loni gebeichtet hätte, aber sie wollte nicht.
Inzwischen wurde es Abend, die Nacht zog auf. Wolfgang kehrte aus dem Holz zurück. Er betrat die Kammer, aber nicht still und bescheiden wie sonst, sondern mit herrischen Schritten. Er beugte sich zur Loni nieder, küßte sie und drehte sich dann um: »Bauer!« sagte er laut und redete ihn jetzt mit »Du« an. »Wenn dir dei Kind nit soviel wert is, daß du an Physikus hol'n läßt, nacher reit' i selber nach Rosenheim!« – sprach's, holte sich aus dem Stalle das gute Reitpferd und jagte aufs Neue Beuern zu. Er erreichte den Physikus, der schon einmal bei der Loni gewesen war. Er richtete sich sofort, während einer seiner Söhne das Roß aus dem Stalle zog. Im Zurückreiten sagte er: »Es war von Euch kein Reckenstück, das unvernünftige Kind zu schwängern!«

»Ich weiß, Doktor, und ich hab es schon hundertmal bereut. Bin halt auch bloß ein Mensch! Werdet Ihr sie durchbringen?«

»Das wird davon abhängen, wie sich der Fötus verhält; aber auch von der Konstitution des Deandls. Sie ist ein gesundes Bauernkind; das berechtigt zu einiger Hoffnung.«

»Könnt Ihr's nicht einigermaßen beschleunigen? Wie's aussieht, haben ihre Kräfte in den letztverstrichenen Stunden rapide nachgelassen.«

»Junger Rieder, wir werden es sehen! Schon um Eures Vaters willen, den ich wiederholt schätzen gelernt hab' als einen redlichen und lauteren Mann – schon um seinetwillen werd' ich alles tun, was in meinem Ermessen steht; aber ich kann keine Wunder wirken. Wir müssen uns auf die Natur verlassen. Der Herrgott mög's zum Guten wenden!« . . .

Dann schwiegen sie und ritten forscher.

Überlang stiegen sie die Treppe hinan, auf der die Anna ein Licht angezündet hatte. Aus der Kammer kam ihnen der Vikar entgegen: »Hab' ihr die Krankensalbung gespendet; sie ist ruhiger geworden.«

Gleich trat auch die Wehmutter heraus, zog den Physikus ein wenig abseits und redete sehr eindringlich auf ihn ein. Gemeinsam gingen sie sodann in die Kammer und schickten den Vorsteher hinaus. Sie deckten das Mägdlein ab. Der Arzt griff kurz ein und sagte: »In zwei Stunden wird sie's abstoßen. Wir brauchen warmes Wasser und gewärmte Tücher!«

Die Frau ging hinaus und sagte es der Anna. Dann kam auch der Arzt heraus und flüsterte: »Geht jetzt schlafen! Nur die Anna laßt da! Wir wecken euch, wenn's Zeit ist!«

Wolfgang Rieder zog aus der Nebenkammer einen Strohsack auf die Diele heraus und legte sich – bekleidet, wie er war – darauf. Er nickte kurz ein, wurde aber von wilden Vorstellungen geschreckt, so daß er auffuhr und unverständliches Zeug lallte.

»Auch der hätt' ins Bett gehört!« meinte der Arzt.

Die Frau zog den Rosenkranz aus ihrem dicken Rock und fing an zu beten . . .

Es ging bereits auf den Morgen zu, als Loni plötzlich sehr unruhig wurde. Sie schlug mit den Armen um sich, bäumte sich in den Hüften auf und wimmerte.

Der Arzt rief die Anna mit dem Wasser und den Tüchern. Dann griffen die beiden Geburtshelfer zu. Doch die Anna fiel um, so daß Wolfgang sie hinausschleppte und auf den Strohsack bettete. Darauf übernahm er selber ihre Aufgabe – ganz nach den Weisungen des Arztes.

Beim ersten Hahnenschrei konstatierte der die Fehlgeburt und fuhr der Loni streichelnd über die Stirn: »Bist schon ein tapferes Kind!«

Als dann auch Simon Lindner erschien, meinte der Physikus: »Ihr Leben hing an einem dünnen Faden. Auch geht's hier nit bloß darum, daß sie ein Kind verloren hat; wichtig ist, daß ihr inneres Leben wieder ins Gleichgewicht kommt. Darüber zu befinden, ist aber nit meine Sach, sondern das hast du selber in die Hand zu nehmen! Jedenfalls ist sie dein Fleisch und Blut und darf nit untern Tisch gekehrt werden, nur weil jetzt die Magd das große Wort führt. Der Rieder ist nun einmal ihr Mann, auch wenn der Trauschein noch fehlt. Und mehr Mann, als er ist, kann er nimmer werden! Pfüat God!«

Der Simmerl schaute betroffen an der Nase nieder, verließ die Kammer und stellte sich an den Strohsack, auf dem die Magd Anna lag. Ihn wurmte es immer noch, daß der Rieder aus freien Stücken den Arzt geholt hatte, dazu in diesem Tonfall. Wer bin ich denn, daß mich einer in meinem eigenen Hause überrumpeln darf! Er is's doch g'wen, der mirs Deandl verhunzt hat! Und muaß er nit froh sein, daß er sein'n Löffel in meine Suppenschüssel steck'n darf? Aber wart's ab! Mit dir red' i', bal 's Deandl wieder g'sund is! Nacher fliag'n d' Fetzen! Und du fliagst arschlings aussi! Saubua dreckater!

Zunächst hielt er sich aber zurück, denn zum einen brauchte ihn das Deandl noch zur Wiedergewinnung ihrer Gesundheit; zum andern brauchte er selber ihn zur Ausholzung seines verluderten Forstes. Denn das stand fest: arbeiten konnte er, der lausige Gesell! –

So lebten denn der Vorsteher und der Rieder gewissermaßen in bewaffneter Duldung nebeneinander dahin. Sie gingen sich gern aus dem Wege, und wenn sie sich gegenseitig etwas zu sagen hatten, geschah das in hohem Grade auf maulfaule Weise. Es lag auf der Hand, daß es so nicht weitergehen konnte und daß es eines Tages zur Explosion kommen mußte.

Und es kam!

Je weiter das Jahr auf seine Mitte zurückte, desto erfreulicher ging es mit der Loni aufwärts. Die Magd Anna – von Haus aus eine »Wuchtbrumme«, wie der Großknecht sie früher genannt hatte – wurde von Woche zu Woche unförmiger und schwerfälliger. Sie wollte sich zwar nicht gehen lassen, doch sah ihr jedermann an, wie arg sie litt. Darum sagte der Simmerl eines Tages in gereiztem Ton zu seiner Tochter, es sei sachte Zeit, von der faulen Haut aufzustehen und der Anna unter die Arme zu greifen. »Oder merkst nit, was das arme Weib mitmacht?«

Da entschlüpfte der Loni das unbedachte Wort: »San ebbern wir schuld, daß die Magd aufgeht wiara Dampfnudel?«

Der Bauer sah das als einen Vorwurf an – was es ja auch war! – und schlug die Tochter ins Gesicht.

Die berichtete es am Abend dem Rieder, und der stellte den Lindner in der Haferkammer, als er die Rösser füttern wollte.

»Du hast d' Loni g'schlag'n!« sagte er.

»Dös freche Luader!« antwortete der andere.

»Dann in Gottsnam!« pfauchte der junge Mann und streckte den Alten mit einem Hieb nieder, daß er auf die Haferkiste und dann zu Boden sank. Sachte rappelte er sich wieder auf und stellte sich breitspurig vor den Rieder hin, wagte jedoch keinen Gegenschlag. Der nüchterne Verstand mußte ihm sagen, daß er gegen den in harter Arbeit Gestählten unweigerlich den Kürzeren ziehen würde; aber er spuckte ihn an.

»Wie der Schächer bei der Dornenkrönung!« sagte Wolfgang und wandte sich ab.

Damit war das Verhältnis der beiden endgültig verfahren, was natürlich auch die Loni zu spüren bekam. Für sie und den Rieder lag fortan kein Löffel mehr am gemeinsamen Tisch. Das focht sie aber weiters nicht an: sie aßen miteinander in der Kuchl.

Zwei Tage später wußte diese Geschichte ganz Nußdorf, der Vikar wußte sie und durch ihn auch – Bruder Michael, der Einsiedl am Kirchwald.

Bruder Michael Schöpfl war von den Nußdorfern und allen, die zu seinem Wunderbilde und seinem wundertätigen Wasser wallfahrteten, mit Achtung und Verehrung angenommen worden. Sie spürten in der Lauterkeit ihrer schlichten Herzen, daß er alles andere als ein religiöser Schaumschläger war. Darum unterstützten sie ihn auch nach besten Kräften. Sechsundzwanzig Bauern hatten sich gemeinsam verpflichtet, ihm jeden Morgen, wenn er zur Messe von seiner Klause nach Nußdorf herunterkäme, reihum das Frühstück zu richten und etwas für den übrigen Tag mitzugeben: eine

Wurst, ein Stück G'selcht's, ein paar Eier, eine Schale gequetschten Hafers, ein Kännchen Milch oder auch Gemüse jeglicher Art, wie es in ihren Wurzgarten wuchs. Und er war so dankbar.

Weil mit der Schule nichts zustande gekommen war, lud er an schönen Tagen gern etliche Dorfkinder zu sich, spielte, betete und sang mit ihnen und schärfte ihre Sinne für die Heilkräuter in Gottes freier Natur.

Und jetzt erfuhr er von dem Zerwürfnis im Hause des Vorstehers. Und nicht nur das, sondern der Vikar selbst ersuchte ihn, sich des außerordentlich peinlichen Falles anzunehmen. Der Bruder wartete also, bis das nächste Frühstück beim Gemeindeoberhaupt anstand.

Es gehörte gewiß zu den jeweils schönsten Aufgaben der Bäuerinnen, dem Einsiedl ordentlich aufzuwarten, war dabei doch auch die Möglichkeit gegeben, ihn für dieses oder jenes Familienproblem um sein Gebet zu bitten; diese Probleme lasteten ja zumeist auf den Herzen der Frauen.

Nun wollte er also beim Lindner einkehren, wo die Rolle der Hausfrau bloß eine Haustochter oder eine Hausmagd übernehmen konnte. Wer sollte darüber entscheiden? Welche würde den Sieg über die andere davontragen? – Diese letzte Frage stellte sich auch der Klausner schon Tage vorher. Von der Antwort darauf hing zum Gutteil die Lösung des ganzen Problems und der Erfolg oder Mißerfolg seiner Sendung ab. Er ging also zu seinem Marienbilde und betete um einen guten Rat. Guter Rat ist teuer! schien ihm die hohe Frau zu sagen; die Einsiedler in der Wüste Thebais haben sich nicht mit Singen und Beten begnügt, sondern haben auch Kasteiung geübt! Wie steht es damit bei dir?

Da wußte er mit einem Male, was zu tun war.

Sein Besuch traf auf einen der ersten warmen Frühlingstage. Bei der Messe in der Pfarrkirche bat er um die rechten Gedanken und die richtigen Worte. Dann betrat er den Hof. Und siehe, da standen unter der Haustür die unförmige Anna und die blasse Loni.

»Wie wunderbar«, rief er ihnen zu, »daß ich in einem Atemzuge euch beide von Herzen begrüßen kann! Ich habe versäumt, euch zu sagen, daß ich heute einen strengen Bußtag in einem besonderen Anliegen begehen muß. Seid mir darob nicht böse! Holt mir aber dafür den Bauer und den Holzer und bleibt auch selber da, denn wir haben miteinander einen heiklen Fall zu klären!«

Der Loni schwante schon etwas. Sie sagte: »Ich künd' es dem Vater und geh dann ins Holz und hol den Rieder!« Und schon schlüpfte sie weg.

»Wie geht es dir, Anna?« fragte der Einsiedl. »Dein Zustand ist nicht beneidenswert! Wann wird es soweit sein?«

Sie seufzte: »Gebe Gott, daß's nit mehr lange dauert! Und dazu den Kummer im Haus! und den Haß und den Neid!« Und schon rannen ihr die Tränen über die roten Backen.

»Meine liebe Anna«, entgegnete der Bruder, »wir alle müssen zahlen – da beißt die Maus keinen Faden ab! Danken wir dem Herrn, daß wir schon hier auf Erden abbüßen dürfen!«

»Aber Herr Bruder Michael, was hätt' i denn macha soll'n, wo der Bauer jede Nacht kemma is? Er hätt mi ja sonst aussig'schmiss'n!«

»Dem Himmel sei's geklagt!« – Weiter konnten sie nicht mehr reden, weil der Lindner kam. Seine Augen flackerten unruhig; unruhig auch schritt er in der großen Stube hin und her. Nach einer Weile blieb er stehen: »I woaß scho, 's ganze Dorf red't über uns!«

»Wenn's wenigstens was Gut's wär, worüber die Leut' reden!« erwiderte Michael.

»Soi ma sich überhaupts drum scher'n, was d' Leit red'n?«

»Eigentlich nit! Aber der Lindner Simmerl ist halt auch der Vorsteher, auf den d' Leut' hinschau'n – und mit Recht!«

Der andere schwieg und setzte seinen Marsch durch die Stube fort. Auf einmal blieb er vor der Anna stehen und fragte sie mürrisch: »Und d' Loni? Wo habts die hi'g'schickt?«

»Wo wird 's scho sein! Sie holt 'n Rieder!«

Bruder Michael ergänzte: »Weißt, Simmerl, was sich jetzt bei euch tut, ist kaum noch zu verantworten! Und deshalb hat der Vikar gemeint, ich soll mit euch reden, damit wir gemeinsam alle Steine des Anstoßes aus dem Wege räumen. Es ist eben ungesund, wenn ein ganzes Dorf zwiespältig wird. Nußdorf ist schon auf dem besten Wege dahin: die einen halten's mit dir, die anderen mit deiner Tochter. Die einen hetzen gegen die anderen, und gemeinsam hetzen alle gegen den Rieder, der an dem ganzen Wirrwarr vielleicht die wenigste Schuld hat –«

Der Bauer unterbrach: »A unschuldig's Kind schwängern, ist dös leicht in Ordnung?«

»Aber eine Dienstmagd schwängern, die sonst keinen anderen Ausweg sieht, als dir zu Willen zu sein, das ist in Ordnung!«

Da wurde der Lindner pelzig und schrie: »Michael Schöpfl, geh und betritt meinen Hof nimmer!« –

Der Rieder hatte den 'Nausschmiß schon vor der Tür

vernommen. Jetzt trat er mit der Loni ein und blieb beim Türpfosten stehen: »Bruder Michael, erspart Euch Eure Mühe in diesem Hause! Die Loni und ich, wir verlassen den Hof, weil ich zu Kiefersfelden Arbeit und Wohnung gefunden hab.«

Da waren alle still. Der Einsiedl erhob sich, sagte: »Gott behüt' euch!« und ging.

o-o-o-o-o

In der Kohlstatt

Ein paar Tage drauf sah man den Rieder mit der Loni nach Auerdorf gehen; langsam und behutsam. Die alten Riederleut waren an einem Tage gestorben. Sie war früh tot auf dem Strohsack gelegen. Da hatte ihn ein Herzschlag getroffen, an dem er nachmittags – wo niemand greifbar war – ganz still ins Jenseits eingegangen war.

Jetzt beerdigte ein Armleutepriester die im Herrn Verblichenen in Gegenwart des Sohnes und eines jungen Deandls, das aber nicht seine Schwester war, weil er ja – wie die Auerdorfer wußten – keine Schwester hatte; in Gegenwart auch des Herrn Zahlmeisters von der Burg, der nicht der Toten wegen gekommen war, sondern weil er nach vollzogener Bestattung den Priester, den Totengräber und die Leichenträger auszahlen mußte.

Nach der armseligen Zeremonie lieh sich der Rieder Wolfgang beim Burgkapellan für etliche Tage ein gutes Reittier, setzte die Loni hinter sich und ritt nach Kiefersfelden.

Der Brandmeister Georg Tiefenthaler war freudig bewegt, als er den jungen Mann mit seiner etwas verhärmten, aber hübschen Frau sah: »Kann eich glei die Wohnungsschlüss'l geb'n. Dieser Täg' erscht is's Häusl fertig wordn, a nei's Häusl, zum Jungekriag'n wie g'schaff'n!«

»Wir werden uns Zeit lassen!« erwiderte Wolfgang.

Dann schloß der Georg die Haustür auf und übergab der Loni den Schlüssel.

Über Erl und Windshausen ritten sie gen Nußdorf. Unterwegs besprachen sie beflissentlich, wie sie das Häusl einrichten könnten. Denn an Bettkästen und Schränken, Spannstühlen und allerlei Tischen fehlte es daheim nicht, gar nicht zu reden von Lonis schöner Kammer, die ihr ja noch die gottselige Mutter mit viel Liebe und Sorgfalt ausgestattet hatte.

»Bin neugierig, wie der Vater schauen wird, wenn du sozusagen auf Nimmerwiedersehn das Elternhaus verläßt.«

Loni zuckte mit den Schultern: »Meinst du? Im Gegenteil! Froh wird er sein, daß das Biest weg ist. Du kannst dir doch denken, daß ich stets wie eine lebendige Anklage auf ihn wirken mußte, wenn er's mit der Anna getrieben hat – und wie! Die arme Magd ist kaum zur Ruh' kommen. Man kennt's ihr doch auf hundert Schritt an, wie er's geschunden hat. Vielleicht hat sie schon entbunden; heut früh jedenfalls war sie ganz lausig beinand.«

»Du wirst ihr zu fehlen kommen! Ein kleines Kind, und die Leut' versorgen, und aufpassen auf die Knechte und Mägde; denn die stehlen wie die Raben!«

»Hast du gemerkt, daß sie stehlen?!«

»Und wie!«

»Das ist aber erst seit Mutters Tod. Mutter war halt auch eine feine, gütige Frau! Hat niemanden angefahren, hat immer gelächelt. Dabei hat sie's mit'm Vater nit leicht g'habt. Er hat sie genau so hergenommen, wie jetzt die Anna. Und ich glaub', daran ist sie auch zu Grund gegangen. – Und du fragst gar nit, was ich von daheim mitkrieg', wenn ich erwachsen bin?«

»Das interessiert mich sehr wenig! Ich will dich und nit dein Geld! Ich hoffe doch, daß wir zwei miteinand das

118

verdienen, was wir brauchen; wenn wir erst einmal das haben, wollen wir unserm Herrgott danken. Oder bist du anderer Meinung?«

Loni, die immer noch hinter ihm saß, stieß ihn sanft in die Seite: »Na ja, a weng mehr wie das Notwendigste derfat's scho sein!«

Darauf mußten sie beide lachen. –

Und überlang waren sie in Nußdorf. Der Rieder stellte das Roß beim Tafernwirt Eizenberger ein, einem Freunde seines verstorbenen Vaters, während die Loni heimging. Der Eizenberger war ein »gerechter Mann«, so wie er in der Bibel beschrieben wird. Er übervorteilte niemanden, pantschte den Wein nicht und schenkte das Bier maßgerecht ein. Und dennoch war er der vermögendste Mann im Dorfe. Der alte Herr Pflegerichter Rieder, als der noch auf der Auerburg saß, hätt' ihn dortmals gern als Gemeindevorsteher gesehen, aber der Eizenberger hat abgewunken. Da haben's dann den Lindner gefragt; der hat gebuckelt bis zum Fußboden nunter und hat dös Amt g'nomma mit geschmatzten Händen.

Der Rieder erzählte dem Wirt, daß er gerade von der Beerdigung seines Vaters komme, den sie eingescharrt hätten fast wie einen Hund, gerade noch, daß der Armleutepriester ihn ausgesegnet hat.

»Is a aufrechter und a gradliniger Mensch g'wen, dei' Herr Vater! Schad, daß i's net g'wißt hab; waar eam sinst auf d' Leich mitganga!« Das konnte man dem Eizenberger glauben.

Dann sagte ihm der Rieder noch, daß er auf Pfingsten in die Kohlstatt ziehen werde, weil's beim Lindner ungemütlich geworden sei.

Darauf fragte der Wirt bloß: »Und 's Deandl nimmst mit?«

Als der Rieder bejahte, wiegte der andere den Kopf hin und her, sagte jedoch nichts.

»Bist du dagegen, Vater Eizenberger?« fragte er darauf.

»Bua«, erwiderte der, »a jeder brockt si sei Supp'n selber ei!« – Er reichte dem Wolfgang die Hand und ging in seine Wirtschaft.

Inzwischen war die Loni heimgekommen, hatte von draußen kurz in die große Stube hineingegrüßt, aber keine Antwort bekommen. Sie begab sich in ihre Kammer. Kaum hatte sie begonnen, dies und das aus dem Kasten herauszunehmen und auf den Tisch zu stellen, um es zu verpacken, trat der Lindner ein. Er schaute ihr eine Weile zu und meinte dann: »Deandl, willst mi wirkli' verlass'n?«

Sie blieb stehen und stemmte die schwachen Arme in die Hüften: »Ja, tuat doch nit so, Vater, wie wenn Eich an mir ebbes g'legen waar! Ihr taats mi scho mögen – als Kindsmagd für d' Hausmagd! Aber dafür bin i mir z' schad!«

»Und dös is dei' letzt's Wort?«

»Mei letzt's!«

»Nacher richt' i an Plattenwagen und schick' dir an Knecht! – Loni, pfüat di!« –

Dann kam auch der Rieder in den Hof und sah, daß zwei Knechte unter Anleitung der Loni den Wagen beluden. Er gesellte sich zu ihnen und half mit. Es wurde ein beachtlicher »Kammerwagen«; die Loni brauchte sich nicht zu schämen – und sie dankte im stillen ihrer Mutter, daß sie so weit vorausgedacht hatte.

Als die Abendsonne mit rötlichen Wolkenschleiern von Rosenheim her einen schönen Tag verhieß, überzogen sie den Wagen mit einer Blache und schoben ihn in die Remise.

Die Nacht verbrachten sie auf einem blanken Strohsack, weil die Betten ja schon verladen waren, – für Loni eine unruhige Nacht. Sie hatte sich die Fahrt ihres Kammerwagens weiß Gott! anders vorgestellt! Prunkvoll von schmucken Rössern gezogen, die prallen Federbetten hoch auf die Bettkästen getürmt, die Schränke – vor allem der Wäscheschrank – mit offenen Türen zeigten den Reichtum der Braut und die Wohlhabenheit der Eltern . . . Nichts von alledem, sondern nur eine nicht mehr ganz saubere Blache bedeckte, was die Neugier der Gaffer hatte reizen sollen.

Das ging der Loni durch den Kopf, und als sie am frühen Morgen aufstand, kam sie sich vor, als wäre sie gerädert worden.

Während dann Wolfgang Rieder sein Roß beim Eizenberger abholte, um es auf die Auerburg zu bringen, verließ der Kammerwagen mit der Loni den elterlichen Hof. Unterm Tor stand der Lindner mit armseliger Miene. Er ließ den Knecht halten und reichte seiner Tochter, die neben dem Knechte saß, fünfzig Gulden hin und wandte sich dann jäh ab, weil ihm das liebe Herzwasser in die Augen schoß.

Als die ersten Nußdorfer Bauern ihre Höfe verließen, war der Wagen bereits auf dem Wege nach Windshausen . . .

★

Getrennt kamen sie fast gleichzeitig in der Kohlstatt an. Sie luden ab in gebotener Eile, denn der Knecht mußte ja wieder nach Hause. –

Der andere Morgen, ein freundlicher Sonntagsmorgen, rief sie zum Gottesdienst in die Kiefersfeldener Kirche am Berghang. »Sie haben ein schönes Geläut!« sagte die Loni, als sie – festlich gekleidet – ihr Häuschen verließen. Sie kamen auf den Kirchplatz. Nach alter Gewohnheit hatten sich hier die reifen und die noch unreifen Männer versammelt, um die vorbeigehenden Weiberleut' zu bekritteln und faule Witze über die eine oder andere zu machen. Der Rieder und seine Loni wollten beisammenbleiben. Es hätte sich aber ganz und gar nicht geschickt, wenn sie sich mit ihm zu den Männern hingestellt hätte. Was war zu tun? Kurz entschlossen betrat er mit ihr die Kirche, zog sich aber gleich nach hinten zurück, wo schon zwei Alte in einer Bank saßen und sich langsam auf einen gesunden gottesdienstlichen Schlaf einstimmten.

Natürlich hatten die zwei Neuen die Aufmerksamkeit der Mannsbilder sofort auf sich gezogen, vor allem die Loni. »A g'schmackig's Dingerl!« raunte der Arnoldo den anderen jungen Burschen zu, von denen einige seine Bemerkung mit ein paar unflätigen Kommentaren anreicherten. – Der Arnoldo hieß Mondadario. Seine Eltern waren zwanzig Jahre zuvor von Lugano nach Bayern gekommen; der Vater, ein bedeutender Archenbaumeister, stand im Dienst des Fluß- und Seenamtes in München und war für die Befestigung der Ufer und Dämme zuständig. Er hatte seinen Wohnsitz in Kiefersfelden aufgeschlagen, weil der reißende Inn ihm hier am meisten zu schaffen machte. Hier auch war Arnoldo zur Welt gekommen und hatte mit etlichen Kindern der Großkopferten beiderseits der Grenze die Mönchsschule auf dem Georgenberg besucht. Er sprach ein gutes Deutsch und ein noch besseres Bayrisch, wie er sich denn überhaupt – zum Kummer seiner Eltern – so ziemlich auch alle bayerischen Unarten angewöhnt hatte. Hitzigen Geblüts – wie er war – stieg er den Mägdlein nach und suchte sie zu nachtschlafender Zeit in ihren Kammern auf, unbeschadet dessen, daß ihn einige ehrbare Hausväter schon ein paarmal herzhaft verdroschen hatten. Weil er aber ein fröhlicher Gesell war, steckte er diese Nebenwirkungen seiner Ausflüge rasch weg, so daß sie ihn nach wie vor allenthalben gerne sahen – wohl auch im Hinblick auf seinen Vater.

Als jetzt der Gottesdienst aus war und die Gläubigen die Kirche verließen, erschienen auch Wolfgang und seine Loni unter dem Eichenportal. Sagte der Arnoldo zu denen, die um ihn standen: »Da schauts euch die an! Is sie nit a resch's Deandl – so recht fürs Kornfeld?« Da stießen sie ihn an und murmelten: »Vergreif di ja nit an der! Der, mit dem s' geht, is der Bua vom Pflegerichter; und der kennt koan Spaß nit!« – »A geh!« sagte ein anderer, »Den Alten hams ja grad erst ei'-g'scharrt!«

Dann waren aber die beiden schon an den Gaffern vorbei und lenkten ihre Schritte heimwärts, denn im Häusl, das ihnen der Brandmeister zugewiesen hatte, gab's noch viel zu richten – und in den nächsten Tagen sollte ja die Kohlenbrennerei bereits beginnen. Da würde Wolfgang im Forst oder in der Säge oder bei den Meilern viel zu schaffen haben und abends alle Viere von sich strecken vor lauter Müdigkeit. Die Loni rukuzte um ihn herum wie eine gelüstige Taube, denn jetzt war sie ganz auf ihn angewiesen und hatte niemanden, mit dem sie ein Pläuschchen hätte wagen können. Indes, sie tröstete sich mit dem Gedanken, daß das am Anfang eben so sein müsse und sich im Laufe der Tage und Wochen ändern werde. Freilich wollte sie auch von sich aus einiges dazutun, denn – so sagte sie sich – wie soll eins bekannt werden, wenns nit unter die Leut' geht!

Sie schlenderte also, wenn sie zum Kramer oder zum Metzger ging, geruhsam dahin, immer darauf bedacht, von den Genossinnen ihres Geschlechts hinter den Fenstervorhängen gesehen und beäugt zu werden. Sie blieb auch hie und da einmal stehen, schaute nach hierhin und dorthin und bemühte sich geschickt, die Zartheit und Grazie ihrer Gestalt in Szene zu setzen. Denn das eine hatte sie beim Kirchgang und bei anderen Begegnungen mit dörfischen Schönen bemerkt, daß es da nicht leicht eine gab, die ihr in diesem Punkte hätte das Wasser reichen können. Dieses Gefühl der Überlegenheit beflügelte ihr Selbstbewußtsein so sehr, daß sie sich entschloß, von sich aus auf die Leut' zuzugehen und dabei ihren von der Mutter – Gott hab sie selig! – mitbekommenen Charme spielen zu lassen. –

So konnte es nicht wundern, daß sie sich bald in die Gemeindekanzlei zum Ortsvorsteher Wastl Mösner begab und ihm erklärte, sie habe mit dem Sohne des Pflegerichters beim Brandmeister Tiefenthaler ein Häusl bezogen. Sie verheimlichte ihm nicht, daß sie ihren Vater, den Vorsteher Simon Lindner von Nußdorf, nicht ganz im Frieden verlassen habe. Sie bitte nunmehr den Kollegen des Vaters, ihr bei Bedarf hilfreich beizuspringen, denn sie selbst und ihr Wolfgang seien noch recht jung.

Die Bitte, von ein paar aufstoßenden Tränen geschickt untermalt, verfehlte ihre Wirkung nicht; denn welches g'stand'ne Mannsbild kann sich der seelischen Not eines schönen Kindes verschließen!

Loni ging auch aufs Widum. Hier hatten sie einen Mönch vom Kloster Georgenberg eingesetzt, den Pater Benno, einen altehrwürdigen Herrn, der seine jungen und mittleren und reifen Mannesjahre in Arbeit und Gebet verbracht – um nicht zu sagen »verkocht« hatte. Kaum war sie bei ihm eingetreten, wehte ihr der Hauch der Askese entgegen und sie spürte, daß sie bei diesem Manne mit den Reizen des Weibes nicht ankommen würde. Um so größer aber war ihre Überraschung, als er ihr wie unter dem Druck eines geheimen Wissens erklärte, ihr Zusammenleben mit dem jungen Manne sei nicht Rechtens; und er, Pfarrer, könne es nur dulden im Hinblick auf die allgemeine sittliche Verwilderung, die der Dreißigjährige Krieg mit sich gebracht habe. Tröstend fuhr er dann fort: »Ich weiß, liebe Tochter, daß dir meine Worte wehtun; aber ist es nicht heilsamer, hier auf Erden Leidvolles zu erfahren, als nach unserem Hingang ausgestoßen zu werden aus der Gemeinschaft der Heiligen? Ich weiß auch, daß dir der Glaube an Gott und an meine Worte schwerfällt. Das ist verständlich in deiner gegenwärtigen Jugend, wo Lust und Gier an allen Türen und Toren rütteln und Einlaß fordern in die wohlbehütete Stube der Kindheit. Geh nicht zu weit, liebe Tochter, sondern halte noch den einen oder anderen schummerigen Winkel deines Herzens unter Verschluß! Irgendwann – und sei's auch erst in deinen alten Tagen – wirst du Gott danken, daß du dich dahin zurückziehen kannst, um mit deinem Herzen allein zu sein, wenn der Odem eines

Heiligen Geistes an deiner Seele vorüberweht.«

Und in einem ganz anderen Tonfall fuhr er fort: »Wenn du aber in Not bist, komm zu mir! Denn so lange ich noch lebe, will ich auch für dich dasein! – Knie dich jetzt nieder, damit ich dich segne!« –

Schon seit einigen Jahren hatte sich die Loni nicht so beschwingt gefühlt wie in der Stunde, als sie das Haus des alten Pfarrers verließ . . .

Der Sommer verging und es begann sachte zu herbsten. In der Kohlstatt rauchten die Meiler; schwere Fuhrwerke brachten das Holz aus nahen und entlegeneren Forsten und luden es vor dem Sägewerk ab. Dort auch spalteten viele muskelstarke Männer die maßgerecht zugeschnittenen Stämme.

Brandmeister Tiefenthaler hielt sich, wenn er nicht zu den Meilern unterwegs war, an der Baustelle der neuen Kohlenremise auf. Die sollte so groß und geräumig werden, daß man in ihr die gebrannte Kohle von einem ganzen Tagwerk Wald speichern konnte.

Wolfgang Rieder ging ihm in allem an die Hand, besonders in der Schreibstube, wenn Einkaufs- und Verkaufsverträge schriftlich gefertigt werden mußten, was hauptsächlich mit den Eisengewerken jenseits der Grenze zu geschehen hatte. Denn die Tiroler waren nach den Auseinandersetzungen mit den Bayern, die stichflammenartig immer wieder aufbrachen, mißtrauisch und verlangten alles schwarz auf weiß.

o-o-o-o-o

Das Kieferer Theater

In der Weihnachtswoche des 1654er Jahres erschien Leonhard Reitstetter vom Zacherlhof, in den er eingeheiratet hatte, beim Mösner in der Gemeindestube von Kiefersfelden: »Vorsteher, wie waar's, wenn wir sechs Jahr' nach dem Krieg wieder ofanga taaten mit der Theaterei?«

»Wenn d' moanst, Reitstetter, und wenn d' a g'scheit's Spuil hast, – warum nit?«

»A Spuil hätt' i scho, sogar a ganz a duftig's, aber mit die Spieler happert's. De oitn san in de dreißiger Jahr wega g'storb'n, und de jung'n G'sell'n taug'n zu nix als wie zum Fensterln bei die Kuhmenscher. Koa Schul' habens nit g'habt, und die Väter san z'meist im Krieg blieb'n. Da sans deppat und stierig word'n.«

»Deppat und stierig, sagst. Und da hast gar nit unrecht! Wie willst aber spuin, wenn d' koa Leit' nit hast?«

»Leit' hab' i nit, aber an Einfall hab i g'habt!« . . .
Darauf schilderte er dem Vorsteher sein Spiel. Es hieß: »Die Frau des Potiphar« und sollte in der Hauptsache von der weiblichen Seite getragen werden. Für diese wollte der Reitstetter die saubersten Deandln aufbieten, vor allem aus den umliegenden Dörfern; mit ihnen wollte er den jungen Mannsbildern in der Kiefer die Zähne lang machen, damit sie sich der Spielschar anschlössen. Es blieb ihm auch fast keine andere Wahl, denn die Zahl der Dirnlein überbot die der Jungmannen um mehr als die Hälfte. So war es auch begreiflich, daß unter den jungen Weiblein eine geradezu fieberhafte Jagd auf die noch verbliebenen Jungen begonnen

hatte, schwebte doch allen die traurige Tatsache vor Augen, daß ihnen im Falle des Sitzenbleibens nur die Wahl offenstand: entweder zeitlebens Kuhmagd oder – bei einiger geistigen Befähigung – zeitlebens Nonne. Im ersten Falle waren sie der Willkür des jeweiligen Bauern und seiner Knechte ausgeliefert; im zweiten der lebenslänglichen Schamhaftigkeit und der Bosheit grantiger alter Klosterfrauen. Darum war's nicht verwunderlich, daß sie nach kaum erreichter Geschlechtsreife eine Heirat anvisierten – mit allen Folgen, die sich daraus ergäben.

So konnte denn der Reitstetter nach ungefähr drei Wochen dem Gemeindevorsteher die stattliche Schar von zweiunddreißig Dirnlein vorführen, die alle begierig waren, sich beim Theaterspielen öffentlich zeigen zu können und bewundern zu lassen. Dem Dorfgewaltigen bereitete es keinen geringen Spaß, die Mägdlein ringsum ins Auge zu fassen. Ja, er konnte es sich nicht versagen, die eine oder andere an gewissen Stellen des Körpers zu begrapschen, um ihre Eignung fürs Theater festzustellen.

Nachdem alle überprüft waren, wurden sie wieder heimgeschickt mit dem Bedeuten, daß die, welche man als geeignet befunden habe, in absehbarer Zeit benachrichtigt würden. Sie verabschiedeten sich mit einer schönen Hoffnung im Herzen, worauf sich der Reitstetter und der Mösner zum Zwecke der Auswahl zusammensetzten. Diese Auswahl vollzog sich jedoch gar nicht reibungslos. Denn die beiden Auswähler gingen von grundverschiedenen Kriterien aus: Während nämlich der Reitstetter dem Kernigen und Drallen den Vorzug gab, neigte der Vorsteher eher dem Zarten und Filigranhaften zu.

Am End einigten sie sich auf ein gutes Dutzend. Nur in der Rolle der Hauptperson des Spieles, nämlich der Frau des Potiphar, strebten ihre Meinungen derart auseinander, daß schließlich der Mösner kraft seiner Amtsgewalt entschied: »Die Frau Nefertari, die wo die Frau des Potiphar ist, wird von der Loni gespielt!«
Leichter gestaltete sich das Besetzen der männlichen Rollen nicht; denn hatte man bei den weiblichen eine starke Überzahl, so sah es bei diesen eher mager aus. Nur einen konnte der Reitstetter als gesichert ansehen, und das war der Arnoldo Mondadario, der Welsche: »Mit seine schwarzen Haar' is er der gebor'ne ägyptische Joseph!« – Damit hatte nun auch der »Theaterdirektor« seinen Kraftspruch verkündet, und die beiden Organisatoren waren wieder quitt.
Mit der Besetzung weiterer männlicher Rollen wollte man zuwarten.

Tage später erschien der Reitstetter bei der Loni in der Kohlstatt und erklärte ihr, daß der Vorsteher Mösner darauf bestanden habe, sie mit der weiblichen Hauptrolle des Weihespiels zu betrauen. Zugleich überreichte er ihr den auf gutes Papier geschriebenen Text. Nebenbei bemerkte er, daß ihr Gegenspieler – der ägyptische Joseph – vom Sohne des Archenbaumeisters dargestellt werde.
Im Bewußtsein, daß sie an Wolfgang Rieder gebunden war, erwiderte Loni, sie wolle sich am Abend mit diesem besprechen und am anderen Tage dem Reitstetter die Antwort bringen.

Diese Besprechung zwischen dem jungen Paar fiel für das Mägdlein erwartungsgemäß sehr zufriedenstellend aus, weil der Rieder aus Lonis Wahl zu erkennen glaubte, daß sie beide nunmehr vollkommen in die Gemeinde eingegliedert seien und nicht mehr als bloß »Zuag'roaste« angesehen würden, – was einen verächtlichen Beigeschmack hatte. Die Loni selbst eilte also zum Reitstetter und erklärte ihre Bereitschaft.

Und dann trafen sie sich beim Weißbierschenk Hans Sellnauer zu Sellnau: dreizehn Mägdlein, die meisten aus dem Umfeld, und sechs Gesellen aus der »Kiefer«; natürlich auch der Reitstetter und sogar der Vorsteher Mösner. Nachdem sie sich kurz beschnuppert hatten, erhob sich der Mösner und sprach: »Siebzehn Kieferer G'sell'n haben wir ei'g'laden – sechse san kemma! Wenn's so is, nacher könnts hoam gehn, ös sechs, und wiederkemma brauchts nit – es sei denn euer siebzehn! Wir san nit abhängig von der Gnad' oder Ungnad' der Kieferer!«

Da stand einer auf und verließ die große Stube, die anderen blieben.

Drauf gab der Reitstetter jedem seine Rolle (bei den Mägdlein mußten immer je zwei in eine Rolle schauen), und dann begannen sie zu lesen. Das Lesen gestaltete sich bei den meisten recht mühsam, denn die paar Lesestunden, die sie als Kinder beim Einsiedler in Erl genossen hatten und die kaum je wieder aufgefrischt worden waren, konnten keine starken Spuren hinterlassen haben. Dieser Mangel wurde jedoch durch die rasche Auffassungsgabe und den hellen Geist dieser gesunden Naturkinder in kurzer Zeit wettgemacht. Dazu gesellte sich die helle Freude an spielerischer Selbstdarstellung, die dem Gebirgler in hohem

Maße eigen ist, so daß der Reitstetter schon an diesem ersten Abend einen seltenen Genuß empfand.

Auch hatte das harte Wort des Vorstehers seinen Erfolg gehabt, denn eine Woche drauf waren alle Geladenen zugegen und bekundeten großes Interesse, – nicht zuletzt an den Dirnlein aus der Umgebung.

Da war es vor allem der welsche Arnoldo – ein Mime von Natur aus – der allein schon beim Lesen derart aus sich herausging, daß man hätte meinen können, er stünde bereits auf der Bühne. Diese seine Unbefangenheit steckte die anderen an, so daß nach etwa vier Wochen der Pfarrer und der Vorsteher, die zu einer ersten Erkundung gekommen waren, ihre Begeisterung nur schwer bezähmen konnten. Besonders aufreizend erwiesen sich die Szenen, wo der geschmeidige Arnoldo als »Ägyptischer Joseph« mit der feingliederigen Loni als »Nefertari« zu agieren hatte. Da spürte man förmlich, daß hier nicht bloß die Eleganz des Ausdrucks, sondern auch das Vibrieren der Herzen am Werke waren. –

»So muß es sein!« sagte der Reitstetter nach der Probe zu den beiden anderen Männern.

Der Pfarrer freilich gab zu bedenken – und wer hätte ihm das verargen wollen! – diese gegenseitige Losgelöstheit könne leicht eine gegenseitige Leidenschaft entfachen. Wenn man da keine Barrieren schaffe, sei ein gegenseitiges Ineinanderfallen kaum hintan zu halten. Dies aber sei vor allem im Interesse des Rieder zu verhindern.

Während der Vorsteher dem Pater beipflichtete, wollte es der Reitstetter nicht recht einsehen, hatte er doch allein die Wirkung und den Erfolg seines Spieles vor Augen. Darüber brauchte sich niemand zu wundern –

auch der Pater nicht! – denn in den letzten zehn Jahren des langen Krieges, von denen sich ein Großteil in Bayern abgespielt hatte, waren die vordem so bedeutenden Kiefersfeldener Weihespiele beinahe in Vergessenheit geraten. Mit diesem Spiel des Jahres 1655 wollte die Gemeinde einen neuen Anfang setzen und mußte – darüber war sich der Reitstetter vollkommen im klaren – über alles Vergangene hinausragen. Deshalb ließ er durch wiederholte Sendschreiben an alle Dörfer und Weiler am Inn – hinein bis Jenbach im Tirol und hinaus bis Rosenheim im Bayerischen – ansagen, was die Leut' im kommenden Herbst mit der Hilfe Gottes auf der Innwiese in der Kiefer zu gewärtigen hätten: ein aus der Bibel des Alten Bundes gezogenes Spiel »Vom ägyptischen Joseph und dem sündhaft schönen Weibe des Potiphar«, der ein Kämmerer des Pharao und zugleich der Hauptmann seiner Leibgarde gewesen sei. Die Leut' sollten sich beflissentlich mit dem einen oder anderen Innschiffmeister ins Benehmen setzen, damit er sie bis vor die Kieferer Innwiese brächte. Hier könnten sie anländen und den Hergang des Spieles von ihrer Plette aus verfolgen. Eine kleine Gabe für die Spielschar und die Auslagen für deren Gewandung sei erwünscht.

Damit war für die Anrainer am Fluß und auch für viele im Hinterlande eine Devise ausgegeben, die man um so lieber vernahm, als man ja in der friedvollen Nachkriegszeit noch immer nicht eingerastet war. In hellen Scharen bestürmten die Leut' mancherorts die Schiffmeister, das einmalige Erlebnis wahrzunehmen.

★

In der Kiefer aber nahmen auf der Innwiese die Proben und die Vorbereitungen der Szenerie ihren weiteren Fortgang. Diese Vorbereitungen waren bisweilen so augenfällig, um nicht zu sagen »gewagt«, daß mancher Bauer oder Handelsmann sich nicht beherrschen konnte und den Reitstetter samt dem Vorsteher als »Narren« und »Ausgemachte Spinner« bezeichnete. Das verschlug indes denen nichts. Das Werk gedieh von Woche zu Woche besser, so daß die Lästermäuler nach und nach verstummten und am Ende in eine allgemeine Begeisterung einstimmten. Dies namentlich um Ostern 1655 herum, als sie von verschiedenen Seiten her zu hören bekamen, daß man sich allenthalben auf den Herbst freue, wenn gespielt würde.

Auch wurde ihnen zugetragen, daß drei Schiffmeister sich geäußert hätten, es sei ihnen unverständlich, daß die Kieferer zu einem Spiel einlüden und nicht einmal einen einigermaßen festen Termin bekanntgäben. Sie selbst könnten niemandem weder eine Zusage noch eine Absage geben, weil gegen den Herbst hin ihre großen Getreide-, Salz- und Holzfahrten begännen, die natürlich den Vorzug hätten.

Das war ein Versehen gewesen, und der Reitstetter beeilte sich, durch erneut ausgesandte Boten verkünden zu lassen, daß man Mariä Geburt beginnen und bis Kirchweih spielen wolle, wenn ihnen der Himmel gnädig sei. Auch ließ er jetzt die Vorbereitungen auf der Innwiese stärker vorantreiben. Da war es vor allem der Bühnenhügel, der seit seiner Benutzung vor sechzehn Jahren ganz verwildert und verwachsen dalag: er mußte den neuen Anforderungen gemäß stark umgebaut werden.

Damit betraute der Reitstetter den Gärtner-Loisl.

Der Bühnenhügel war so angelegt worden, daß er sowohl von den Zuschauern auf der Wiese wie auch von denen an der Innlände gut eingesehen werden konnte. Er war auf seiner hinteren Seite von zweimannshohem Strauchwerk bewachsen; die davorliegende Spielfläche maß sechs Pferdelängen in der Breite, vier Pferdelängen in der Tiefe und war mit Steinplatten belegt. Der Auftritt der Spieler erfolgte im allgemeinen beidseitig von hinter dem Strauchwerk her.

Dieses Strauchwerk war in den verflossenen Jahren so stark emporgeschossen, daß der Loisl es geradezu ausforsten mußte – was die Tiefe betraf; in der Höhe ließ er alles stehen: das war ein mächtiger, dichter Hintergrund. – Wegen des Auftretens einer großen, von acht Männern getragenen Sänfte – im Spiel wurde sie »Ruhebett« genannt – mußte der Loisl auf der dem Dorfe zugewandten Seite des Bühnenhügels einen flacheren Aufgang aus Steinen und Erde bauen; sollte doch der Zuschauer diese Sänfte von ferne her ankommen sehen.

Vierzehn Tage arbeitete er schwer, der Loisl, dann war es ein hochansehnlicher Bühnenhügel geworden. Auf ihm konnten fortan die abendlichen Spielproben durchgeführt werden, so zwar, daß man bei fortschreitender Dunkelheit etliche Kienfackeln anbrennen mußte. Das war aber ganz recht so, denn im Herbst wollte man's dann genauso machen . . .

Dann war der Herbst gekommen, das Fest Mariä Geburt.

Das ganze schöne Dorf Kiefersfelden strahlte in festfreudiger Stimmung. Die Kirchenpfeifer hatten sich ein einheitliches Gewand schneidern lassen und zogen mit klingendem Spiel wieder und wieder auf der Straße dahin, begleitet von einem Bubenschwarm wie von Bienen beim Hochzeitsflug ihrer Königin.

Gleich nach dem Festgottesdienst, bei welchem der Pater in seiner Predigt die Spieler vor Hoffahrt und Eitelkeit öffentlich gewarnt hatte, gingen unten am Inn die ersten zwei Pletten mit je hundert Leuten an die Heftstecken. Man wollte ja nicht bloß das Spiel sehen, sondern sich einen ganzen schönen Tag gönnen, bei den drei Wirten einkehren, ihre Schmankerl verkosten, vielleicht sogar die eine oder andere Maß über den Durst trinken und – wenn's grad sein müaßet! – ein »Rafferts« mitbestreiten, wie's halt in ein'm saubern bayerischen Dorf so der Brauch ist.

Herrlich wölbte sich der blaue Himmel über dem Inntal vom Pendling bis zum Wilden Kaiser; eine leichte, zarte Briese strich von Kufstein herein und verwehte den Rauch der schwelenden Meiler von der Kohlstatt bis zur Auerburg hinaus.

Am Nachmittag hielt der Bruder Benno noch eine Muttergottesandacht in der Kirche und bat dabei die himmlische Frau um ihren Segen für das Spiel und für alle, die es sehen würden.

Im weiteren Verlauf des Nachmittags ländeten noch zwei Pletten an, die aus dem Tirol kamen. Sie hatten je eine Roßplette dabei, weil sie in der Nacht noch heimkehren wollten.

Abends gegen sechs Uhr ließen die Kohlenbrenner hinten am Kieferbach drei mächtige Böller krachen zum Zeichen, daß sich die Besucher auf der Innwiese oder auf ihren jeweiligen Pletten einfinden sollten. Es war nämlich vorgesehen, das Spiel mit Sonnenuntergang beginnen zu lassen; und im Inntal, das tief zwischen den Bergen eingefurcht liegt, ging sie sehr rasch unter. Bald sah man auch die Leut' einzeln und in größeren oder kleineren Gruppen von allen Seiten der lauten Einladung folgen. In respektvollem Abstand hinter der Menge schritten langsam die beiden Spitzen des Ortes: der Pfarrer und der Vorsteher. Es war leicht zu erkennen, daß Pater Benno dem Mösner energisch zuredete.

Sagte der Pater: »Wastl, du hast dich stark gemacht für den jungen Mandadario als ägyptischen Joseph. Hast du dir auch überlegt, daß der im Spiel meistens mit der kleinen Loni vom Kohlenbrenner Rieder zu tun hat?«

»Ja freili' woaß i dös!« erwiderte der andere ein wenig gereizt.

»Was du aber nit weißt: die Maria Daiglin kriegt einen hohen Leib; den hat sie von dem Welschen. Und die Anna Träxlin trägt einen noch höheren Leib; den hat sie ebenfalls von ihm. Nun steht zu befürchten, daß er die Kleine auch noch rumkriegt. Was machst du dann, wenn ein Sodoma und Gomorrha entsteht? Ein Sodoma und Gomorrha in der Kiefer? Durch einen einzigen wüsten Gesellen?«

Natürlich war dem Vorsteher berichtet worden, wie's um die Daiglin und die Träxlin stand. Was sollte er jedoch dagegen tun? Und er erwiderte: »Was kann i dagegen machen? Das ist doch eher dei' Sach, Pater! Wenn i mich da ein'misch, schmeißt mir der alte Mandadario sein'n Posten vor die Füaß und verklagt mich z' Minga, daß i sein'n Buam nit in Ruah lass'. Was kümmerst du di um ungelegte Eier? – So werdens sagen!«

Der Pfarrer schwieg eine Weile, dann entgegnete er traurig: »Recht hast ja, Vorsteher! Aber sag' selber: Was kann unsereiner gegen die Zuag'roasten machen?

Am Anfang hams kein Deutsch nit verstanden; und als sie's dann verstanden ham, sinds nit in d' Kirch ganga, und in die Schul' zu die Klausner aa nit! So is der Bua aufg'wachs'n wie 's liabe Viech. Und jetzat ham wir die Bescherung!«

»Pater, du gibst die ganze Schuld dem Welschen. Dös taat i nit! Der Bua hat die Deandln g'wiß nit mit G'walt g'numma; dös hätt' i ja erfahr'n. Wenn er sie also nit mit G'walt g'numma hat, nacher hab'n sie sich hing'legt, ganz von selber. Und dann möcht' i den kenna, der sie nit draufg'legt hätt'! Ihr Pfarrer habt vo die Weibsleit a ganz uralte Vorstellung. Ihr haltet's für lauter Gott'smuttern, für lauter Jungfrau Marien. Irrtum! mei liaber Pater Benno! Die treib'n Schindluder mit dem sechsten Gebot! Wenn di so tun, wie wenn 's nit bis drei zähl'n kannten, nacher bloß z'weg'n dem, daß d' Buam sakrisch scharf werd'n. – Und dann noch was, Pater! Der Mandadario is a schneidiger G'sell, und an reich'n Vatern hat er aa! Sowas schlogt doch a saubers Deandl nit aus z'weg'n eierm sechsten Gebot!«

Der Pfarrer schüttelte den Kopf: »Vorsteher, dei' Red' is gottlos!«

»Mag's gottlos sein, – wahr is's allweil!« . . .

So waren sie miteinander auf die Innwiese gelangt.

o-o-o-o-o

»Die Frau des Potiphar«

Die von auswärts hatten sich wieder auf ihre Schiffe begeben; die Einheimischen waren gruppenweise über die ganze Wiese verteilt. Vorne beim Bühnenhügel saßen auf mitgebrachten Spannhockern die alten Leut, die Knie eingehüllt in eine Decke, weil in der Nacht die Feuchtigkeit aus der Grasnarbe stieg.

Jetzt kamen hinter dem Strauchwerk zehn Burschen mit Kieferfackeln vor und stellten sich beiderseits neben der Bühne auf. Ihnen folgte der Reitstetter. Er begrüßte die mehr als fünfhundert Gäste und bat sie, das kommende Spiel nicht als Gaudi, sondern als eine biblische Geschichte zu begreifen, in der eine ernste christliche Wahrheit verkündet werde. Deshalb schicke sich's auch nicht, bei der einen oder anderen heiteren Szene gleich in ein wildes Gelächter auszubrechen. Es gehöre nun einmal zur Art eines guten Schauspiels, daß Ernstes und Heiteres in ausgewogenem Maße verteilt sei, damit jeder ein Gefallen daran finde, der Trübselige wie der Lustige.

Während er noch redete, siehe, da nahte vom Dorfe her eine große disputierende und heftig gestikulierende Schar, von Fackelträgern begleitet. Voraus schritt mit steifen, schräggestellten Beinen ein Popanz. Er trug eine Laterne und hatte die Aufgabe, jedem länger sprechenden Spieler ins Gesicht zu leuchten. Denn die Nacht senkte sich jetzt schnell herab.

So kam die laute Schar nahe und immer näher, und man erkannte, daß es die zwölf Söhne des Erzvaters Jakob waren, unter ihnen – in einen bunten Umhang gehüllt – der siebzehnjährige Joseph, ihr jüngster Bru-

der, ein schöner Jüngling. Sie beschimpften ihn und warfen ihm vor, er verlästere sie unaufhörlich beim Vater Jakob. Sie erklärten mit wutschäumenden Worten, ihn auf der Stelle erwürgen zu wollen, und rissen ihm darum den bunten Umhang vom Leibe, so daß er schier entblößt dastand.

In diesem peinlichen Augenblick trat Hauptmann Potiphar, der Befehlshaber der königlichen Leibwache, begleitet von seiner Gemahlin Nefertari und seinem Zahlmeister, unter sie und schrie sie an: »Ihr zuchtlosen Kanaaniter, seid ihr von Sinnen?«

Da verneigte sich der älteste der Brüder, namens Ruben, vor dem gestrengen Soldaten, bat um Vergebung und erklärte, sie hätten Schwierigkeiten mit ihrem Bruder Joseph, weil er sie fortwährend beim Vater anschwärze, und seien sich im Augenblick darüber uneins, ob sie ihn in der Wüste in eine Grube werfen oder irgendwo verkaufen sollten.

Frau Nefertari hatte inzwischen den schönen Joseph von allen Seiten beäugt und meinte, zu ihrem Gatten gewandt: »Mein edler Herr, wir könnten in unserem Hauswesen noch einen solchen Gesellen brauchen; bitte kauft ihn!«

Darauf kaufte ihr der Hauptmann Potiphar den Jüngling Joseph, der Zahlmeister zahlte zwanzig Silberlinge, und sie gingen mit ihm weg.

Nun begann das Geschrei der Brüder von neuem, denn sie wußten nicht, wie sie es dem Vater Jakob beibringen sollten, daß sie seinen Lieblingssohn verkauft hatten, – bis Ruben abermals das Wort ergriff, zur Ruhe mahnte und sprach: »Ihr törichten Brüder, wir haben doch Josephs bunten Rock, den ihm der Vater geschenkt hat. Kommt, laßt uns einen Ziegenbock schlachten, den Mantel in dessen Blut tauchen und dem Vater bringen und sagen: 'Diesen Rock haben wir gefunden, sieh, ob's deines Sohnes Rock sei oder nicht! Wir glauben nämlich, ein böses Tier hat ihn gefressen, ein reißendes Tier hat Joseph zerrissen!' – Alle Brüder stimmten Ruben zu, und gemeinsam verließen sie den Bühnenhügel und zogen wieder dem Dorfe zu.

Noch waren sie nicht völlig in der Dunkelheit verschwunden, kam der Hauptmann mit seinem Zahlmeister auf die Bühne. Sie unterhielten sich über den eingekauften Sklaven Joseph, und der Hauptmann fragte: »Was hältst du von ihm? Wäre er imstande, mein Weib so zu umgarnen, daß sie mich mit ihm betrügt?« –

Der andere erwiderte: »Herr, das ist ein echtes Problem! Indes solltet Ihr den Teufel nicht an die Wand malen!« – »Aber könntest du dir's vorstellen?« – Der Zahlmeister dachte ein Weilchen nach: »Herr, da gibt es zwei Antworten. Zum einen: Vorstellen kann man sich manches, je nachdem, wie viel Einbildungskraft einer hat; ich habe nicht viel, leider! – Und zum anderen: Der Geist ist zwar willig, aber das Fleisch ist schwach! Und Eure edle Gattin ist eine, die das Fleisch gegebenenfalls arg schwächen könnte. Ich rate Euch, beschäftigt den Sklaven, daß er gar nicht erst zum Denken kommt!«

Die beiden Männer gingen nach der einen Seite ab, von der anderen Seite betrat Frau Nefertari mit einer Zofe die Bühne: »Hast du gehört, was er gesagt hat? Ich sei eine Frau, die das Fleisch der Männer schwächen könnte!« – Die Zofe kicherte: »Herrin, davon bin ich überzeugt!« – »Und wie gefällt er dir, dieser Kanaaniter?« – Darauf die Zofe: »Er ist nicht nur eine, sondern zwei oder auch zwanzig Sünden wert! . . .«

Unter süßen Reden – und es waren nicht die keuschesten! – gingen die beiden Frauen ab, während hinter ihnen Joseph die Bühne betrat. Er hatte ein sauberes Gewand an, das den Glanz seiner Erscheinung erhöhte. Er warf sich hin auf die Steinfliesen, reckte seine Arme zum nächtlichen Himmel empor und betete: »Herr, errette meine Seele von den Lügenmäulern, von den falschen Zungen! Denn die falschen Zungen sind wie Pfeile eines Starken, wie Feuer in Wacholderbüschen. Wehe mir, daß ich ein Fremdling bin und wohnen muß unter den Hütten der Heiden! Es wird meiner Seele bange, zu wohnen unter denen, die vor irdenen Göttern knien und Gebete verrichten im Angesichte des nächtlichen Mondes. Herr, ich liebe den Frieden, verlaß deinen Knecht nicht!«

Darauf kamen zu beiden Seiten des Bühnenhügels je fünf Jungfrauen in leichtgeschürzter Gewandung aus dem Hintergrund hervor. Die zehn fackeltragenden Jünglinge gesellten sich ihnen zu, die Kirchenpfeifer hinter dem Strauchwerk fingen an zu spielen, und die zehn Paare begannen einen Fackeltanz, der seinesgleichen suchte. Die Mägdlein mit bunten Tüchern in den Händen wiegten sich zwischen den Staccatoschritten der Jungmannen recht graziös hindurch und ließen die leichte Seide fliegen; das war im Schein der flackernden

Flammen ein zaubrisches Bild. Manchem der Deandln sah man freilich den Schweiß der Kunst über Hals und Wangen rinnen, doch der Tanz gefiel, und die Pfeifer wollten gar nicht aufhören, – so stark tobte der Beifall von den Pletten und über die Wiese.

Da fühlte sich der Gemeindevorsteher gehalten, die Tänzer und Tänzerinnen mit ausgebreiteten Armen zu beruhigen. Er versammelte sie auf dem Bühnenhügel um sich, bedankte sich mit Handschlag bei allen und lud sie für den anderen Tag zu einer »Pfundsbrotzeit« beim Grenzwirt ein. –

Damit begann eine halbstündige Pause, die von den Zuschauern zu einem herzhaften Umtrunk benutzt wurde. Auch war manch junger Gesell darauf aus, hinter dem Strauchwerk mit der einen oder anderen Tänzerin ins Gespräch zu kommen. Doch der Reitstetter ging da sofort dazwischen und jagte die Gelüstigen weg.

Die Pause war um; die Pfeifer spielten eine Weise, um die Zuschauer wieder auf ihren Plätzen zu versammeln. Als Ruhe eingetreten war, zogen von hinter dem Strauchwerk abermals zehn Fackelträger auf. Diesmal waren es die zehn Mägdlein; sie stellten sich so auf wie vorher die Burschen. Hinterdrein folgten Frau Nefertari mit der Zofe und dem Zahlmeister. Auf die Frage der Frauen, wo sich denn der Joseph aufhalte, erklärte der Mann des langen und breiten, Herr Potiphar sei mit ihm ständig unterwegs, bald in der Stadt bei den königlichen Behörden, bald in den Auen des Nils auf den eigenen Gutshöfen; wollte er doch dem jungen Sklaven die Verwaltung seiner Güter Zug um Zug in die Hände legen, weil er dessen nicht geringe Begabung und Fähigkeiten erkannt habe.

Die hohe Frau bedankte sich für den eingehenden Bericht und hieß den Mann gehen.

»Herrin«, sagte die Zofe, »jetzt seid ihr um Euren Schwarm betrogen; doch tröstet Euch! Unter den Torknechten ging nämlich gestern die Rede, der Pharao beabsichtige in den nächsten Tagen mit der Leibgarde in die Wüste zu ziehen, um den Fennek zu jagen. Dann kommen Euch die Felle entgegengeschwommen. Dann wird Euer Herr Gemahl den Kanaaniter zur Betreuung der Höfe zurücklassen, – die gelegenste Zeit, auch Euch von ihm betreuen zu lassen! . . .«

Darauf besprachen die beiden Frauen noch eingehend die näheren Einzelheiten dieser bevorstehenden Begegnung mit dem Sklaven. Nefertari wünschte vor allem die süßesten arabischen Düfte und einen Ziegenschlauch voll edlen Zypernweins, der imstande sei, die lieblichsten Empfindungen zu wecken. Die Zofe versprach, dem Koch einzubinden, daß er Nachtigallenzungen von der Cyrene und einen zarten Fisch bereitstelle. Dann gingen sie und trällerten ein Lied.

Kaum waren sie in die Dunkelheit hinabgetaucht, kehrte der Zahlmeister durch das Strauchwerk zurück. In einem großen Monolog bezichtigte er sich zunächst der Falschheit, weil er im Gesträuch gelauscht habe, fügte aber dann hinzu, daß sich – wer heutigen Tags bestehen wolle – unbedingt der Hinterlist bedienen müsse. »Denn der Nil ist voller Krokodile, und die Frauen bei Hofe sind wetterwendisch. Wer sich da nicht rückversichert und ungewappnet in den Tag hineinlebt, der fällt entweder in den Rachen der einen oder in die

Ungnade der anderen. Den Göttern sei Dank, daß sie mir scharfe Ohren gegeben haben!«

Da hörte er Stimmen in der Nähe. Er wandte sich ihnen zu und begrüßte Herrn Potiphar im Gespräch mit Joseph. Zu dritt setzten sie sich auf dem Bühnenhügel nieder, und Potiphar sagte ihnen, daß er mit dem Pharao zur Jagd auf den Wüstenfuchs ausziehen müsse. Er gab dem Sklaven Anweisungen, die bei der Güterverwaltung zu beachten seien, schärfte ihm auch ein, den häuslichen Palast zu beobachten, ob sich nicht sittenloses Gesindel einschleiche und den untadeligen Ruf seiner Gattin zu schmälern versuche.

Der Sklave Joseph versprach alles, obwohl er in seiner Unerfahrenheit wohl kaum ermessen konnte, was da im einzelnen gemeint war.

Darauf verabschiedete sich Herr Potiphar von ihm und ging mit dem Zahlmeister weg. Noch im Weggehen raunte der hohe Beamte dem anderen zu, auch er möge ein waches Auge auf die Gemahlin und den Sklaven richten.

So glaubte er die von zwei Seiten abgesicherte Gattin bedenkenlos verlassen zu dürfen, um sich ebenso bedenkenlos den Freuden der Jagd auf den Fennek in der Wüste und auf die Schönen in den Zelten hingeben zu können.

Jetzt traten die zweimal fünf Fackelträgerinnen paarweise vor dem Bühnenhügel zusammen und zogen in einem weiten Bogen durch die Nacht hinter das Strauchwerk. Joseph aber warf sich unter einer Sykomore (Feigenbaum) auf die Knie nieder und betete still mit erhobenen Händen.

Da begannen auf einmal die Pfeifer ein beschwingtes Lied zu spielen, und wiederum zog in weitem Bogen durch die Nacht ein festliches Gepränge daher: eine lichtdurchflutete, von acht Sklaven getragene Sänfte, darüber ein Baldachin. Aus der mit Edelsteinen besetzten Dachkrone wallten zarte Schleier nieder, hinter denen auf einem Ruhebett in verführerischem Glanze Frau Nefertari saß. Dabei war es nicht ersichtlich, ob die Schleier den Leib der schönen hohen Frau – sprich: Loni – verhüllen oder eher zeigen sollten.

Und die Pfeifer ergossen sich unaufhörlich in immer neuen heiteren Weisen.

Die Sänfte wankte den Bühnenhügel hinauf und wurde in der Mitte von den Trägern abgesetzt. Diese zogen sich zurück. Die Fackelträgerinnen stellten sich im Halbkreis, mit den Rücken zur Liegestatt der Frau auf, und die Zofe, die neben der Sänfte einhergeschritten war, zog die wallenden Schleier auf. Jetzt rief Frau Nefertari den schönen Jüngling Joseph zu sich, der immer noch staunend unter der Sykomore auf den Knien lag.

In diesem Augenblick drückten die Fackelträgerinnen ihre Leuchten auf den Steinfliesen aus und verschwanden hinter dem Strauchwerk.

Einen Pulsschlag lang war alles ganz finster. Dann aber schritten von der Seite der Popanz und der Prophet daher; der eine mit der Fackel, der andere mit einer Schriftrolle, die er umständlich aufzog. Dann las er:

»Vernehmet, was geschrieben steht im ersten Buche unseres Erzvaters Mose im neununddreißigsten Hauptstück: Weil aber Joseph hübsch war von Angesicht, begab es sich, daß das Weib seines Herrn ihre Augen auf ihn warf und sprach: Joseph, komm und schlaf bei mir! – Er weigerte sich aber und sprach zu ihr: Siehe, mein Herr

nimmt sich keines Dinges an ohne mich, und alles, was er hat, das hat er unter meine Hände getan, und hat nicht so großes im Hause, was er vor mir verhohlen habe, außer dir, indem du sein Weib bist. Wie sollte ich denn nun ein solch groß Übel tun und wider Gott sündigen? – Aber sie trieb solche Worte täglich gegen Joseph. Doch er gehorchte ihr nicht, daß er nahe bei ihr schliefe noch um sie wäre. – Eines Tages begab es sich jedoch, daß Joseph wieder in das Haus kam, um seine Arbeit zu verrichten, und war kein Mensch vom Gesinde des Hauses dabei. – Und sie erwischte ihn bei seinem Kleide und sprach: Komm endlich und schlaf bei mir! Aber er ließ das Kleid in ihrer Hand und floh und lief zum Hause hinaus. – Da sie nun sah, daß er sein Kleid in ihrer Hand gelassen hatte und hinaus entwichen war, schrie sie nach dem Gesinde im Hause und sprach zu ihnen: Seht, euer Herr hat uns den jungen Gesellen von Kanaan hereingebracht, daß er seinen Mutwillen mit uns treibe. Er kam zu mir herein und wollte bei mir schlafen. Ich rief aber mit lauter Stimme. Und da er hörte, daß ich ein Geschrei machte, ließ er sein Kleid bei mir und floh und lief hinaus. – Und sie nahm sein Kleid in ihre Obhut, legte es neben sich und wartete, bis der Herr heimkäme. – Als er dann heimkam und die Rede seines Weibes hörte, ward er sehr zornig und legte ihn ins Gefängnis, darin die Gefangenen des Königs lagen; und Joseph lag allda im Gefängnis.«

Der Prophet rollte seine Schrift zusammen und verließ mit dem Popanz den Bühnenhügel, während die Pletten und die Innwiese abermals zu einem Umtrunk einluden.

Wolfgang Rieder befand sich mitten unter den Zuschauern auf der Wiese. Viele seiner jüngeren Arbeitskollegen redeten ihn jetzt an und fragten, ob er denn auch ordentlich aufpasse auf seine Weibsin, denn auf so viel Zucker stürze sich gerne das widerliche Geschmeiß.

»Wie könnt' ich aufpassen«, erwiderte er, »wenn ich den ganzen Tag in der Kohlstatt hock' oder gar draußen im Holz zu tun hab'? Wär' auch gar nix erkannt mit der Aufpasserei! Ist kein Vertrauen mehr da, hört sich der ganze Gurkenhandel sowieso auf!« – Dann schwiegen sie. Manche aber grinsten, – und die schienen etwas mehr zu wissen . . .

★

Der dritte Teil des Spiels begann wieder mit dem Aufzug der zehn Fackelträger. Hinter ihnen führte ein Kerkermeister des Pharao drei Sträflinge, an Händen und Füßen mit schweren Ketten beladen, von der Seite her auf den Hügel. Der eine war Joseph, der einstige Hof- und Zahlmeister des Hauptmanns Potiphar.

»Ihr seid Häftlinge unseres erhabenen Gottkönigs!« sagte der Kerkermeister. »Bemüht euch, dieser Gnade würdig zu sein!« – Sie senkten demütig ihre Häupter, während der Gestrenge hinter dem Strauchwerk verschwand. Darauf setzten sie sich nieder.

Fragte der eine den Kanaaniter Joseph: »Was hast du verbrochen, daß du die Gunst des königlichen Kerkers genießt?«

Joseph entgegnete: »Ich bin ein gläubiger Sohn Abrahams und habe das Bett der Frau des Hauptmanns verschmäht. Darauf hat sie den Spieß umgedreht und mich einer versuchten Vergewaltigung bezichtigt.«

Drauf erwiderte der andere: »Da muß einer allerhand Stroh im Hirn haben, wenn er der Nefertari nichts will. So ein Genußhappen wie die! Sowas gibt's zwischen Assuan und den Katarakten des Nils nicht bald wieder!«

»Ansichtssache!« brummte der andere.

»Und ihr, zwei königliche Kammerherren, warum seid ihr da?« fragte Joseph.

Ihm antwortete der Brummer: »Ich bin der Mundschenk des Pharao. Als wir vor Tagen noch in der Wüste herumschweiften, den Fennek zu jagen, fielen drei Stäubchen in den Becher, die ich übersehen hatte, als ich ihm im Gezelt den Wein kredenzte.«

Und der andere Kammerherr sagte: »Ich bin der Mundbäcker des Pharao. Als ich ihm – ebenfalls in der Wüste – den Früchtekuchen auftrug, war eine gar winzige Fliege auf einer Dattel kleben geblieben. Ich hatte sie übersehen, denn meine Augen schmerzten wegen des Wüstensandes.«

Erwiderte Joseph: »Euer Herr, der Pharao, ist sehr streng. Empfehlt euch deshalb dem größeren Herrn, unserem Gott Jachwe! Vielleicht sieht er eure Not und hilft euch!«

Sagte der Mundbäcker: »Was ficht mich euer Gott an!«

Und der Mundschenk sagte: »Ich werde zu ihm beten: Jachwe, hilf mir! werde ich sagen.« –

In der darauffolgenden Nacht hatte jeder der beiden königlichen Kämmerer einen Traum. Und als sie am Morgen erwachten, waren sie traurig, weil sie keinen Traumdeuter befragen konnten. Da sagte Joseph: »Erzählt mir eure Träume! Vielleicht erbarmt sich mein Gott und gibt mir Einsicht, sie zu deuten!« – – –

Jetzt zogen sich die zehn Fackelträger hinter das Strauchwerk zurück, ebenso die drei Gefangenen, während der Popanz und der Prophet auf der anderen Seite erschienen. Der Prophet zog wieder seine Schriftrolle auf und las; der Popanz leuchtete ihm mit einer Fackel:

»Da erzählte der oberste Mundschenk dem Joseph seinen Traum und sprach: Mir hat geträumt, daß ein Weinstock vor mir wäre, der hatte drei Reben, und er grünte, wuchs und blühte, und die Trauben wurden reif. Und ich hatte den Becher Pharaos zur Hand und nahm die Beeren und zerdrückte sie in dem Becher und gab dem Pharao den Becher in die Hand. – Joseph sprach zu ihm: Dies ist die Deutung: Drei Reben sind drei Tage. Nach drei Tagen wird Pharao dich wieder in dein Amt einsetzen, daß du ihm den Becher in die Hand gebest nach der vorigen Weise. Aber gedenke meiner, wenn dir's wohl geht, und tu Barmherzigkeit an mir, indem du Pharao erinnerst, daß er mich aus dem Kerker befreie! – Als der oberste Mundbäcker sah, daß die Deutung gut war, sprach er zu Joseph: Auch mir hat geträumt, ich trüge drei weiße Körbe auf meinem Haupte und im obersten Korbe allerlei gebackene Speise für den Pharao; und die Vögel fraßen aus dem Korbe auf meinem Haupte. – Joseph antwortete und sprach: Dies ist die Deutung: Drei Körbe sind drei Tage; und nach drei Tagen wird Pharao dich an den Galgen hängen, und die Vögel werden dein Fleisch von dir fressen. – Und es geschah des dritten Tages, da beging Pharao ein Fest. Und der Mundbäcker wurde gehängt und der Mundschenk begnadigt, doch er dachte nicht an Joseph und vergaß ihn . . .« – – –

Wieder rollte der Prophet seine Schrift zusammen, wieder verlöschte der Popanz sein Licht. Es war tiefe Nacht. Im Schutze dieser Finsternis verschwanden nun auch der Prophet mit dem Popanz und ein Ruhebett wurde hergetragen, darauf der Pharao schlummerte. Zehn fackeltragende Jungfrauen stellten sich um das Ruhebett und behüteten den Schlaf des Königs. Herr Potiphar hatte sie aufgeführt und verharrte jetzt zu Häupten seines schlafenden Herrschers.

Nach einer längeren Weile erwachte Pharao schreiend aus einem schrecklichen Traume.

»Beruhigt Euch, hoher Herr!« sagte Potiphar beruhigend.

»Geh weg, Mensch!« tobte der Pharao, »Bring mir einen Traumdeuter!«

Potiphar strahlte beglückt: »Hoher Herr, nach tausend Herzschlägen steht er vor Euch, der Traumdeuter!« Und er eilte davon.

Nach einer längeren Weile kehrte er mit Joseph, dem immer noch die Ketten an Armen und Beinen hingen, freudig erregt zurück und stammelte: »Hoher Herr, dieser hebräische Jüngling ist mein Knecht. Er beherrscht die Kunst des Traumdeutens. Vertraut Euch ihm an!«

Der Pharao schaute freundlich auf Joseph und sagte, zu Potiphar gewandt: »Befrei ihn von den Ketten!« und zu Joseph geneigt: »Wem hast du schon Träume gedeutet?«

»Deinem Mundschenk und deinem Mundbäcker, hoher Herr!«

»Und?«

»Dem einen hast du Gnade widerfahren lassen, den anderen hast du gehängt. So lautete auch die Deutung, die mir mein Gott ins Wort gelegt hat!«

»Dann vernimm meinen Traum!« Pharao sprach's und begann: »Ich stand am Ufer bei dem Wasser und sah aus dem Wasser steigen sieben schöne, fette Kühe. Die gingen auf der Wiese und grasten. Und nach ihnen sah ich sieben andere dürre, sehr häßliche und magere Kühe heraussteigen; ich habe im ganzen Ägypterland nie so häßliche gesehen. – Und diese sieben mageren und häßlichen Kühe fraßen die sieben ersten fetten Kühe auf. Und da sie sie hineingefressen hatten, merkte man nicht an ihnen, daß sie sie gefressen hatten, und sie waren häßlich gleichwie vorher. Da wachte ich kurz auf. – Und ich sah abermals in meinem Traume sieben Ähren auf einem Halme wachsen, voll und dick. Darnach gingen sieben dürre Ähren auf, dünn und versengt. Und die sieben dünnen Ähren verschlangen die sieben dicken Ähren. – Und ich habe es Wahrsagern gesagt; aber sie können's mir nicht deuten.«

Joseph antwortete: »Beide Träume, Pharao, sind einerlei. Gott verkündet dir, was er vorhat. – Die sieben schönen Kühe sind sieben Jahre, und die sieben guten Ähren sind auch die sieben Jahre: ein und derselbe Traum! Und siehe, sieben reiche Jahre werden kommen ins ganze Ägypterland. Und nach denselben werden sieben Jahre teuere Zeit kommen, und die teuere Zeit wird das Land verzehren, daß man nichts mehr wissen wird von der Fülle im Lande vor der teueren Zeit, und sie wird sehr schwer sein. – Daß dir aber, Pharao, ein zweitesmal geträumt hat, bedeutet, daß solches Gott gewiß und eilends tun wird. – Halt darum Ausschau nach einem verständigen und weisen

Manne, um ihn übers Ägypterland zu setzen, daß er sammle alle Speisen der guten Jahre, die kommen werden, und aufschütte das Getreide in Pharaos Kornhäuser, damit das Land in den sieben dürren Jahren nicht verderbe!«

Diese Rede gefiel dem Pharao und er sprach zu seinen Knechten:»Wo könnten wir einen solchen Mann finden, in dem der Geist Gottes ist?«, und zu Joseph gewandt:»Weil dir Gott all das hat kundgetan, ist keiner so verständig und weise wie du! Du sollst über mein Haus sein und deinem Wort soll all mein Volk gehorchen!«

Und er tat seinen Ring von der Hand und steckte ihn Joseph an den Finger und kleidete ihn mit köstlicher Leinwand; auch eine güldene Kette hängte er ihm an den Hals . . .

Da fingen die Pfeifer zu spielen an, und die Jungfrauen sangen ein Preislied; und dann zogen alle langsam ab.

Erneut wurde eine kurze Pause angesagt.

Als sie verstrichen war, vernahm man – von den Pfeifern gespielt – eine liebliche Weise. Und wieder trugen die Sklaven die Sänfte auf den Bühnenhügel. Dahinter erschienen der Popanz und der Prophet. Dieser trat ganz vorne hin, so daß jedermann merkte, daß er sich an die Zuschauer wenden wollte. Und er wandte sich an sie und sprach:»Ihr alle, die ihr auf dieser Wiese und auf den Pletten am Wasser steht, schaut her, wie sich die lüsterne Nefertari nicht entblödet, ihren Gatten auch weiterhin hinters Licht führen zu wollen!«

Und tatsächlich kam die Frau des Potiphar mit ihrer

Zofe daher und schlüpfte hinter die dünnen Schleier der Sänfte, den geliebten Buhlen Joseph zu erwarten. Denn er würde, so hatte es geheißen, auf seinem pharaonischen Prunkwagen hier vorüberfahren. Sie wandte sich – auf ihrem Ruhebett liegend – hin und her und spähte nach allen Seiten; sie unterhielt sich ausgelassen und kichernd mit der Zofe und rekelte sich schamlos zwischen den Polstern. Doch der Wagen des Ersehnten wollte nicht kommen.

Dafür aber schritt der Prophet mit dem Popanz in gebieterischer Haltung daher und hielt eine laute Strafpredigt wider die Sünde gegen das sechste Gottesgebot, das der Erzvater Moses auf dem heiligen Berge aus Jachwes Händen empfangen hatte. Weil aber Nefertari ihn ob seines Eifers verlachte und fragte, ob vielleicht er selber mit ihr das Lager teilen wolle, riß der Alte die brennende Kienfackel dem Popanz aus der Hand und hielt sie an die zarten Schleier, die von der Baldachinkrone der königlichen Sänfte niederwallten. Wie in einem Feuersturm flammte das feine Gewebe hoch auf und versengte zum Teil auch die verführerische Gewandung der beiden Frauen. Sie schrien und schlugen mit den Händen wie Rasende um sich, bis sie – fast völlig entblößt – im Strauchwerk des Hintergrundes verschwanden.

Dann erhob der Prophet betend seine Hände zum Himmel und sang den Anfang eines Psalms:

> *»Herr, bis an den Himmel reicht deine Huld*
> *Und deine Treue bis an die Wolken!*
> *Deine Gerechtigkeit gleicht den ewigen Bergen*
> *Und deine Gerichte sind wie die Urmeerfluten.*
> *In deinem Lichte schauen wir das Licht!«*

Die Fackelträger traten auf; die Sklaven trugen die Sänfte fort; und der Popanz rief in die Nacht hinaus: »Wir bedanken uns, daß gekommen seids! Kemmts jetzat aa noch guat hoam!«

Bald leuchteten auf den Pletten große und kleine Lichter auf. Die Stoirer stiegen auf ihr hohes Gestell, das nauwärts (in Fahrtrichtung) lag, und schon glitten die Schiffe – knirschend im Ufersand – schäumend ins Gerinn.

Über dem Inntal funkelten die Sterne . . .

o-o-o-o-o

Die Spatzen pfeifen's . . .

Wolfgang Rieder begab sich hinter das Strauchwerk, um seine Loni mit nach Hause nehmen zu können. Doch die Spieler waren ob ihres Erfolgs derart »aufgekratzt«, daß an ein Heimgehen vorab nicht zu denken war; im Gegenteil, der Reitstetter erklärte ihm, sie müßten jetzt erst noch in die Wirtschaft ziehen und den guten Verlauf des Spiels ordentlich feiern: »Geh ruhig in dei Kohlstatt! Dei Weiberl muaßt uns scho noch an Stünderl lass'n!«

Beruhigt über diese Rede Reitstetters ging er, denn am anderen Tage erwartete ihn ein »Hauf'n Arwet!«. Auf dem Heimwege überdachte er das Spiel und empfand dabei ein süßes Behagen, daß die Loni so über die Maßen schön gespielt und gesprochen hatte. Hoffentlich war sie gegen den Schluß des Spiels hin, als die Sänfte gebrannt hatte, heilgeblieben! Denn ein paar Flammen hatten an ihr Gewand hingezüngelt . . .

Er bestieg also den Alkoven und schlief bald ein. Er hörte auch nicht, wie die Loni heimkam. Nur am Morgen, als er erwachte, sah er sie noch in tiefem Schlummer liegen, sah auch, daß sie ein blasses und glasiges Gesicht hatte und ein arg zerwühltes Haar. – Kein Wunder bei diesen Strapazen!, dachte er.

Er weckte sie nicht, sondern richtete sich selbst ein kleines Frühstück.

Dann verließ er leise das Haus . . .

★

Die Kieferer führten ihr Spiel noch etliche Male auf, und stets fanden sie die helle Begeisterung der Leut', die aus nah und fern, auf der Wiese und auf den Schiffen zusammenkamen. Während sich das Lob der Älteren vor allem auf die Darsteller der männlichen Rollen bezog, rühmten die Jüngeren die »Weiberleut'«, und da vor allem das Mägdlein Nefertari. Keiner der Burschen hielt es für möglich, daß »der ägyptische Joseph« – dieser »Depp«, wie einige sich ausdrückten – die Einladung der g'schmackigen Jungfrau hatte ausschlagen können. In dieser Szene sahen sie eine Unwirklichkeit und darum eine Schwäche des Spiels. Ja sogar der eine oder andere der reiferen Männer schüttelte den Kopf und meinte, hier habe der Reitstetter zweifellos danebengegriffen und sei wahrscheinlich vom Pfarrer vorher ins Gebet genommen worden.

Wenn dem auch nicht so war, – so verstand der Reitstetter selbst zu unterscheiden zwischen dem, was in der Wirklichkeit hätte sein können, und dem, was in der Öffentlichkeit gezeigt werden durfte. Man lebte doch in einem vom Christentum geprägten Bayern, und das sogenannte »heil'ge Land Tirol« grenzte unmittelbar daran. Die Tiroler hätten niemals ein Spiel angeschaut, das ihre religiösen Gefühle verletzt hätte; und der Reitstetter wollte doch, daß möglichst viele den Inn herunterkämen und sein Spiel betrachteten. Ein Duckmäuser war er freilich nicht, der Reitstetter! Sonst hätte er nach Beendigung des jeweiligen Spiels in finsterer Nacht der Bitte des welschen Arnoldo nicht so ohne weiteres nachgegeben, die Loni in die Kohlstatt nach Hause zu bringen. Zwar erhob er jedesmal den schulmeisterlichen Zeigefinger und warnte: »Ich will keine Klagen nit hören!«, doch war das bloß so eine

Geste, wie wenn man einer Katze beibringen wollte, das Mausen zu lassen. So geschah es also, daß die lüsterne Frau des Potiphar und der keusche ägyptische Joseph in dieser spätherbstlichen Zeit einander sehr nahe kamen, ohne daß der vertrauensselige und in der Abgründigkeit des menschlichen Herzens unerfahrene Wolfgang Rieder etwas merkte. Und gar als es die Spatzen bereits von allen Dächern pfiffen, lebte er immer noch ahnungslos neben dem Weibchen dahin.

So kam das liebe Weihnachtsfest und das neue Jahr 1656; es kamen die Wochen des Faschings mit ihren Ausgelassenheiten und dem Sich-Aufbäumen gegen kirchliche und kurfürstliche Gebote und Verbote.

Da nützte es nichts, daß Pater Benno von der Kanzel den Lutzenburger Kapuzinerprediger zitierte, der seine Zuhörer also angedonnert hatte:

»Der Satan hat keine Zeit lieber als die Faßnacht und hoffet nirgends einen größeren Gewinn als beim Tanzen. Sobald durch seine Anstiftung ein Tanz anfanget, so wirft er auch sein Netz aus, die Seelen zu fangen, und sie – wenn sie davon den Schwindel bekommen – in sein Garn zu verwikkeln. Das Netz oder Garn seynd die Spielleut', das Fressen, Saufen, das Hüpfen, das Springen, das unzüchtige Küssen und das geyle Betasten!«

Es nützte auch nichts, daß ein Münchner Intelligenzblatt den Regensburger Pater Abraham a Santa Clara die Erklärung abgeben ließ:

»Der erste Larven-Träger, der erste Masquera und vermummte Narr, so jemalen in der Welt gewesen, ist ohne Zweifel der leidige Teufel!«

Und selbst der allergnädigste Herr Kurfürst Maximilian I. hatte sich in einer Verfügung wie folgt vernehmen lassen:

»Da die Weipspersonen bei dem Tanzen zu nicht geringem Ärgernis in gar zu kurzen Kleidungen erscheinen und sich dergestalt umdrehen und umtreiben lassen, daß dadurch die Kleider sich so hoch erheben, daß derselben bloßer Leib ersehen werden mag, – so befehlen Wir, darob und daran zu sein, damit dergleichen kurze Trachten nicht geduldet, sondern mit Ausschließung der Weipspersonen die draus entspringende Ärgernis verhütet werde, damit Wir nit Ursach nehmen, die Zulassung des Tanzens wieder gänzlich abzustellen!« –

Indes, alle Kanzelreden und Verordnungen vermochten die Tanzwut nicht einzudämmen, die in der Woche vor dem Aschermittwoch aufloderte. Ja, mancherorts entblödeten sich diese Wütigen nicht und versammelten sich sogar auf den freien Plätzen der Friedhöfe, um ihrem Gelüsten zu frönen.

So auch der welsche Arnoldo und die liebliche Loni.

Die Schuld daran trug freilich der Reitstetter. Er hatte seine Spielschar auf den »Narrischen Donnerstag« zu einer Gastierung geladen. Weil es aber in der Tafern keinen geeigneten Tanzboden gab und weil die liebe Sonne es für die Jahreszeit sehr gut meinte, auch ein laues Lüftchen von Kufstein hereinstrich, faßte er kurzerhand den Entschluß, mit seinen Leuten – vierzig an der Zahl – und den Pfeifern den Gottsacker aufzusuchen. Und weil just niemand gestorben war und darum auch keine Beerdigung anstand, begannen die Pfeifer sogleich ihr Werk – und zwanzig junge, heiße

Paare »walzten« alsbald auf den Steinfliesen vor der Kirchentür juchzend und plärrend herum, daß es nur so eine Freud' war. Da kamen sogar vom benachbarten Bauernhofe etliche Stalldirnen dahergewetzt, und eine bedrängte den Reitstetter derart, daß er sie herzhaft packte und so umanandwirbelte, wie es der gnädigste Herr Kurfürst in seiner Verfügung untersagt hatte.

Darauf fühlten sich auch die jungen Leut' aufgerufen, und jeder griff nach jeder, die ihm in die Quere kam. Besonders arg trieben es der Arnoldo und die Loni, just die Loni, die die mehrere Zeit von unten her halbnackert im Reigen der Tanzenden zu sehen war.

Das war nun freilich ein Affront, eine Herausforderung des Pfarrers, indem daß es auf dem Grund und Boden der Kirche geschah.

Pater Benno begab sich also unverzüglich zum Gemeindevorsteher Mösner, meldete ihm den Vorfall und forderte ihn auf, den welschen Arnoldo Mandadario aus

Tanzwütige bei einem Reigen auf dem Friedhof während des 30jährigen Krieges. (Kupferstich aus dem Jahre 1632)

dem Ortsverband von Kiefersfelden zu verweisen, widrigenfalls er sich gezwungen sehe, die Sache vor das Hofgericht in München zu bringen.

»Du hast leicht reden, Pfarrer!« erwiderte der Mösner. »Dann muß ich die ganze Familie ortsverweisen, und wir verlieren unseren Archenbaumeister; – ein großer Schaden für die Gemeinde!«

Der Pfarrer ging auf diese Bemerkung nicht ein, sondern fuhr fort: »Und ich bitt' dich, Vorsteher, um deiner selbst willen, nicht lange zu zögern! Denn den Skandal haben auch andere wahrgenommen, und so wird man die Geschichte auch ohne mein Dazutun in der Landeshauptstadt erfahren. Trachte, daß du bis dahin ein fait accompli, eine vollendete Tatsache geschaffen hast!«

Der Mösner war klug genug, seine peinliche Lage zu erkennen. Er schickte den Amtsboten zum Vater des jungen Gesellen und beorderte ihn ins Amtshaus. Der kam und brauchte erst keine lange Erklärung, weil ihm andere das Ereignis auf dem Friedhofe bereits zugetragen hatten. Er war nun Manns genug, den Standpunkt des Vorstehers einzusehen, bat aber, nicht aus Kiefersfelden verwiesen zu werden. Er wolle den ungeratenen Sohn, den er nicht mehr zu bändigen wisse, zurückschicken in seine welsche Heimat, zur »Mama mia«, die schon mit ganz anderen Problemen fertig geworden sei.

Der Mösner war's zufrieden; mit wohlmeinendem Händedruck gingen die beiden Männer auseinander . . .

In der folgenden Nacht holte Arnoldo die Lebensgefährtin Rieders von dessen Seite weg, freilich so ungeschickt, daß es dem nicht verborgen blieb. Weil sich die beiden hinter der Kohlenscheune zusammenfanden, war es für den Rieder leicht, sie zu belauschen. So bekam er den gesamten Plan, den der Junge ausgeheckt hatte, in allen Einzelheiten mit und war vor allem entsetzt über die Kaltschnäuzigkeit der Loni, mit der sie alles, was zwischen ihnen in der vergangenen Zeit gewesen war, gleichsam mit dem Handrücken hinwegwischte. Die zwei redeten lange, bis über Mitternacht hinaus, und Wolfgang hörte alles, weil er hinter einem leichten Bretterverschlag der Scheune stand.

Als sie sich endlich unter heißen Versicherungen und kindischen Schwüren trennten, trat er aus seinem Versteck hervor und packte den Welschen. Der begann zu stammeln und dummes Zeug daherzureden und flehte den Rieder an, ihn nicht zu schlagen. Der erwiderte, er sei sich weiß Gott! zu gut, seine Hände an einem Rotzbuben zu bedrecken. Er stieß ihn bloß drei Ellen weit in einen Haufen abgeschälter Fichtenrinde hinein, wo er sich vor lauter Angst kaum rührte. Dann wandte der Rieder sich der Loni zu und forderte sie auf, sofort mit nach Hause zu gehen, ihre Habseligkeiten für die Südlandfahrt zusammenzusuchen und dann zu verschwinden.

Als er am Morgen, wie gewohnt, zum Brandmeister in die Kanzlei kam und ihm das nächtliche Ereignis berichtete, meinte der: »Rieder, wenn einer von einem Weibe beschissen wird, dann erfährt er's meistens zuletzt. Ich hab's schon lange gewußt – ebenso die halbe Kiefer . . .!«

★

An ebendiesem Tage fuhr der Kutscher des Baumeisters Mandadario den jungen Herrn gen Salzburg. Unterwegs – gleich hinter Kufstein, nahmen sie die Loni auf, die sich mit einer schweren Hucke bis hierher geschleppt hatte. In der Hauptstadt des fürstbischöflichen Landes war es nicht schwierig, einen Fuhrmannswagen zu finden, der sie über die Tauern nach Kärnten mitnahm. In Villach hielten sich viele welsche Handelsleute auf, denen es ein Vergnügen war, die zwei Verliebten für einen Gulden bis vor Venedig mitzunehmen. Als sie hier – vom frühjahrlichen Meereswind umfächelt – einkamen, waren sie auch schon am Ziel ihrer Reise; denn die aus der Familie Mandadario lebten und arbeiteten jetzt am Wasser und besaßen nicht weit vom Ufer eine weitausladende, doch arg verkommene Villa, die sie stets – ob zu zwanzig oder vierzig – gemeinsam bewohnten.

Hier war man geboren worden, hier hatte man geheiratet, von hier war man auch – ein gnädiger Gott wolle es so gefügt haben! – in den Himmel aufgefahren. Nach hier kehrte man auch wieder gerne zurück, wenn man draußen in der Welt von Stürmen gebeutelt worden war und alle Orientierung verloren hatte: in die Villa »Angelina«.

Und jetzt standen die zwei Transalpinischen, die aus dem Bayernlande Vertriebenen, vor der Auffahrt mit klopfendem Herzen und bange fragenden Gesichtern. Was wird sie sagen, die große »mamma mia Titania«, die Regentin des Hauses und überlegene Herrin aller, die darin wohnten?

Sie hatte sie am Kieswege herauskommen sehen. Sie hatte den Enkelsohn erkannt. Und weil er eine niedliche Signorina an der Seite hatte, war ihr sofort klar, was alles dahinterstand. Sie ging ihnen durch die Halle bis zur Auffahrt entgegen. – So mochte der biblische Vater seinem verlorenen Sohne entgegengegangen sein; so mochte er ihn umarmt haben; so mochte er ihn ins Haus geführt und in der Kuchl angeordnet haben, daß man – wenn auch nicht ein Mastkalb – schlachte, so doch ein paar fetten Hühnern den Kragen umdrehe, weil ein Enkelsohn, den man das erstemal und das letztemal vor achtzehn Jahren gesehen hatte, Einzug halten wolle bei der mama Titania, der großen Mutter der Mandadario.

»Hat er dich verjagt, o sole mio« sagte sie, »weil du auf die Stimme deines Herzens und den Gesang deines Blutes gehört hast und die Geliebte deiner Sehnsüchte nicht aufgeben wolltest? Ja, so ist er geworden, dein Vater, bei den Barbaren jenseits der Alpen! Und doch hat ihm in deinen Jahren kein Mägdlein im Umkreis von Venedig zu widerstehen vermocht! So sind sie halt, die alten Göckel, daß ihnen die Kraft der jungen Hähne im Angesicht des Hühnervolkes zuwider ist! Dann eifern sie! Bis die jungen sich nach einem anderen Misthaufen umsehen! – Arnoldo, Arnoldo, Gott segne euren Einzug in der Villa Angelina!«

So war sie, die mama Titania! Eine Frau von abgrundtiefem Verständnis und nicht auszulotender Güte. Sie war aber auch eine Herrschernatur und forderte bedingungslosen Gehorsam. Das wußten die Angehörigen der vier Familien, die gegenwärtig die Villa bewohnten, die zehn Erwachsenen ebenso wie die vierzehn Kinder jeglichen Alters. Für diese vor allem hieß es: Freiheit und Ausgelassenheit, ja! Aber nur bis zum Glockenzeichen! War dieses erklungen, hatten sich alle im Vestibül zu versammeln, um die Litanei ihrer Aufgaben zu

vernehmen: Aufgaben des Haushalts die Größeren, Aufgaben der Klosterschule die Kleinen, Stunden der Ruhe in verdunkeltem Raume die ganz Kleinen.
Diesen war eine Aufsichtsperson beigegeben.

Arnoldo und Loni hatten ihre Begrüßungsmahlzeit eingenommen und den Willkomm getrunken. Nun wurden sie von mama Titania in den ihnen zugedachten Eigenraum eingewiesen: ein Kämmerchen, darin ein großes Bett stand, eine Kommode für die Wäsche und ein Schragen für die Kleider – sonst nichts.
Darauf trat mama Titania nahe vor beide hin und sprach fast im Flüsterton: »Du, Arnoldo, gehst morgens um sieben Uhr mit den Männern zur Arbeit: zum Fischen, zum Holzverladen in den Frachthafen, zum Gondelfahren in die Canaletti oder zum Ministrieren bei San Marco! Du, Loni, bist zuständig für die Reinlichkeit im Hause! Jeden zweiten Tag ist eine Kammer auf Hochglanz zu bringen! Es ist unsere Pflicht, den Kindern, namentlich den Mägdlein, zu zeigen, was eine gute Hausfrau ist! Und noch eins: Lern unsere Sprache! – Arnoldo, beeil dich, ihr das alles verständlich zu machen!«
Damit waren sie ohne viel Aufhebens in den Kreislauf des Familienlebens auf der Villa Angelina eingegliedert. Das war es ja, was dieses Gemeinschaftsleben so anziehend machte: Niemand ist übervorteilt, niemand benachteiligt. Es hatte den Anschein, als wäre mama Titania bei einem Nachfolger Macchiavellis zur Schule gegangen und hätte die grundlegende Bedeutung der Zweckmäßigkeit im menschlichen Leben und Schaffen

als unabdingbare Maxime erkannt. Da wechselten sich Hausdienst, Kucheldienst, Wäschedienst, Kinderdienst, Tischdienst und andere periodische Dienste in schöner Reihenfolge ab; da gab es kein Murren und kein Maulen – denn mama Titania war gerecht.

Den Lebensmitteleinkauf nahm sie persönlich wahr, ließ sich aber jeweils von zwei größeren Mägdlein begleiten, – nicht so sehr deswegen, daß die die Ware trügen, sondern daß sie deren Augenmerk bei den einzelnen Marktständen auf die Güte oder Verderblichkeit der Ware lenken und sie vor überzogenen Preisen warnen konnte. Diese Einkaufstour betrachteten die Kinder als eine Ehre, – weshalb auch jeden Tag zwei andere an der Reihe waren. –

Die Männer – jünger oder älter – blieben von der häuslichen Tätigkeit fast ständig ausgeklammert, nur wenn es galt, die Villa außen und ihre Innenräume zu tünchen – was alle Frühjahre anstand – wurden sie herangezogen. Im übrigen hatten sie auf ihren jeweiligen Arbeitsplätzen das Geld für den Lebensunterhalt aller zu verdienen. Freilich, eine leidliche Summe für den Eigenbedarf wurde ihnen zugestanden, denn schließlich hatten sie ja private Verpflichtungen und Wünsche, die Frau Titania ihnen nicht vergällen wollte. So großherzig stand sie über den Dingen . . .!

o-o-o-o-o

Jutta Engelbrechtin

Wolfgang Rieder ging in das vierundzwanzigste Jahr seines Lebens. Und jetzt – so schien ihm – war sein Lebensglück ein Scherbenhaufen. Er selber hatte es zerschellt. Die Brücke, die zur Loni geführt und die sie gemeinsam geschlagen hatten, war abgeworfen. Jetzt fragte er sich: Hatte es sein müssen? – Als damals die Gesetzesgelehrten das Hürlein vor Christus gezerrt und ihn um seine Zustimmung gefragt hatten, das junge Ding zu steinigen, hatte er sich vor das Weiblein hingestellt und die Eiferer gefragt: »Wer von euch ist denn ohne Schuld? Ist es einer, dann werfe er den ersten Stein auf sie!« – Da hatten sie ihn mit Augen gestochener Kälber angestarrt, und reihum waren die Steine aus ihren Händen geglitten. Wie geprügelte Hunde hatten sie sich davongeschlichen, so daß er am End' mit der Sünderin allein dagestanden war. Darauf hatte er sie gefragt: »Wie ist das, Tochter Abrahams? Hat dich niemand verurteilt?« – Weil sie aber schüchtern mit den Achseln gezuckt hatte, entrang sich seinem Herzen das herrliche Wort: »Dann will auch ich dich nicht verurteilen!«
Das war ein Wort aus dem Munde dessen, dem alle Gewalt gegeben war im Himmel und auf Erden und unter der Erde! – Und er, Wolfgang Rieder, der das Mägdlein im ersten Aufkeimen der Sehnsucht nach dem Manne verführt hatte, entblödete sich nicht, die kaum den Kinderschuhen entwachsene Loni mit gewaltherrlicher Gebärde von sich zu stoßen und einem irren Geschick preiszugeben! – Welch eine Heuchelei, die zum Himmel stinkt und nach Rache schreit!

Gut!, sie waren nicht verheiratet; – doch was verschlägt das? Angesichts der Tatsache, daß sie eine Fehlgeburt gehabt hatte, durch die dem Anschein nach ein Gutteil ihres Weibtums zerstört worden war, fielen die Begriffe »ledig« oder »verheiratet« nicht ins Gewicht. Was allein ins Gewicht fiel, waren seine Unfähigkeit und Dummheit, sie nicht vor dem Zugriff des welschen Draufgängers beschützt, sondern im Gegenteil, sie ihm nachgerade wie einem Raubtier in den Rachen geworfen zu haben. Wolfgang Rieder, du kannst kein einziges Wort gegen Loni aussprechen, das nicht sofort in dein eigenes Sündenregister zurückfiele! –

Solcherlei Gedanken ergriffen mehr und mehr Besitz vom Herzen des jungen Mannes und ebbten seine aufgebrochenen haßerfüllten Empfindungen langsam nieder. Er ging täglich seiner Arbeit nach und versuchte zu überhören, wenn sie hinter dem oder jenem Gartenzaune den Vorübergehenden auslachten.

Mit den verfliegenden Wochen verflog aber auch dieses Gelächter, und um die Mitte des 56er Jahres galt Rieder als ein geachteter Jungmann in der Gemeinde.

Um diese Zeit war es dann auch, daß der Nußdorfer Schiffmeister Engelbrecht mit dem Kieferer Gemeindevorsteher Mösner in der Tafern ins Gespräch kam. Und wie es halt so hergeht beim Ratschen, fiel auch der Name des Pflegerichters Rieder, – und da war man auch schon beim Schicksal seines Sohnes.

»Gott sei's geklagt«, sagte der Mösner, »daß ihn die Loni, die von eurem Lindner, so arg hinters Liacht g'führt hat! Er selber is a feiner G'sell und kannt koaner Flieag'n was z' leid toan. Und tüchtig is er aa! Der Brandmoaster lobt'n über greanen Klee!«

»Hab allerhand Guat's red'n hör'n vo eam!« erwiderte der Schiffmeister. »Sowas wie den kannt' i braucha, – meinsweg'n sogar als Schwiegersohn!«

Der Mösner tat zunächst nicht dergleichen und redete weiter über den jungen Rieder und seinen vortrefflichen Charakter. So sei in all den vergangenen Monaten, seit ihm die Loni davongelaufen war, kein Sterbenswörterl von Schuldzuweisung über seine Lippen gekommen: »Und dös is allerhand, wenn oan 's Weib ausg'schmiert hat!«

»Kanntst mir nit a weng an Schmuser macha?« fragte der Engelbrecht.

»Kannt scho!« entgegnete der Vorsteher. »Aber i kenn dei' Deandl nit!«

»Nacher kanntst zu uns nach Nußdorf kemma und mit ihr red'n!«

Drauf gaben die beiden einander die Hand: »Abg'macht!« –

Es vergingen etliche Wochen; der Mösner hatte seine Zusage fast wieder vergessen, als ihm eines Tages der Amtsbote einen Schreibebrief auf den Tisch legte, – einen Brief ohne den Namen dessen, der ihn geschrieben hatte. Der Vorsteher las:

»Da haben wir doch so hintherum gehört, daß du beim Rieder-Wolf für die Schiffmeisterstochter von Nußdorf schmusen willst. Laß das ja bleiben! Denn die Lindner-Loni hat den Gesellen bloß beschissen, aber die Schiffmoasterin taat eam 's Leben zur Höll' macha. Steht doch schon beim Geiler von Kaisersberg geschrieben: 'Du nehmest für eine, welche du wolltest, so bekommst du einen

Meister über dich, der dir allzeit widerbeffzet gleich als ein böser Hund. Dies ist der Weiber Natur und Brauch, daß sie allzeit den Männern widerreden und Antwort geben. Sie reden und bellen alzeit herwider und wissen auf alle Dinge eine Gegenred' zu führen.' – Merk dir das, Mösner, und misch dich nit in ein Sach, was dich nix angeht!«

Das war ein seltsames Schreiben! Dergleichen hatte den Vorsteher kaum je in seiner Amtsstube erreicht. Es machte ihn neugierig. Darum begab er sich jetzt erst recht zum Schiffmeister Engelbrecht nach Nußdorf. Schon beim Eintritt in das festgebaute stattliche Haus erkannte er, daß da ein Weib das Zepter führte. Alles stand an seinem Platze, und zwar nicht bloß so hingetan, sondern geradezu in ästhetischer Ordnung. Das ist ja nit schlecht!, dachte sich der Mösner; meine Alte kannt si da getrost eine Scheibe abschneiden! – Dann kam sie ihm entgegen, die Jutta Engelbrechtin, ein Weib wie eine Dirn vom Münchner Hofbräuhaus, hochbusig und breithüftig, so recht geschaffen für zehn bis fünfzehn Kinder.

»Bin der Vorsteher vo Kiefersfelden und –«

»G'langt scho!« unterbrach sie ihn. »Der Vata hat verzählt, daß so a Leimsider z'weg'n der Schmuserei kemma werd. Mei liaba Vorsteher, dös magst bleib'n lass'n! Wann i a Mannsbild brauch' – und so alle heil-'gen Zeiten kannt's ja sein! – da reit' i aufn Samerberg und hol mir oan; oan rusigen Kohlenbrenner, der wo auf der Brust a Haarwerk hat wie der Esel auf Stirn –«

Der Mösner unterbrach sie: »– Der mei' is aa a Kohl'nbrenner, und nit bloß dös! Er is der Bua vom Pflegerichter Rieder auf der Auerburg und macht das Schriftliche bei uns in der Kohlstatt!«

»Nacher is's der, wo's mit unsrer Lindner-Loni g'habt hat! Da leckst mi doch glei . . .! Und sowas soll a Mannsbild sei und amol a Schiffmoaster werd'n? Naa, mei Liaber, mit sowas darfst der Engelbrechtin nit kemma! Da steig i lieber selber auf d' Kranzlbruck'n und stemm' s Ruder ins Wasser! – Geh hoam, Vorsteher, in dei' Kiefer und sag dem Rieder-Buam: 'D' Schiffmoaster-Jutta braucht eher zwoa Ganze wie oan Halben!'«

Wie ein begossener Pudel verließ der Mösner das Schiffmeisterhaus und kehrte in sein Dorf zurück. Als er die Amtsstube betrat und den namenlosen Brief liegen sah, fragte er sich, wer wohl der Schutzengel gewesen war, der ihn da gewarnt hatte, fand aber keine Antwort. Und er dankte Gott im stillen, daß er ihn und den Rieder vor einer näheren Begegnung mit der Engelbrechtin bewahrt hatte.

Ihrem Vater aber wollte er kurzerhand sagen, der junge Mann sei bereits anderwärts interessiert. Denn die Wahrheit zu sagen, wäre möglicherweise lebensgefährlich gewesen . . .

Wolfgang Rieder hatte natürlich von alledem keine Ahnung, und der Mösner ging ihm aus dem Wege; nicht weil er etwas zu befürchten gehabt hätte, sondern einfach deshalb, weil er ihm nicht hätte gerade ins Gesicht schauen können. Außerdem machte sich der junge Mann in der jüngsten Zeit zu Kiefersfelden rar. Wochentags verließ er sein Häusl nicht: Nach der Arbeit beim Brandmeister ließ er die Haustür hinter sich ins Schloß fallen und öffnete sie erst wieder am Morgen.

Sonntags ging er nach dem Frühgottesdienst meist auf die Auerburg, lieh sich dort ein Roß und ritt zum Bruder Michael auf Kirchwald. Dort blieb er fast den ganzen Tag und kehrte erst am späten Abend wieder in die Kohlstatt zurück.

Den Klausner auf Kirchwald kannte er noch von der Zeit her, als sie einander beim Vorsteher von Nußdorf am Lindnerhofe begegnet waren, damals, als er mit der Loni Wesens gehabt und während der Wintermonate dem Bauer in den Wäldern das Langholz zusammengeschleppt hatte. –

Jetzt ging es sachte wieder in den Herbst hinein, und der Rieder war wieder einmal auf der Wiese beim Klausner. Der fragte ihn: »Wie ist das bei euch in der Kohlstatt: geht euch das Holz nit aus?«

»Gott bewahr uns davor!« entgegnete der andere. »Die Tiroler können kaum genug Kohle kriegen. Sie schleppen uns Holz heran, daß es nur so eine Freud' ist.«

»Und du selber? Hast dich wieder derfangt?«

»Bruder Michael, was heißt da 'derfangt'? Soll ich heul'n wie ein klein's Kind, dem s' die Milch ausgeschüttet hab'n? Die Milch ist ausg'schütt't, und die Loni ist mir davong'laufen, – was hilft da alles Heulen? Du bist viel besser dran; dir läuft keine davon!«

»Gewiß, mir läuft keine davon, dir aber auch nicht mehr! Wir sind jetzt beide in der gleichen Lage. Unsere gemeinsame Aufgabe besteht jetzt darin, mit dem Alleinsein fertig zu werden.«

»Du bist da viel besser dran mit dem Fertigwerden! Du hast nix anderes um dich wie deine Klause, dein Muttergottesbild und deine Stille! Eine Stille übrigens, um die ich dich beneide. Ich dagegen muß mich mit den Holzfällern, den Fuhrleuten, den Kohlenbrennern, den Schiffmeistern und nicht zuletzt mit unserem Brandmeister herumschlagen. In dem Sinne bin ich nämlich ganz und gar nit allein, sondern jeder fordert mich; und das ist keineswegs vergnüglich, mein lieber Bruder Michael! Dabei hab ich den großen Brand in meinem Herzen, daß ich der Loni nicht genügen konnte. – Aber sowas verstehst du nit, Michael!«

»Es ist lieb von dir, Rieder, daß du mich als ein unbeschriebenes Blatt ansiehst; aber so unbeschrieben bin ich gar nit! – Doch dadrüber schweigt man!«

»Ich wollte nicht auf deine Vergangenheit angespielt haben! . . .«

»Hast du auch nicht! Und darum lassen wir's offen! – Was aber wichtig ist für einen einsamen Mann, das ist die Freude! Rieder, wir müssen in uns eine stille Freude züchten, eine Freude, die erhaben ist über alle Irrungen und Wirrungen unseres Alltagslebens und die ihren Ausgangspunkt in dem Bewußtsein hat, daß wir unserer Berufung gerecht geworden sind – ich als Einsiedler, du als tatkräftiger Vollbringer deiner Aufgaben. Wir müssen am Abend sagen können: Das war ein genützter Tag!«

Wolfgang Rieder verharrte ein Weilchen in der Überlegung der Gedanken des Klausners, ehe er erwiderte:

»Das mit der stillen Freud' hast du gut gesagt. Nur ist es nicht möglich, sie in der Kohlstatt zu züchten; der Kirchwald eignet sich dafür eher . . .«

»Und was hält dich ab, die Klause mit mir zu teilen? Dann ist keiner von uns allein: du nicht und ich nicht . . .«

Hier wurde das Gespräch der beiden jungen Männer durch eine Pilgerschar unterbrochen, die sich – laut betend – von unten her der Wiese näherte. Das war keine Seltenheit, fromme Wallfahrer erschienen häufig, um der Kirchwalder Muttergottes entweder zu danken oder ihr eine Bitte vorzutragen. Die Männer und Frauen aber, die jetzt auf die Wiese einbogen, schienen ein ganz besonderes Anliegen zu haben: sie schleppten nämlich einen handfesten Buchenast mit sich daher.

Bruder Michael als der Hüter des wundertätigen Marienbildes ging ihnen entgegen, begrüßte alle mit Handschlag und geleitete sie vor das Heiligtum. Hinterdrein folgte neugierig der Rieder. Ihm fiel besonders eine jüngere Frau auf, die von zwei Männern mehr getragen als geführt wurde. Sie hatte einen dicken eingebundenen Fuß, den sie – ohne auftreten zu können – nach sich zog.

Als die fromme Schar vor die hölzerne Kapelle kam, darin das Gnadenbild aufgestellt war, beteten sie zunächst eine längere Zeit. Darauf trat ein uralter Geistlicher vor die Leute hin und sprach:

>*Vielliebe Christenleut! Unsere Maria Thallerin aus Laufen – von wo wir allesamt unterwegs sind – ist von der Höhe eines Buchbaumes auf einen dürren Ast so unglücklich heruntergefallen, daß sie mit dem linken Fuß – weil diesen der Ast durchdrungen und aufgespießet – daran hangen geblieben ist. In diesen Schmerzen und in dieser Gefahr rufte sie Maria am Kirchwald an. Nach diesem hat sie gleich sich selbsten ablösen und ledig machen können, und in kurzer Zeit ist sie wieder gehend worden, wie ihr alle seht, derweil sie ja mit uns gewallfahrtet ist. Zum ewigen Dank und Dankzeichen soll hinfür der Ast neben diesem Wunderbilde hangen.*«

Darauf trugen die Männer den mächtigen Buchenast zur hölzernen Kapelle hin, lehnten ihn über das Heiligtum, so daß es aussah, als sollte er das Wunderbild vor allen Fährnissen aus der Höhe beschirmen.

Der Einsiedler ging alsbald zu der Frau hin, begrüßte sie und reichte ihr ein Krüglein von dem Heilwasser aus seiner Quelle. Denn alle Welt war davon überzeugt, daß dem Wasser eine wundertätige Kraft innewohne. In dieser Überzeugung nahm auch Maria Thallerin die Gabe des Bruders entgegen. Dann knieten sich alle um die offene Holzkapelle nieder, und Michael betete mit ihnen den Rosenkranz: »Den du, o Jungfrau, vom Heiligen Geiste empfangen hast!«

Da war es, als ob auch Wolfgang Rieder das Wehen des Geistes verspürt hätte. Er warf sich hinter den Wallfahrern ebenfalls auf die Knie nieder und rief in seiner Brust zur Muttergottes hin, sie möge doch, nachdem sein Leben jetzt sinnlos geworden sei, ihm wieder einen Sinn geben, ein Ziel setzen, auf das er seine jungen Jahre hinordnen könne, denn jetzt komme er sich vor wie das schwankende Röhricht im Wind – bald hierhin, bald dorthin geneigt . . .

o-o-o-o-o

Das Gartenfest

Auch im kleinen Park der Villa Angelina, der am Ufer-
wege lag, begann es zu herbsten. Das üppige Laubwerk
der alten Kastanien war braun-gelb und runzelig geworden und fiel, wenn der Seewind hereinstrich, ab wie ein
märchenhafter Blätterregen.

Mamma Titania hatte in dem verwichenen halben Jahr
der Loni wiederholt ihre Zufriedenheit ausgesprochen,
nicht nur wegen des Arbeitseifers, sondern vor allem
wegen des Fortschritts im Gebrauch der welschen Sprache. Das Mägdlein unterhielt sich meistens mit den größeren Kindern, die es als eine Auszeichnung betrachteten, wenn sie der Neuen Wörter und Begriffe beibringen und ihre Aussprache begradigen und mildern
konnten.

Als dann der Winter mit gewaltigen Regengüssen, mit
harten Seestürmen und sogar mit Schneetreiben aus
den Bergen einsetzte und die Männer manchen Tag da-
heimblieben, nahm sich auch Arnoldo dieser Aufgabe
an, worüber die würdige Frau Titania den beiden wiederholt ihre große Anerkennung aussprach. Auch
Loni selbst war noch Kind genug, sich über ihre Fort-
schritte herzlich zu freuen.

In der entfernteren Nachbarschaft und mit ihrem weiten Park an die Villa Angelina angrenzend, besaßen
die ehrenwerten Herren des »Fondaco dei Tedeschi
(Handelsniederlassung der Deutschen in Venedig)« einen prunkvollen Gartenpalast, der jedoch die meiste
Zeit nur vom Hausmeister und einer Schar von Die-
nern – darunter auch einigen schwarzen – bewohnt
war. Nur an Festtagen oder wenn übergroße Karavellen

von Übersee her eingelaufen waren, bezogen fremdländische Gäste – oft mit vielen Frauen und Sklaven – diesen Palazzo der Deutschen: lauter Handelsherren aus dem Orient, aus Afrika und aus der Levante. – Karsamstag anno Domini 1657.

Alle Weiblichkeit der Villa Angelina arbeitete sich mit Gabeln und Rechen im kleinen Park durch das verrottete Kastanienlaub, das man im Herbst wegen der zu früh losgebrochenen Adriastürme nicht mehr hatte einbringen können. Es war ein fröhliches Treiben bei den Mägdlein und den jungen Frauen, denn der Frühling machte ihre Herzen singen und ihre Adern schwellen. Da flog manch trällerndes Wort durch die Luft, das die Ohren der mama Titania nicht hätte erreichen dürfen – und die der Männer schon gar nicht. Doch die mama stand nicht auf dem Söller, und die Männer hatte man in den Frachthafen geholt, weil eine starke Ladung griechischer Weine eingekommen war, die man an den bevorstehenden Festtagen nicht missen mochte. Da ritt der Herr Bankier Alberto Sesselmaier mit seinem Sohne Paolo draußen am Gartenzaune vorbei; beide waren Mitglieder des Fondaco dei Tedeschi. Der alte Herr begrüßte leutselig die Frauen; Paolo aber winkte die Loni zu sich an den Zaun und flüsterte ihr ein paar Worte zu, die das Mägdlein zart erröten machten. Nein, er hätte nicht flüstern müssen, der junge Sesselmaier, denn er hatte in ihrer beider Muttersprache gesprochen, und die verstanden die anderen nicht. Am End sagte er: »Maderl, jetzt lur' ich auf di' scho fast a ganz' Jahr, und kann mit dir nit reden. Dös muß aufhör'n! I brauch di' wie s' Salz in d' Supp'n!«

Nach diesen Worten ritt er dem Vater nach.

Wäre die Loni nicht rot angelaufen bis hinter die Oh-

ren, hätte niemand Verdacht geschöpft; so aber fragte
eine: »Der mag dich wohl?«

Sie erwiderte: »Er ist noch nicht ganz ausgegoren; solche Gesellen reden dann manchmal dumm daher!«

Mit dieser Antwort gab sich die andere zufrieden; in
Lonis Herzen aber wurlten die Worte des jungen Mannes fort wie eine heiße Heilquelle. Wie denn auch
nicht? Paolo war ein schneidiger Jungmann, saß im Sattel wie eine Eins und bot seine lange, strähnige blonde
Mähne meist allen Winden und Wettern an. Die Loni
hatte ihn schon ein paarmal beobachtet, wenn er vorbeigeritten war, – freilich erst während der letzten
Monate, seitdem nämlich ihr Arnoldo nächtelang nicht
zurückkehrte, weil er im Hafenviertel einige Spelunken
und Tavernen heimzusuchen pflegte, in denen es »alla
zingarese (auf Zigeuner Art)« zuging, und die glutäugigen braunen Dirnlein jedem strammen Gesellen ihre
kaum gereiften Brüstchen entgegenreckten. Arnoldo
liebte solches, weil sie sich auch sonst recht anstellig
zeigten und jederzeit zu haben waren; – nicht wie die
Loni daheim!

Was Wunder, daß die Ausgeschmierte auf das Wort
Paolos reagierte, wie die Rose auf den Regen.

Darum schrieb sie ein Brieflein und warf es dem Vorüberreitenden einige Tage später zu. Darin hieß es:
»Vielleicht läßt sich's einrichten, daß Ihr zu mir
kommt. Ich habe im Juni Kinderdienst . . .«

Es ließe sich wohl unter Kennern seelischer Vorgänge
im Menschen darüber streiten, ob die, welche in heftiger Leidenschaft aufeinander zustreben, nicht mit hellwachen Ahnungen oder gar Charismen begnadet sind.
– Als Paolo Sesselmaier das Brieflein las, war sein Gemüt für einen Augenblick umdüstert, und die Mittei-

lung erschien ihm rätselhaft: Wie sollte er in ein Haus gelangen und darin ein süßes Rendez-vous zelebrieren, – in ein Haus, das von mehr als zwanzig Leuten bewohnt und von einer eisernen Regentin beherrscht wurde! Doch bald lichtete sich die Düsternis, das Herz klarte auf und den Geist überkam eine Erleuchtung, die er am Abend dem Vater vortrug.

»Wir haben eine so nette Nachbarschaft«, sagte er, »und noch nicht ein einziges Mal haben wir die lieben Leut' zu einem Gartenfest geladen. Dabei sind sie gewiß die große Mitursache, daß die ragazzi (verbrecherische Jugendliche) nicht schon längst bei uns eingebrochen haben . . .«

Weil nun dem Bankier Alberto sofort schwante, daß der Sohn es auf die jungen Weiblein abgesehen hatte, glaubte er, ihm den Spaß nicht verderben zu dürfen. Sie wurden sich einig, am Fest der Sommersonnenwende das ganze Nachbarhaus – die kleinen Kinder ausgenommen – in den Palazzo zu bitten.

★

Am Schloßberg zu Rosenheim

Sonnenwende!

Paolo hatte schon etlichemale an diesem sonnedurch-
fluteten Tage nicht ohne Wehmut an seine Heimatstadt
Rosenheim gedacht, wo er als Knabe mit den Buben
des Flußrichters auf der Burg sich herumgetrieben
hatte: Schöne Kindheit! – Später dann – noch bis
vor zwei Jahren – war er mit den Freunden und ihren
Mädchen auf den Heuberg gegangen. Da hatten sie
mächtige Holzstöße aufgerichtet und nach der einge-
brochenen Dunkelheit entbrannt; als das Holz dann im
Verglimmen gewesen war, hatte jeder seine Liebe an
der Hand gefaßt und war mit ihr über die schwelende
Glut gesprungen – Zeichen zarter Zuneigung und
Verehrung.

Hier dagegen entfaltete sich das große Leben nur auf
der Piazza, und das kleine, das Taglöhnerleben, auf
den schmalen, dreckigen Kanälen, wo die einen einer
hemmungslosen Fleischeslust frönten, während die anderen hinter den verschwiegenen Vorhängen wellen-
streichelnder Gondeln in Anmut und Würde, doch
nicht minder herzhaft sündigten. –

Herr Alberto Sesselmaier hatte durch einen Schreibebrief die ehrenfeste mama Titania von seiner Absicht
unterrichtet, was in der Villa Angelina einen kleinen
Aufruhr entfachte, weil die junge Weiblichkeit sofort
mit Entsetzen feststellte, daß sie alle nichts anzuziehen
hatten; und es bedurfte eines martialischen Einschrei-
tens der alten Dame, die Gemüter wieder zu befrieden.
Am Abend der Sonnenwende erschienen jedenfalls
alle fein herausgeputzt, und keine einzige war nackt,
wenn auch dort und da das eine oder andere Stückchen
lüsterner Haut hatte nicht ganz bedeckt werden können. Solches quittierte die mama allerdings mit mißbil-

ligendem Kopfschütteln und einem Seufzer der Enttäuschung: denn die Jugend kennt keine Tugend! Leider!

Loni erklärte der mama sofort, daß sie vom Besuch des Gartenfestes gerne abstehe, vor allem schon wegen des Kinderdienstes, – was bei Titania einen Akt von Freude und stiller Bewunderung auslöste.

In der neunten Stunde kam Paolo und holte die stattliche Gästeschar ab. Dabei versäumte er nicht, der Loni insgeheim zu verstehen zu geben, daß er gegen elf Uhr zu erscheinen gedenke. Dann geleitete er die mama Titania kavaliersmäßig inmitten der geschwätzigen Schar in den nachbarlichen Park. Hier wurden sie vom Signore Alberto mit überschwänglicher Freude empfangen, der sogleich seiner Dienerschaft befahl, sich mit den meist jungen Leutchen zu befassen. Paolo ließ es sich nicht nehmen, mama Titanias Wünsche persönlich zu notieren und in gebotener Eile zu erfüllen, was die alte Dame mit sichtlichem Behagen zur Kenntnis nahm. Zwei Gondolieri waren gedungen worden, mit Gesang und Mandolinenspiel aufzuwarten, was sie denn auch mit angeborener Grazie vollbrachten.

Bald stellte sich auch die Jugend anderer deutscher Handelsherren ein. Auf allen Seiten tat man, als kenne man sich schon wer weiß, wie lange, und der allgemeine Frohsinn, von guten Weinen beflügelt, schwappte über. Da traf sich manches Mägdlein mit einem Gesellen hinter einer Hausecke oder Ligusterhecke – und beide taten sich wohl . . .

Das war auch der Zeitpunkt, an welchem Paolo Sesselmaier den Garten verließ und im Schatten der Villa Angelina verschwand. –

Wenn sich zwei aufgeladene Gewitterwolken im Hochgebirge begegnen, kann es sein, daß sich ihre elektri-

schen Energien verbinden und in berstenden Blitz-
schlägen und forthallenden Donnern verströmen . . .

Es würde den Rahmen dieser Erzählung sprengen,
wollte man sich über das Aufeinanderprallen des
Mägdleins und des jungen Handelsherrn verbreiten.
Gewitterhaft von Natur aus und nur gezähmt durch ein
Quentchen dörfischen Religionsunterrichts, verloren
sich die beiden in unaussprechlichen Verzückungen,
wortlos und wie in nächtlichen Fieberwellen. Da war
kein Hören und kein Sehen mehr, sondern nur noch die
den Sinnen entrückte Zweisamkeit, so wie der Herrgott sie gewollt, als er die Menschen schuf, – »als
Mann und Weib schuf er sie . . .«

Als der Morgen aufblaute, lag die Villa Angelina noch
in tiefem Schlummer, nur die vier Kleinkinder riefen
nach ihrer Betreuerin und beschäftigten sie eine gute
Stunde lang, ehe der Küchendienst – leicht angeschla-
gen – imstande war, das obligate Morgensüpplein zu
servieren.

Sehr bald aber erschien mama Titania auf der Bildfläche, – und dann lief alles wieder seinen gewohnten
Gang. Die mama versäumte nicht, der opferfreudigen
Loni in Gegenwart der gesamten Hausbewohnerschaft
ein hohes Lob auszusprechen und ihr einen freien Tag
nach eigener Wahl zu gewähren – als Entschädigung
für die entgangenen Freuden des Gartenfestes.

Loni und Paolo hatten unter der die beiden Gärten
trennenden Hecke einen sicheren Platz für die Hinter-
legung intimer Mitteilungen ausgemacht. Dahin
brachte das Mädchen die Nachricht vom geschenkten

Tag – und empfing die Antwort noch in der Abend-
stunde: Paolo lud sie auf das Villeneiland Burano, das
man mit zwei kräftigen Ruderern in einer guten Stunde
erreichen konnte.

Das von der deutschen Handelsgesellschaft auf Burano
gemietete Haus lag unter üppig wuchernden Mandel-
bäumen. Die aus griechischem Marmor kunstvoll gezo-
genen Säulen der Pergola schufen zusammen mit den
süßduftenden Schlinggewächsen einen Raum, der das
Alleinsein liebender Menschen so freundlich begün-
stigte, daß nur vereinzelte Lichtblicke der Sonne und
ein erfrischender Seehauch diese lebendige Mauer zart
zu durchdringen vermochten. Wer hier Einlaß fand
und ein sehnsuchtsvolles Herz mitbrachte, konnte un-
geahnter Beglückungen teilhaftig werden. – Loni und
Paolo waren diese Glücklichen, – doch nicht ganz.
Denn wenn sie den weiteren Fortgang ihrer Beziehungen erwogen, türmten sich zwei Hindernisse vor ihnen
auf: Zum einen die schiere Unmöglichkeit weiterer Begegnungen, zum anderen die ständig drohende Gefahr,
erkannt und verraten zu werden; ganz zu schweigen von
der unvorstellbaren Katastrophe, die über Loni herein-
bräche, wenn Arnoldo Mandadario von ihrer Verbindung mit Paolo erführe.

So fielen denn den ganzen Tag über die bitteren Wer-
mutstropfen der Unsicherheit und Angst in den so selig
bereiteten Trank einer Ergötzlichkeit, die am End gar
keine war. Die zwei jungen Menschen erkannten jäh
die Fadenscheinigkeit ihres Beisammenseins auf Burano und brachen die so heiß ersehnte Begegnung vor-
zeitig ab. – Mama Titania und die anderen in der Villa
Angelina wunderten sich über Lonis frühe Heimkehr
und bedrängten sie mit neugierigen Fragen. Das Mägdlein aber schwieg. –

Inzwischen kam auch Arnoldo wieder einmal nach Hause und machte gewohnheitsmäßig seine vermeintlichen Rechte auf Loni geltend. Das war nun die fatale Stunde, in der das Mädchen rundheraus erklärte: »Wochenlang verkehrst du bei Zigeunern und Huren, und wenn die dich dann hinausgeworfen haben, weil du nicht mehr zahlen kannst, soll ich für dich gut sein! Diesen Gedanken magst du dir aus dem Kopfe schlagen, denn du ekelst mich an!«

Da drosch er sie derart zusammen, daß mama Titania nach dem dottore schicken mußte, weil die Arme nicht wieder zu Besinnung kommen wollte. Der Arzt brachte sie zwar ins Bewußtsein zurück, alarmierte aber die signori di notte (nächtliche Polizeistreifen), schien ihm doch der junge Mann für das Mädchen gegebencnfalls lebensgefährlich zu sein. Die Männer des Gesetzes, an derlei Begegnungen bei Eheleuten und anderen Eifersüchtigen gewöhnt, schlossen den Wüterich kurzerhand in Eisen, brachten ihn auf die Wache und kühlten ihn daselbst derart gründlich ab, daß man die Spuren der Behandlung doch drei Wochen später an seinem Gesicht wahrnehmen konnte.

Dadurch freilich fühlte sich mama Titania in ihrer Großmutterehre zutiefst verletzt und setzte der Loni kurzerhand den Stuhl vor die Tür. Das Mädchen seinerseits – ohne Nahrung und ohne Bleibe – wußte sich keinen anderen Rat, als beim benachbarten Palazzo des signore Sesselmaier zu läuten. Der war zwar nicht zugegen, auch sein Sohn Paolo nicht, doch der Majordomus (Hausverwalter) kannte sie und ließ sie ein, wies ihr auch sogleich eine Kammer an.

Einige Tage später kehrten Vater und Sohn von einer Geschäftsreise zurück.

Während des dreiwöchigen ständigen Beisammenseins mit dem Vater, hatte ihm Paolo gestanden, wie es um seine Beziehung zu dem Mägdlein bestellt war und daß er allen Ernstes eine eheliche Verbindung mit ihr anstrebe.

»Das ist ein Hirngespinst und erweist, daß du noch gar nicht reif genug bist, eine Heirat überhaupt zu erwägen! Mag sein, daß das schöne Kind Qualitäten besitzt, die auf Männer wirken wie Fliegenleim; dergleichen läßt man sich gerne gefallen, wenn man kein Kostverächter ist, – mehr nicht!«

Jetzt standen beide – Vater und Sohn – vor der Tatsache, das »schöne Kind« im Hause zu haben und dies mit der zweifelhaften Aussicht, sie nicht so bald wieder loszuwerden; würde es doch an Unmenschlichkeit grenzen, sie einer Gefahr für Leib und Seele auszusetzen. Andererseits mußte sie aber aus dem Hause, wenn der Sohn nicht vollkommen durchdrehen sollte. Doch Alberto Sesselmaier wäre kein erfahrener Handelsherr gewesen, wenn ihn hier die guten Geister verlassen hätten. Und so kam es, daß er bereits eine Woche später das Mädchen – wohlversorgt mit Geld und Gewand – einem Nürnberger Fuhrmann anvertrauen konnte, der mit mehreren Kauffahrteiwagen voll orientalischer Spezereien und einem starken Geleitschutz ins Frankenland zurückkehrte.

Kühl und salzig atmete das nahe Meer einen frischen Windhauch bis herein auf die »terra firma« (Festland). Loni stand, zur Abreise bereit, mit Paolo am offenen Fenster des Gartenpalastes. Noch eine Stunde, dann würde der Gondoliere kommen und sie zur Piazza der via Montana bringen, von der aus die Heimfahrt beginnen sollte.

Die Gondel kam; sie stiegen beide ein.

Beide waren vom Abschiedsschmerz gezeichnet. Es war genug geredet worden, – jetzt schwiegen sie, um ihre Herzen nicht gegenseitig noch mehr aufzuwühlen. Er hatte ihr bei Gott und allen Heiligen geschworen, sie zur Frau zu nehmen, sobald er nach Rosenheim zurückreisen dürfe und vom Vater freigesprochen sei. Loni ihrerseits war nüchtern genug, seinen Wankelmut zu erkennen und sich wenig Hoffnung zu machen. Paolo Sesselmaier – das wußte sie – war kein Wolfgang Rieder. Dem war es nicht in den Sinn gekommen, heilige Eide zu schwören, sondern er war ins Holz gefahren und hatte Baumstämme herausgezogen, um dem Lindner-Vater seine ernste Absicht zu beweisen.

Weiß Gott! neben dem Rieder war der Sesselmaier ein Rotzbua, – und diesen Rieder hatte sie ausgeschmiert und war ihm davongelaufen wegen eines anderen Rotzbuam, der sie jetzt zu allem Übel noch zusammengeschlagen hatte . . .

Mit diesen Gedanken stieg Loni aus der Gondel, reichte dem Paolo kurz die Hand und wurde dann von den fränkischen Fuhrleuten kühl, aber dennoch gewinnend übernommen.

o-o-o-o-o

Als der erste Schnee fiel . . .

Weil der fränkische Geleitzug auch München berühren mußte, wurden die schweren Wagen in Hall am Inn auf weitausladende Pletten gezogen, um dann in Wasserburg wieder auf festes Land gesetzt zu werden. Doch schon in Rosenheim hatten sie vertragsgemäß das Mägdlein Loni an die Heftstecken gebracht, weil in Nußdorf der Anlegeplatz durch eine Gewitterflut zerstört worden war.

Da stand sie nun, die junge Lindnerin; weh war ihr ums Herz. An wen sollte sie sich jetzt wenden? An den Vater? An den Rieder? An den Gemeindevorsteher Mösner in Kiefersfelden? Oder an den Reitstetter vom Zacherlhof? – Lauter Möglichkeiten, doch keine ersprießliche! Und wenn sie zum Klausner auf Kirchwald ginge? Der war doch seinerzeit auch bisweilen in ihr Vaterhaus gekommen . . . Und der Michael Schöpfl strahlte doch so viel Gutsein aus . . .

Während sie so überlegte, kam ein stattlicher Mann von der Stadt her auf den Ländplatz. Er schaute sie länger, als es schicklich gewesen wäre, an und fragte: »Deandl, wart'st du auf wen?«

»Warten grad nit, aber i möcht' nach Nußdorf!«

»Da kann i dir helfen! I wart' nämlich auf mein'n Schiffzug; da kannst mitfahr'n.«

»Gelt's Gott!« erwiderte sie und schwieg dann; denn der Mann schien ihr sowas wie ein Schürzenjäger zu sein.

»Wo g'hörst denn in Nußdorf hin?« fragte er wieder.

»Auf'n Kirchwald will i, zum Bruder Klausner!«

»Bist leicht a ganz a Fromme, so was wira Betschwester?«

»Kannt scho sei'!« entgegnete sie kurz.

»Schad um di!« antwortete er. »Bist a nett's Dingerl! Aber 's muaß aa Betschwestern geb'n, weil wir Mannsbilder allweil fluach'n und schweinigeln!« –

Jetzt nahte der Schiffzug, und der Mann ging ihm bis zum Fluß hinab entgegen, nicht ohne der Loni den schweren Mantelsack zu tragen. Dem Stoirer auf der Kranzlbrücke rief er zu, daß das Deandl zu Nußdorf abzusetzen sei.

»Woll, woll, Schiffmoaster!« antwortete der, und zwei Knechte packten Mädchen und Mantelsack, – und schon zogen die Rösser wieder an. –

Auch an der Lände in Nußdorf nahm sich das Schiffsvolk nur soviel Zeit, das Mädchen abzusetzen, – und gleich ging's weiter.

Der Tag neigte sich.

Loni stand jetzt bei den Heftstecken, neben sich den schweren Mantelsack mit ihren Habseligkeiten. Jetzt weinte sie und fragte sich, was sie tun sollte. Den Mantelsack konnte sie nicht hier liegen lassen; und zum Klausner hinauf hätte sie ihn nicht zu tragen vermocht. Sie setzte sich hin auf den noch warmen Uferkies. Ein Pärchen Wildtauben flog dem nahen Auwald zu. Im Inn schnappte dort und da noch ein Fisch nach einer Fliege, weil seine Abendmahlzeit nicht ausgereicht hatte. Ein paar badelüsterne Schwälbchen stürzten sich noch in das sachte dahinrinnende Wasser, flatterten auf und zwitscherten, – das klang fast wie ein Jauchzen. Blutrot ging die Sonne hinter dem Rosenheimer Schloßberge unter; die Nacht zog auf.

Loni zerrte den Sack mühsam unter einen Weidenstrauch, entnahm ihm die Wolldecke, die ihr die Nürnberger geschenkt hatten, weil es in den Alpentälern schon frostig gewesen war. Sie hüllte sich darein, schlug sich über den Kopf noch einen Schal, – und während die Wellen des Flusses melodisch an die Uferarchen schlugen, schlief sie ein.

Am anderen Morgen nach der Frühmesse rannten die zwei Ministranten hinüber zum Ländplatz, um vielleicht einen Fisch zu fangen. Wie sie nun so durchs Ufergestrüpp krochen, sahen sie das in eine Roßdecke gehüllte Bündel, aus dem zwei Schuhe herausschauten. Da bekamen sie's mit der Angst zu tun und machten sich aus dem Staube. Beim hochwürdigen Herrn Vikar Johann von Sielenbach meldeten sie – ganz außer Atem – was sie gesehen hatten. Er schickte sie zum Vorsteher Simon Lindner, der sich eben im großen Wassertrog seines Hofes den behaarten Brustkorb wusch. Weil sie einen derartigen Haarpelz auf einer Menschenhaut noch nie gesehen hatten, verschlug es ihnen zunächst die Sprache. Erst als er sie herzhaft anbrüllte, fingen sie zu reden an.

Der Ortsgewaltige vermutete einen Unglücksfall oder gar ein Verbrechen und folgte den Buben, ohne sich noch lange abzutrocknen. Als sie an die Heftstecken kamen, siehe, da kroch die Loni just unter dem Weidenboschen heraus und rieb sich die Augen.

»Deandl!« sagte der Lindner und legte seine wuchtige Hand auf den Kopf des Mädchens. Dabei rannen ihm ein paar große Tränen in den Bart, so daß er nichts mehr sagen konnte. Er packte den Mantelsack und die Roßdecke. Stumm nebeneinander schritten sie durch das starke Hoftor und betraten die große Stube.

Mit der Miene der Gehörigkeit sagte die Magd, die jetzt die Bäuerin war: »Guat, daß d' wieder dahoam bist, Loni!« – Und richtete für beide das Frühstück.

Als sie's ihnen aufgetragen hatte, ließ sie Vater und Tochter allein, denn irgendwo draußen zeterten zwei kleine Kinder . . .

Ein paar Tage drauf hatte sich das Ereignis im ganzen Dorfe herumgesprochen. Auch der Klausner Bruder Michael erfuhr es; und als am Wochenende der Rieder auf den Kirchwald kam, hatte auch er es bereits in Kiefersfelden erfahren. Nun begann bei der weiblichen Dorfpostille ein großes Rätseln, denn es standen zu viele Fragen offen, die einer allseitigen und intimen Beschnarchung bedurften. Leider war – ums Verrecken! – niemand greifbar, der über den Aufenthalt der Loni im Welschland hätte Auskunft geben können. Nicht einmal darüber war man informiert, auf welche Art und Weise sie jetzt auf den Nußdorfer Ländplatz gekommen war; man wußte lediglich, daß ein kleiner Geleitzug des Schiffmeisters Rieder von Erl sie abgesetzt hatte. Weil dieser Eigner jedoch nicht greifbar war, tappte man weiterhin im Dunkeln.

Immerhin, soviel wußte man, daß sie damals nach dem halbnackerten Theaterspiel – oder war's etliche Monate später – mit dem Buam vom Archenbaumeister ins Welschland gezogen war. Der lausige Gesell hatte zwar noch die Eierschalen hinter den Ohren, aber schon zwei Deandln geschwängert gehabt. Für den war die Lindnerin sicherlich der richtige ungarische Speck gewesen, denn sie war scharf wie Paprika.

Sonst konnte man ihr alles in allem kaum am Zeug flikken, zumindest vorläufig nicht. Aber man wird sehr aufpassen müssen, wie sie's jetzt mit dem Rieder zu halten gedenkt. Hoffentlich läßt er sich nicht wieder breitschlagen, grad jetzat, wo er sich mit dem Bruder aufm Kirchwald angefreundet hatte! Schad wär's! Is er doch so a rechtschaffen's Mannsbild und so a schneidiger Gesell! Grad zum Nei'beiß'n! . . .

Die Loni aber zeigte sich den Dorfratschen, diesen giftgeschwollenen Nattern, nicht und nicht! Bis sich auf einmal das Gerücht verdichtete, sie leide an einem fürchterlichen Husten, so fürchterlich, daß es bisweilen aussehe, als wolle er ihr die Lunge herauswürgen.

Dieses Gerücht war nun – Gott sei's geklagt! – auf eine traurige Wahrheit gegründet! Denn seit der Fahrt durch die kalten Alpentäler und der Nacht unter dem Weidenholz an der Innlände, war dieser Husten von Woche zu Woche rauher und heimtückischer geworden, obwohl Anna, die jetzige Lindnerbäuerin, ihr immer wieder gekochten Leinsamen auf die Brust legte. Schließlich ließ der Vorsteher einen physicus von Rosenheim kommen. Der horchte das Mägdlein ab, untersuchte sie von oben bis unten und erklärte dann dem Lindner allein, daß sie völlig erschöpft sei und keine Abwehrkraft mehr aufbringe, so daß man früher oder später mit einem Blutsturz zu rechnen habe. Man werde gut daran tun, den Pfarrer von dieser schlimmen Lage zu unterrichten.

Das geschah.

Der Vikar Johann Andre von Sielenbach begab sich mit dem Sterbesakrament auf den Lindnerhof. Er nahm der Loni die Beichte ab und reichte ihr die Krankenölung; denn schließlich sei auch die ein Sakrament, und Sakramente hätten nicht selten eine fast wunderbare Heilung erzielt. Alle, die dabeistanden, staunten über die Gelassenheit des Mädchens, mit der sie den letzten Dingen entgegensah, so daß manche meinten, allein schon diese Haltung grenze an ein Wunder.

Die Nacht verlief ruhig, ebenso der Morgen des folgenden Tages. Am Nachmittag – ob man's für möglich halten sollte? – ritt Wolfgang Rieder in den Hof ein. Der Klausner-Bruder Michael war bei ihm gewesen und hatte ihm berichtet. Simon Lindner, der die ganze Nacht bei seiner Tochter zugebracht hatte und nach dem Mittagessen kurz eingeschlafen war, erhob sich sofort und begrüßte den jungen Mann, führte ihn zur Loni in die Kammer – und ging wieder.

Von Schmerzen gezeichnet und von den Strapazen Venedigs ausgelaugt und zusammengerackert, lag das Mädchen wie eine Wachsfigur in den Kissen. Mit einem mißglückten Versuch, zu lächeln, hauchte sie: »Daß du zu mir kommst, hätte ich nie und nimmer erwartet!«

»Warum auch nit?« antwortete er. »Ich hab dir zu danken für eine sehr schöne, wenn auch sehr kurze Zeit.«

»Dafür hab ich dich bitter enttäuscht.«

»Loni, es hat keinen Taug, im Moorwasser herumzustochern! Denk eher daran, wie wir uns kennengelernt und dann gemeinsam in der Kiefer in Lieb und Freud angefangen haben! Vergiß, daß es dann anders gelaufen ist! Auch ich hab ein gerüttelt Maß an Schuld dazu beigetragen.«

Da rannen ihr Tränen über die Wangen: »Was bist du doch für ein guter Mensch.«

»Sag das nit, Loni: Sag lieber, unser Herrgott ist gut. Und er ist auch darin gut, daß er dich hier aufs Krankenlager geworfen hat. Wer weiß denn schon, was er damit bezweckt? Wir wollen nit rechten mit ihm, sondern wir wollen uns in seinen Willen hineinbegeben, so wie wir in einen Mantel hineinschlüpfen in der Hoffnung, daß er uns wärmt. Unsere Schwachheit aber und unser Versagen wollen wir seiner Barmherzigkeit anheimstellen; weiß er doch, daß wir schwach sind und aus uns selber heraus nichts tun können, aber auch gar nichts!«

Immer noch weinend, langte sie ihm eine Hand hin und sagte sehr zart: »Vergelt's Gott, mein lieber Mann!«

Da küßte er sie auf den Mund und – ging. Er mußte gehen, weil auch er sonst geweint hätte – und seine Tränen glaubte er ihr nicht zeigen zu dürfen, wenn anders er ihr das Sterben nicht noch schwerer machen wollte . . .

Vier Tage später, als der erste Schnee fiel, trug man sie zu Grabe. Da waren doch weiß Gott! alle Theaterleut zugegen, – nur der eine nicht!

Der Einsiedler Michael und Wolfgang Rieder hatten ebenfalls an der Beerdigung der Lindnertochter teilgenommen und waren im Trauerzug gleich hinter der Verwandtschaft mitgegangen. Als dann nach der Beendigung der Zeremonie auch sie zum traditionellen Leichenmahl geladen wurden, baten sie um Verständnis und lehnten ab. Unverzüglich begaben sie sich hinauf zur Klause, um ein paar Stunden vor dem Wunderbild der Madonna zu beten; zu beten vor allem für die ewige Ruhe der Heimgegangenen.

Darauf bereitete ihnen der Bruder eine Brotzeit: eine Scheibe Selchspeck, den ihm eine wallfahrtende Bäuerin mitgebracht hatte, und Bauernbrot vom Samerberg, – auch das Geschenk eines Wohltäters. Sie unterhielten sich dabei über die Loni, – und mittendrin kam die Frage über Wolfgangs weiteres Leben auf.

»Du hattest einmal«, sagte der Einsiedel, »den Wunsch geäußert, die Klause mit mir zu teilen. Wie stehst du heute zu dieser Absicht?«

»Lieber heut als morgen!« entgegnete der Rieder.

»Lieber heut als morgen!« wiederholte der Bruder bedächtig. Und fuhr dann fort: »Auch ich hab mir's durch den Kopf gehen lassen, bin aber am End zur Überzeugung gekommen, daß es unmöglich wär'. Nicht das Einsiedlerleben als solches, aber das Einsiedlerleben hier am Kirchwald, hoch über Nußdorf.«

»Kann mir schon denken, wie du es meinst, Bruder Michael! Die Leut hier kennen mich; sie wissen, daß ich die Loni geschwängert hatte, als sie fast noch ein Kind war. Sie legen mir ihre Fehlgeburt zur Last; sie verurteilen, daß ich sie mit in die Kiefer verzogen habe und folglich, daß sie dort bei der Theaterei dem welschen Gesellen in die Hände gefallen war. Ich – so wird's heißen – bin daran schuld, daß sie ihm ins Welschland nachgefolgt ist, und am End bin ich auch an ihrem Tod schuldig, denn ich war letzten Endes der Urheber ihres gesamten Verfalls und ihres Niedergangs.«

»Wolf Rieder, jetzt schüttest du das Kind mit dem Bade aus! Wer die Loni gekannt hat und wer den Lindner kennt, der macht sich seinen Reim dazu; der wird auch sagen, daß der Apfel nicht weit vom Stamme fällt. – Insofern aber hast du recht, daß ein vorbelastetes Leben dir hier am Kirchwald zum Problem werden würde. Du könntest nicht bestehen!« –

Darauf schwiegen beide.

Sie schwiegen eine lange Weile, bis Bruder Michael Schöpfl wie aus heiterem Himmel das Wort sprach: »Wolf Rieder, du mußt von hier verschwinden! Begib dich nach München, wo du – schon wegen deines seligen Vaters, des Pflegerichters – sicherlich eine ansehnliche Stellung zu gewärtigen hast. Und sollte es dich überkommen, ein Weib zu freien, dann hast du in der Landeshauptstadt weiß der Himmel! ganz andere Möglichkeiten, als das Pflänzchen eines Hofbauern vom Inntal in den Alkoven zu holen! Und erst wenn man sachte dabei ist, dich in dieser Gegend zu vergessen, erst dann – und nicht früher! – dürftest du zurückkehren!«

»Diese Rede ist hart!« erwiderte der Rieder. »Muß ich sie schlucken?«

»Wenn dir eine andere, eine brauchbarere, einfällt, stehe ich nicht an, die meine fallen zu lassen. – Denk darüber nach! Übereil nichts! Hier geht's um das Glück deines Lebens. Ich will zum Heiligen Geist beten, daß er dir mit seinen reichen Gaben besonders nahe sei!« – Der Rieder kehrte nach Kiefersfelden zurück.

Und überlang begab es sich, daß er sich auf der Auerburg wieder einmal ein Roß lieh und nach München ritt . . .

In der Landeshauptstadt machte in jener Zeit ein Mann von sich reden, der famose doctor medicinae universalis Johann Joachim Becher aus Speyer, den sich der Kurfürst Ferdinand Maria zum Leibarzt erkoren hatte – ein Mann von quirliger Tatkraft, so recht angetan, den zum Einschlafen sich rüstenden Münchner Hof aufzuschrecken. Er war es auch, der damals – nach Karl dem Großen – den Rhein-Main-Donau-Kanal wieder in Erinnerung brachte, wie er denn überhaupt der Volkswirtschaft für das Gedeihen eines Staatswesens hohe Bedeutung beimaß. Einiges Aufsehen erregte eine seiner vielen Schriften, gewidmet seiner Durchläuchtigkeit dem Herrn Kurfürsten von Bayern; darin heißt es:

>>*Es sei allergnädigst erlaubt, auf die Armut des Landes Bayern aufmerksam zu machen, in dem aber noch zehnmal mehr Menschen leben könnten, wenn man Nahrung schaffen wollte. Die Münchner sind neidisch gegen die Fremden. Es gibt in Bayern Hofbediente, Adel, Geistlichkeit, Soldaten, Bürger, Bauern und Gesindel.*
Von diesen sieben Bevölkerungsklassen sind nur Bürger und Bauern nahrhafte Leute. Alle anderen leben von den beiden. Das drückt auf diese beiden. Und so ist von Ihnen in Wirklichkeit auch nur ein Zehntel nahrhaft. Höchstens hundert im Lande besitzen ein Hauptvermögen; die anderen haben kaum, um auf acht Tage vorauszuleben. Es muß daher auf Vermehrung der Bürger und Bauern Bedacht genommen werden. Auch herrscht im Lande Unordnung, Plackerei und Grobheit. Man lockt aber keine Fremden ins Land, wenn sie nur Haß und Neid zu erwarten haben. Man muß endlich den beiden Prinzipalständen des Staates eine rechte Ordnung verschaffen. – Der Bauernstand weiß nicht, soll er teures oder wohlfeiles Getreide anbauen; und der bürgerliche Handwerker, eingewickelt in die Narrenkappe der Zünfte, findet keinen Absatz, betrügt aus Not und hat keinen Segen.<<

Das waren unbestritten gute Gedanken, in harte Worte gefaßt. Und der brave doctor Becher bot auch gleich einige Verbesserungsvorschläge an. Es sollten in München errichtet werden: ein Kaufhaus, ein Werk- und Arbeitshaus und viele Manufakturen. Mit diesen und ähnlichen Plänen fand Becher Zustimmung bei Hofe, so daß er die Dinge sofort in Angriff nahm.

Gerade zu diesem Zeitpunkte nun traf Wolfgang Rieder in München ein. Er sprach bei der Hofkammer vor, bei welcher sein verstorbener Vater kein Unbekannter war. Und er wurde von da unverzüglich an die Kanzlei des Herrn doctor Becher verwiesen. Hier prüfte man seine Fähigkeiten. Und weil man sah, daß er das Rechnungswesen der gesamten Kiefersfeldener Kohlenbrennerei allein geführt hatte, übertrug man ihm die Organisation des einzurichtenden Arbeitshauses im Münchner Stadtteil Au an der Isar.

Das war im Frühjahr 1660.

o-o-o-o-o

Arbeitshaus und Heimkehr

Daß man mit der Errichtung des Arbeitshauses zuerst in München begann, hatte seinen besonderen Grund. Es galt vor allem die Herden der Bettler aus dem Weichbild der Stadt zu entfernen. Das Betteln war für die Stadt zu einer Plage, um nicht zu sagen, zu einer Bedrohung geworden. Bei einer Bewohnerzahl von etwa fünfundzwanzigtausend gab es mehr oder weniger dreitausend Bewohner – Männer, Weiber und Kinder – die miternährt werden wollten. Dazu kam, daß viele dieser Leute Geschädigte des vergangenen dreißigjährigen Krieges waren und geradezu ein Recht auf die Unterstützung seitens der Heilgebliebenen zu haben glaubten – was gemeinhin verständlich war, denn diesen Krieg hatten alle verloren, auch die Städter! Nur waren die hinter festen Mauern gehockt, während die anderen – die Bauern und Häusler und die kleinen Handwerker – die Qualen von Brandschatzung, Vergewaltigung und Schwedentrunk hatten erleiden müssen.

Kein Wunder also, daß sie dieses ihr Recht mehr und mehr mit der Miene der Gehörigkeit, wenn nicht gar mit Arroganz einforderten. Dabei stellte man fest, daß die größere Bedrohung nicht so sehr vom männlichen, als vielmehr vom weiblichen Geschlecht ausging. Mädchen und junge Frauen, die von der oft unmenschlichen Soldateska geschändet worden waren, fanden – einmal erwacht – keinen Partner, geschweige denn einen Ehemann; so streunten sie gierig und heißhungrig durch Stadt und Land und scheuten sich nicht, bei Gelegenheit Jünglinge und brauchbare Männer in ihre Dienste zu zwingen. Mancher Tote und Verstümmelte an den Rändern von Wald und Flur lieferten davon ein beredtes Zeugnis.

Diese vorhandenen und irrsinnig vergeudeten Kräfte galt es in den Arbeitshäusern zu sammeln und einem vernünftigen und nutzbringenden Endzweck zuzuführen.

Darum hatte der Kurfürst Ferdinand Maria in der Au ein übergroßes Haus als Doppelhaus bauen lassen, hie Männer, hie Frauen. Handfesten Bauernknechten und kernigen Kuhmägden sollte die Betreuung des hier eingelieferten Personenkreises obliegen. Betreuung war am Anfang eher ein euphemistischer Ausdruck; Zwangsarbeit hätte es heißen müssen. Denn wer jahrelang durchs Land gestrichen und seinen Gelüsten nachgegangen ist, hat den Sinn für das Bibelwort »Im Schweiße deines Angesichts sollst du dein Brot essen« restlos verloren. Dieser Sinn mußte wiedererweckt, aufgeweckt und gefördert werden: darin gipfelte die Betreuung.

Außerdem mußte diesen Frauen, die oft einen ganzen Schwarm Bettelkinder hinter sich herzogen, beigebracht werden, daß sie sich dieser ihrer Kinder anzunehmen, sie zu erziehen hätten. Denn das geschah nicht. Im Gegenteil, manche Mütter schreckten nicht davor zurück, ihre Kinder zu verkrüppeln oder deren Wunden durch allerhand giftige Stoffe zu vereitern. Die so geplagten armseligen Wesen schickten sie dann – Mitleid heischend – allein zum Betteln aus, während sie selbst als »Lustige Fräulein« sich in dunklen Gassen und schummerigen Lauben zu weiterer Verwendung anboten.

Unter den bettelnden Männern sah man viele Kriegsversehrte, die nach Maßgabe ihrer Möglichkeit gern einer Beschäftigung nachgegangen wären, wenn es für sie eine solche gegeben hätte.

Hier setzte Wolfgang Rieder den Hebel seiner Betreuung an: Er beschaffte Webstühle, Schusterbänke und Tischlerwerkzeuge jeglicher Art und richtete im Arbeitshause für die Männer entsprechende Werkstätten ein. Er kümmerte sich bei Fachlieferanten um erforderliche Rohstoffe und bei den Handelsleuten um den nötigen Absatz fertiger Produkte. Im Hause der Frauen war die Küche für alle vorgesehen; im übrigen aber herrschte strenge Separation. Für die im gesamten Arbeitshause einsitzenden dreißig Männer und ebensovielen Frauen, standen dem jungen Manne fünf g'standene Mannsbilder und zehn handfeste Frauen aus der Zunft der Strickerinnen zur Seite. Sie hatten sich um Zucht in den zwei Sprengeln zu kümmern und jede ernsthafte Übertretung der Hausordnung zu melden. Die gegebenenfalls erforderliche Ahndung des Vergehens war den Schergen der Hofkammer vorbehalten. – Es erwies sich, daß die Männer handsamer waren als die Frauen, weil bei diesen Eifersucht und Mißgunst alles Tun und Lassen mitbestimmten.

Der Kurfürst, dem das Arbeitshaus sehr am Herzen lag, versäumte nicht, dem Rieder wiederholt seine Geneigtheit zu bekunden, weil sich die Moral und die Leistung der Insassen von Monat zu Monat steigerten, so daß mancher und manche, die »unverbesserlich« im Hause eingekommen waren, nach knapper Jahresfrist nur unter Trauer und Tränen der Freiheit zurückgegeben werden konnten.

Doktor Becher war kurfürstlicherseits gehalten, das gesamte Unternehmen und die Ausfuhr der erarbeiteten Güter zu überwachen. In einer Eingabe an Ferdinand

Maria konnte er sich nicht enthalten, die bäuerliche Hartköpfigkeit und Kleinigkeitskrämerei der bayerischen Handelsherren zu beklagen. Besonders hart griff er die Wollmanufaktur an, die durch den Verkauf roher Wolle ins Ausland den Staat insofern schädigten, als dreißigtausend Menschen mehr im Lande ernährt werden könnten, wenn sich die Herren zur Einsicht bequemen wollten, das wertvolle Gut im Inland verarbeiten zu lassen.

Seine Klage fand jedoch bloß taube Ohren. Noch mehr: Die Handelsherren befürchteten, der Kurfürst strebe mit seiner Arbeitshausidee für den Hof ein Wirtschaftsmonopol an, so daß es in Bayern sogar zu einem Konkurrenzstreit oder Handelskrieg kommen könnte. Eine unausdenkbare Situation!

Ist es da verwunderlich, daß Ferdinand Maria sein Bestreben, die wirtschaftliche Lage des Landes aufzubessern, in den Wind schlug? Dies tat er vor allem deshalb, weil andere Sorgen ihm das Gemüt umdüsterten: die männliche Erbfolge im Kurfürstentum. –

Damit war nun auch Wolfgang Rieders so trefflich eingerichtetes Arbeitshaus in der Au zweitrangig, um nicht zu sagen, letztrangig geworden. Doktor Becher verlor alles Interesse daran und verließ die bayerische Landeshauptstadt. Der Rieder »wurschtelte« noch ein paar Jahre so dahin – nicht um der Sache willen, sonder aus Gründen seines persönlichen Fortkommens. Als dann endlich der ersehnte Thronfolger Max Emanuel zur Welt kam und die Theatiner – von der Frau Kurfürstin gerufen – in München einzogen, liebäugelte er sogar eine Zeitlang mit dem Gedanken, in diesen geistlichen Orden einzutreten. Weil es sich aber sehr bald zeigte, daß diese welschen Religiosen und die in München ansässigen Jesuiten einander nicht rosig gesinnt waren, schlug er sich das Vorhaben aus dem Kopfe und besann sich wieder auf den Kirchwald.

Hier, hoch über Nußdorf, versah der Klausner Michael Schöpfl seinen Dienst an den Wallfahrern zu seinem römischen Wunderbild wie eh und je. Er war fromm und gottergeben, und der Himmel segnete sein Wirken. Es ist ein »Mirakelbuch« aus dieser Zeit erhalten geblieben, darin verschiedene wunderbare Begebenheiten aufgezeichnet sind, Begebenheiten, die uns das Wirken der himmlischen Frau zu Gunsten leidender Menschen einprägsam dartun. Das »Mirakelbuch« umfaßt zweihundertfünf Ereignisse, die sich von 1644 bis 1753 begeben haben und die dem jeweiligen Klausner wert schienen, der Nachwelt mitgeteilt zu werden. Es sind Anliegen Hilfesuchender aus Nußdorf und Umgebung bis nach Indersdorf und bis hinein ins Tirol. Meist waren es Bauern, vor allem aber deren Frauen, die in Kindsnöten nach Hilfe schrien, vor allem dann, wenn der Bader oder der physikus keinen Rat mehr wußte. Einige dieser Anliegen aus der Zeit seien hier erwähnt:

»Da ist Hans graf, ledigen Stands, mit seinem leiblichen Bruder Sebastian ins Etschland gefahren, um Wein zu kaufen. Aus irgendeinem Grunde sind ihm plötzlich die Rosse scheu geworden. Durch den jähen Schrecken wird er aus dem Sattel gehoben und fällt unter den Wagen. Er erleidet zwei Rippenbrüche. In dieser seiner Not sucht er die Hilfe der 'guettigsten Samariterin Maria in

dero hilffreichem Bildnis am Kirchwald, welche sich mit dem Öl und Wein ihres Beystands alsbald spüren läßt', so daß er nach erhaltener Genesung glücklich und gesund nach Hause kommt.«

»Als der wohlehrwürdige in Gott geistlich hochgelehrte Herr Franciscus Clingensperger, der dem Vikariat allhier zu Nußdorf als ein wachsamer Seelenhirt zehn Jahre lang nach allen seinen Kräften löblichst vorgestanden, erkrankte er in der Folge an einem innerlichen Leibeszustand, genannt die Schwarze Galle. Als dann das Leiden immer heftiger ward und sein Magen keine speise mehr verkochte, also daß er gezwungen war, nicht nur die Stillmittel von den Doctoren und Apotheken zu gebrauchen, sondern auch etlichemale nach Salzburg in die Kur zu reisen, wodurch aber dieser gefährliche Zustand nur wenig gemindert wurde, sah er keinen anderen Ausweg, als sich auf den Tod vorzubereiten. Er schrieb daher mit eigener Hand seinen Namen in das quatemberliche Gedächtnisbuch der Verstorbenen, deren man allhier alle Quatembersonntage zu gedenken pflegt. Indem er sich sodann zu Gemüte führte, wie daß so viele bedrängte Menschen bei dem gnadenreichen Bildnis Unserer Lieben Frauen am Kirchwald Hilf und Trost finden, faßte er eine Hoffnung, alldorten ebenfalls Hilfe zu erlangen. Er nahm sich vor, zu diesem Zwecke dort eine hl. Messe zu lesen und auch ein Opfer zu hinterlegen. Und es ist ihm eine derartige Hilf zuteil geworden, daß er noch das eine und andere Jahr allhier gewest, hernach aber und bis auf den heutigen Tag

*das Vikariat Hendorf bestermaßen versehen tut. –
Er hat auch zwei schöne silberne Herzlein an das
Gnadenbild gehängt, was nicht nur ich, sondern
die ganze Gemeinde Nußdorf bezeugen kann.«*

*»Margaretha Kaglin vom Mühltal, ledigen Stan-
des, hat sich hierher zu Unserer Lieben Frauen
Im Kirchwald verlobt, weil sie in einer Kalkgrube
in augenscheinlicher Lebensgefahr gestanden
war, als sie darin Steine klaubte. Urplötzlich und
ganz unerwartet ist da die Grube zusammengefal-
len und hat sie vom Kopfe bis zur Leibesmitte
gänzlich verschüttet. Die schwere Last der Steine
und der Erde hat ihr das Kreuz völlig abgeschla-
gen, so daß die Dabeistehenden weder zu raten
noch zu helfen wußten. Dann haben sie aber ihr
ganzes Vertrauen auf die seligste Himmelkönigin
und Jungfrau im Kirchwald gestellt und angefangen, die Kaglin aus der Erde zu scharren. Gott
und der seligsten Jungfrau sei höchstschuldiger
Dank gesagt: jetzt ist sie wieder frisch und gesund.«*

*»Als der züchtige Jüngling Geörgl Lagler aus der
Gritschn als Schiffer unterwegs war und das Auf-
legeramt verrichtete, ist er vom Schiffseil unverse-
hens ins Wasser geschlagen worden. Während er
fiel, waren seine Gedanken und ersten Worte: 'Jesus, Maria, jetzt ist's um mich geschehen!'. Darauf dünkte ihn, er sehe das Muttergottesbild vom
Kirchwald vor sich, das ihm zurief, er solle sich
nicht fürchten, es werde ihm nichts geschehen.
Außerdem vermeinte er Unsere Liebe Frau im*

Bilde vor sich zu sehen, solange er unter Wasser war, – und das dauerte so lange, als man ain g'säzl vom Rosenkranz betet. Indessen beteten auch die anderen Schiffleut um Versöhnung für das Heil seiner Seel' – da kommt er neben einer Roßzille, in der sein Vetter Caspar Lagler war, über das Wasser empor und erreicht die Zarge auf der Seite dieser Zille. Sein Vetter Caspar zieht ihn heraus und befreit ihn. Aus Dankbarkeit seiner Befreierin, der Mutter Maria, gegenüber läßt er in Kirchwald eine hl. Messe lesen und besucht das heilige Bild, andächtig betend, bis zur Stund.«

Es war zwar noch nicht zu spät, doch hoch an der Zeit, daß Wolfgang Rieder im Herbst 1666 auf den Kirchwald zurückkehrte; denn Bruder Michael Schöpfl kränkelte. Man brauchte sich darüber nicht zu wundern, denn tagaus-tagein verließ er morgens seine elende Behausung, besuchte unten in Nußdorf den Gottesdienst und begab sich danach wie eh und je zu dem und jenem Bauer, wo man ihn ein wenig verpflegte. Daß er dabei dort und da auch einen Krankheitskeim auffing, war nicht zu vermeiden. Auch stellte er schon seit längerem an seinen aufgedunsenen Beinen fest, daß er Wasser im Leibe hatte; das machte ihm recht zu schaffen und beschwerte ihn beim Gehen. Nicht selten mußte er sogar bei widriger Witterung seinen Gang ins Dorf ausfallen lassen und auf seinem Strohsack liegen bleiben, weil er sich kaum noch erheben konnte, ohne befürchten zu müssen, er werde zusammenbrechen.

Da kam der Rieder zurecht. Er sah den Jammer. Er zog kurzerhand eine Kutte vom Bruder Michael an, schlüpfte auch in dessen Tageslauf und Gewohnheiten hinein und versorgte ihn in allem.

Bruder Michael wies ihn in die Aufgaben des Klausnertums ein und machte ihn auf die Gefahren aufmerksam, denen junge Einsiedler ausgesetzt seien im Umgang mit dem anderen Geschlecht. Zu jener Zeit hatte sich nämlich gerade das tragische Ereignis mit dem Einsiedler auf der Allgäukapelle bei Sachsenkam begeben. Der dort eingestandene Klausner hatte sich nicht zu beherrschen vermocht; er war den Bauernmägden nachgeschlichen, wenn sie in aller Herrgottsfrühe zur Feldarbeit ausgezogen waren, hatte ihnen zuerst fromme und dann weniger fromme Dinge erzählt, so daß sie lüstern wurden. Darauf hatte er ihre Lüsternheit befriedigt und so drei dieser Dirnen geschwängert. Das hatten ihm die Bauernburschen mit Recht verargt, waren ihm nachgegangen und hatten ihn erstochen: »So kann es gehen, lieber Bruder Wolfgang, wenn der Einsiedl aufs Beten vergißt! Wenn du dereinst nach meinem Hingang mit der Gnade Gottes in meine Fußstapfen treten solltest, dann sei vor allem und über alles aufs Beten bedacht! Denn du mußt bedenken, daß vielleicht Millionen Menschen das Bedürfnis hätten zu beten, aber die Ruhe und die Stille nicht haben, die wir Klausner ganz ohne unser Zutun genießen. Das sollten wir als eine Gnade betrachten. Der liebe Herrgott hat uns in seiner überreichen Güte auserkoren, mit der Gabe der Beschaulichkeit begnadet zu werden; nützen wir sie und halten wir uns bereit für den Empfang jener Leuchtungen, die er jenen bereitet, die sich ihm mit ganzer Seele, aber auch mit allen Kräften des Leibes ergeben! Denn was sind schon die paar Verzückungen in den Armen des Weibes angesichts der freudigen Erfahrungen, deren wir gewürdigt werden! – Bedenk das, lieber Bruder, und sei tapfer dir selbst gegenüber!« – Je weiter es dann in den Winter hineinging, desto mehr verschlimmerte sich der Gesundheitszustand des lieben Bruders Michael. Wolfgang Rieder blieb das nicht verborgen. Er bat den Vikar von Nußdorf, dem langsam Dahinsiechenden die Sterbesakramente zu reichen. Als er danach mit dem Geistlichen vom Kirchwald wieder hinunterging ins Tal, fragte er ihn: »Hochwürdiger Herr, was muß ich tun, daß ich die Nachfolge des Einsiedls antreten könnte, falls er nicht wieder auf die Beine kommt?«

»Hab mir's doch gedacht, daß du solches im Schilde führst!« erwiderte der andere und fuhr fort: »Ich freue mich darüber! So wird manches, was dir von deinen früheren Jahren her anhaftet, lautlos abgetan und verschwinden; und unser lieber Kirchwald mit seinem wundertätigen Gnadenbilde erhält einen neuen, würdigen Beschützer. Um aber auf deine Frage zu antworten: Zum ersten mußt du den neuen Ortsvorsteher um seine Zustimmung bitten; – das werde ich besorgen. Zum anderen mußt du vom Archidiakonat Chiemsee urkundlich als Eremit beglaubigt werden. Ich werde dir ein schönes Schreiben mitgeben.« –

Der Schöpfl und der Rieder begingen das Weihnachtsfest noch gemeinsam in der Kirchwalder Klause, einer elenden, von unten her angefaulten Hütte, durch die der Gebirgssturm von fast allen Seiten hereinpfiff. Am

Nachmittag, nachdem der Vikar unten in seiner Dorfkirche die Vesper gehalten hatte, kam er mit dem allerheiligsten Sakrament herauf und reichte es dem vor Kälte zitternden Bruder Michael. –

»Habt ihr denn kein Holz?« fragte er den Rieder.

»Holz haben wir schon; doch das gehackte ist zu naß und die Scheiter sind gefroren. Bruder Michael hat sie nicht mehr sägen können, und ich selber bin zu spät auf den Kirchwald gekommen!«

»Ich lasse euch eine Fuhre bringen!« Damit verabschiedete sich der Vikar.

Die Fuhre kam, doch dem Schöpfl half sie nicht mehr. Er verfiel zusehends, und sein Herz konnte das im Körper aufsteigende Wasser nicht mehr verarbeiten.

Am Neujahrstag 1667 besuchte ihn der Vikar noch einmal. Er dankte ihm für die dreiundzwanzig Jahre, die er auf dem Berge verbracht hatte, auch für die Wohltaten, die er den Wallfahrern in dieser Zeit erwiesen, vor allem aber für sein Gebet.

Bruder Michael vermochte diese Dankesworte nur noch mit einem schmerzvollen Lächeln zu quittieren; reden konnte er kaum noch, weil er dabei stets von einem erstickenden Hustenanfall geschüttelt wurde. Am End trat noch ein leichter Blutsturz hinzu, von dem sich der arme Mann nicht mehr befreien konnte.

So schied er mit kaum fünfundvierzig Jahren in den Armen seines Nachfolgers am 19. Jänner 1667 aus dem Leben. »Sein Leib ist zu Nußdorf in den Friedthoff begraben worden.« Mit diesen Worten schließt der Chronist den Bericht über das bewegte, heiligmäßige Leben eines Mannes in der Blüte der Jahre ab. – – –

In jener Nacht soll – so wird erzählt – Gunda, die sitzengebliebene Tochter des Burgvogts von Obernberg, einen bösen Traum gehabt haben . . .

Der Brand am Samerberg

Mit dem »schönen Schreiben« des Vikars Johannes Meger von Nußdorf ritt Wolfgang Rieder auf einem Auer-
burger Gaul, den er sich – wie schon oft – geliehen
hatte, an den Chiemsee. In Prien mußte er das Roß einstellen, war doch der See noch zugefroren; auf einem
Hundeschlitten gelangte er auf das Eiland Herrenwörth, wo der Fürstbischof von Chiemsee, ein Suf-
fragan von Salzburg, seinen Sitz hatte. Er suchte beim
Herrn Erzdiakon Rupert um eine Audienz nach und
ward auch bald vorgelassen. Herr Rupert entstammte
einer Familie von kleinen Leuten und hatte es nur wegen seiner übergroßen Liebenswürdigkeit zur Stellung
eines Arcidiacons gebracht. Er hörte sich die Bitte Rieders an, las die Schreiben des Vikars und des Vorstehers der Gemeinde Nußdorf aufmerksam durch und
bekundete große Freude darüber, daß dem Kirchwald
ein unmittelbarer Nachfolger beschieden sein sollte.
Als er sich dann noch nach Rieders Herkunft erkundigt
und erfahren hatte, daß der ein Sohn des einstigen Pflegerichters Benedikt Rieder von der Auerburg war und
als Rechnungsführer in der Kohlstatt gearbeitet, desgleichen das kurfürstliche Arbeitshaus zu München
miteingerichtet hatte, beglückwünschte er den jungen
Mann zu seinem Entschluß und versicherte ihn jeglichen geistlichen Beistands.
Der Rieder kam wieder auf den Kirchwald. Als er sich
hier im Nachlaß seines Vorgängers umsah, erkannte er
nicht ohne große Bedenken, daß die Gebetshütte des
Gnadenbildes wie auch der Klause ganz und gar heruntergekommen waren und daher einer umgehenden

Neuerung bedurften. Ohne zu zaudern begab er sich abermals zu Herrn Rupert im Chiemsee und trug ihm sein großes Anliegen vor »und haltet um gnädigen Consens an, welcher ihm auch verwilliget worden, wenn er sich getraue, ohne Schaden und Unkossten anderer Gottsheiser mit eignen Mitln oder Beihilff guter Patrone auszukhomen«.

Das war ein Wort!

Sogleich begann der Rieder »in alle weitten herumbzuziehen« und Almosen zu sammeln, so daß er noch im Sommer dieses 1667er Jahres, und zwar am 27. Juli, den Anfang machen konnte. Es sollte »ein neues rechtes Kürchlein in Mauer« werden, etwas höher und tiefer im Walde, auf einem ebenen Platze, ungefähr »einen Mußquetenschuß« weit von der Klause entfernt.

Daß es dem jungen Manne in der Klausnerkutte gelang, in der Zeit eines halben Jahres das nötige Geld aufzutreiben, war nicht zuletzt auch der Tatsache zuzuschreiben, daß er der Sohn des vormaligen Pflegerichters war, und auch wegen seines irren und wirren Verhältnisses zu einer Nußdorfer Vorsteherstochter von sich reden gemacht hatte. Konnte man's denn überhaupt glauben, daß ein so »sauberner G'sell«, für den sich manch zuckriges Mägdlein alle zehn Finger »abg'schleckt« hätt', sich eine verschwitzte Kutte übergeworfen hatte und ein Leben führen wollte wie ein Waldschratt? – Weiß der Himmel, Sachen gibt's, die gibt's gar nicht! . . .

Als nun der Grundstein – vom Vikar Meger und dem Benefiziaten Josef Schweindl aus dem Rosenheimer Spital gesegnet, durch Herrn Albrecht Eizenberger, Wirt von Nußdorf, gelegt worden war, ließen sich die Nußdorfer und die Rossersberger nicht lumpen und halfen mit ihrer Hände Arbeit »theils halbe, theils ganze Täg, theils zwei, theils drei oder vier Stund'; etliche mit Pferd und Wagen im Zueführen von Bauholz, Sandt, Khalch und Stein – alles um Gottes willen ohne Lohn . . .«

Nach zweijähriger Bauzeit war alles »zur Vollkommenheit gerichtet« und der Archidiakon vom Chiemsee kam am 14. April 1670 mit acht anderen geistlichen Herren. »Alle lasen eine heilige Messe und der Dekan Sauer hat eine schöne Predi' getan.«

An diesem 14. April, einem freundlichen Frühjahrstage, waren so viele Wallfahrer am Kirchwald zusammengekommen, daß die Wiese um das neue Kirchlein herum ganz und gar verstellt war. Und als dann der stattliche Dekan Pater Sauer seine zündende Rede von der im Freien aufgestellten Kanzel herab gehalten hatte, erfaßte das viele Volk eine solche Begeisterung, daß sie den Bruder Wolfgang Rieder bestürmten, nachdem er das Kirchlein erbaut habe, nun auch zu erwirken, daß es geweiht werde. Auch die beiden Ortsvorsteher von Erl und Nußdorf wurden an Ort und Stelle stark bedrängt, sich die Kirchenweihe angelegen sein zu lassen.

Der Bruder, von Glück und Freude überwältigt, versprach, sich umgehend beim fürsterzbischöflichen Konsistorium in Salzburg, der zuständigen kirchlichen Behörde, zu verwenden.

Nun galt aber schon damals das Wahrwort, daß Gottes Mühlen und die Ölquetschen seiner Beamten langsam mahlen . . .

Wolf Rieder begab sich also zunächst zum edelgestrengen Stadthauptmann und Pfleger, Herrn Maximilian Richl, nach Rosenheim und bat um eine »ergebliche Interzession« in Salzburg: sie wurde ihm gegeben. Drauf reiste er an den Chiemsee und ersuchte den Archidiakon um eine »guette Rekommentation«: auch diese erhielt er. Und von den beiden Vorstehern hatte er eine »diemüettige Supplication« bereits in seinem Mantelsack.

So ausgerüstet, ritt er nach Salzburg, klopfte beim Consistorium alleruntertänigst an und ersuchte um Gehör. Indes, er hatte das Wort von der Kirchenweihe noch nicht ganz ausgesprochen, überfuhr ihn der hochgelehrte Wolfgang Fridrich Freyherr von Laiming mit einem derartigen Redeschwall, daß ihm hören und sehen

verging. Der noble Mann erklärte, es sei ein Unfug, immer mehr neue Kirchen zu bauen, die nicht hinreichend dotiert seien. So würden den alten Kirchen die Opfergelder geschmälert, und sollte es dann geschehen, daß die eine oder andere wegen Baufälligkeit in Not geriete, vermöchte keine mehr der anderen beizuspringen, und die eine müßte zugleich mit der anderen zu Grunde gehen. – Die Bitte sei also rundweg abzulehnen!

Wolf Rieder hatte jedoch von seinem gottselig im Herrn entschlafenen Vater die richterliche Fähigkeit und Ausdauer gelernt und erklärte hartnäckig, die Argumentation des ehrenfesten Freiherrn von Laiming treffe auf sein Kirchlein mitnichten zu, indem daß es bereits mit zweimal fünfzig Gulden dotiert sei und keiner anderen Kirche zum Schaden gereichen könne; und er unterbreitete die Schenkungsurkunden.

Da mußte sich der andere – volens nolens – zu einem Rückzieher bequemen, – doch nur zu einem halben: Einer Weihe des Kirchleins stimmte er nicht zu, »doch dürfte an zwayen werchtagen wochentlich super portatili die heilige Messe gelesen werden«, – worüber sich der Stadthauptmann von Rosenheim vernehmen ließ, daß es demnach auch unter der Clerisei ausgekochte Federfuchser gebe, die ein hündisches Ergötzen daran fänden, den lieben Mitmenschen zu peinigen und zu pisacken und ihn so ihre »Superioritatem (Überlegenheit)« spüren zu lassen. –

Nach diesem Erfolg kehrte Bruder Wolf Rieder auf seinen Kirchwald zurück. Weil die Klause, die sich der Vorgänger Michael Schöpfl gebaut hatte, von unten her zu verfaulen begann – was wohl eine Mitursache seines frühen Todes gewesen sein mochte – richtete sich der Rieder eine Klause über der Sakristei seines neuen Kirchleins ein, die hinter dem Choraltar stand. So war er nicht bloß der Bodenfeuchtigkeit ledig, sondern fühlte sich auch mit einbezogen in das kleine Gotteshaus, dem es freilich nicht gegönnt war, das allerheiligste Sakrament zu beherbergen.

Pfarrer Fritz von Erl, der vordem einmal Vikar in Nußdorf gewesen war, ließ es sich nicht nehmen, einen Felderumgang zwischen diesen beiden Orten durchzuführen und den Himmel um Gedeihen der Feldfrüchte und um Segen für die Mühen und Plagen der Bauern zu bitten.

Da trug auch Bruder Wolfgang sein wundertätiges Marienbild unter der Schar der frommen Beter mit. Das machte großes Aufsehen in der ganzen Gegend, besonders unter den G'stand'nen; denn die hatten manches, was in Rieders jüngeren Jahren geschehen war, noch nicht ganz vergessen und wärmten es jetzt wieder auf, wenn sie sonntags nach dem Gottesdienst oder – wie eben jetzt nach dem Umgang – im Wirtshaus beisammensaßen. Da setzten sie sich gern um den alten Eizenberger herum, der am langen Tische stets das Sagen hatte. Und weiß der Himmel! der Altwirt konnte erzählen!

»Dös müaßts enk scho sag'n lassen: Der jung' Rieder is wia sei' Vatern, den i kennt hab: ein ehrenfester Mann! Wie eam dös mit der Lindner-Loni passiert is g'wen, da is er herganga und is ins Holz g'fahr'n wia der letzte Knecht. A andrer hätt' dös Weiberts sitz'n lassen. Wie 's aber nacher aus war mit'm Lindner, da hat der d' Loni packt und mitanand sans in d' Kieferer Kohlstatt, wos a ganz a nei's Heiserl kriagt hab'n. Drauf is aber der Welsch' kemma, der Hallodri, und hat eams 's Weiberl verzog'n. I hätt' den G'sell'n derschlog'n, bei meiner Seel'! Aber der Rieder is aufi nach Minga, und der Herr Kurfürst hat'n zu ein'm verdienten Herrn Direktor g'macht – in sein'm Arbeitshaus in der Au.«

»Wieso is er nacher dort nit blieb'n?« fragte einer.

»Ja mei«, entgegnete der Eizenberger, »unser liaber Herrgott braucht'n halt droben im Kirchwald . . .!«

»Schmarrn! A solchener G'sell sollt' heiraten!« –

Hinter dem Schanktisch war die Maria gestanden, die junge Wirtin, die vor fünf Jahren den Georg Weiß von Törwang geheiratet hatte – auch ein Wirtssohn – wie's damals eben so der Brauch war: Geld muß zum Geld! – Die Maria hatte dem Vater so aufmerksam zugehört, daß er sie jetzt an ihre Schankpflicht erinnern mußte. Sie wurde verlegen und lief an ihrem schlanken Halse ganz rot an und beeilte sich, die leeren Krüge zu füllen.

Maria Eizenbergerin war nämlich auch eine von jenen lieblichen Nußdorfer Töchtern gewesen, die in einem geheimen Winkel ihrer Herzkammern das Bild des Rieders aufgestellt hatten. Auch sie war bisweilen wachsweich geworden; und auch jetzt überkam es sie manchmal noch ganz zweideutig – gerade wenn sie an der Seite ihres Eheherrn ruhte: . . . Vater unser, und führ mich nit in Versuchung . . .!

Sie empfand es hart, daß sie ihrem Manne nach fünf Ehejahren noch kein Kind geschenkt hatte. Dazu die scheelen Blicke ihrer Altersgenossinnen, bei denen schier jedes Jahr die Wehmutter einkommen mußte. Maria wollte also etwas unternehmen, etwas ändern!

Sie hatte bisher nur die eine Möglichkeit erwogen, nämlich auf den hinteren Samerberg zur alten Rizza zu gehen und sich für ihren Mann ein Tränklein mischen zu lassen. Jetzt, nach der Erzählung des Vaters, wäre es wohl auch möglich – und leichter durchführbar! –, wollte sie sich erst einmal dem Bruder Klausner anvertrauen. Gewiß, er wird ihr keinen Trank herrichten; er könnte aber einen guten Rat geben und auf ihre Frage antworten, ob sie nun zur Rizza gehen solle oder nicht. Denn schließlich ist er ja kein Geistlicher wie der Vikar oder der Pfarrer, sondern ein gesunder, junger Mann, der vor Jahren selber mit einem Weiberts Wesens gehabt hatte. Er muß doch auf diesem Gebiete bewandert sein! Freilich war da höchste Vorsicht geboten, denn wehe, wenn die Leut' erführen, daß sie zum Rieder auf den Kirchwald gelaufen war – etwa bei Nacht und Nebel – ohne ein Laternenlicht! Andererseits konnte das aber nur zur Nachtzeit geschehen, weil sie am Tage in der Wirtschaft sein mußte! Ihrem Eheherrn brauchte sie ja nichts zu sagen, denn der war viel unterwegs; wie aber sollte sie's mit dem Vater halten? Und wenn sie selber ihm ein Säftlein bereitete? Einen harten Schlaftrunk? Hart mußte er schon sein, der Trunk, weil der Vater all seiner Lebtage – auch im Dreißigjährigen Kriege als Betreuer der herzoglichen und kurfürstlichen Schiffe zwischen Kufstein und Wasserburg – sich um den Durst der Herrschaften zu kümmern hatte – und dabei auch den eigenen Durst natürlich nicht vergaß . . .

Maria Weiß, geborene Eizenbergerin, Gastgebin zu Nußdorf am Inn, überlegte hin und her, doch es wollte ihr nichts Brauchbares einfallen; im Gegenteil, jetzt verwirrte sie auch noch der Gedanke an den Einsiedl.

Denn wenn es ruchbar würde, daß sie sich nächtens zu ihm geschlichen hätte, – kein Mensch würde ihnen abnehmen, daß sie nichts miteinander gehabt hätten! Dann wäre nicht nur sie bloßgestellt, sondern vor allem er. Er müßte spornstreichs den Kirchwald verlassen, am besten gleich in eine andere Gegend ziehen, wo niemand in seiner Vergangenheit herumstochern könnte. – Nein! das durfte sie ihm nicht antun, gerade jetzt nicht, wo er Kirche und Klause neu erstellt hatte!

Den ganzen Herbst quälte sich Maria mit solchen Gedanken herum und gelangte zu keinem brauchbaren Entschluß.

Da fügte es nun der Himmel, daß an einem föhnigen Oktobertage am hinteren Samerberg ein Feuer ausbrach. Alle Mannsbilder, die einigermaßen Zeit hatten, eilten mit ledernen Eimern zur Brandstätte und erkannten schon aus der Ferne, daß es die alte Bruchbude der Rizza war. »Wahrscheinlich hat sie ihre Latwergen gekocht oder ihre Heilsäfte destilliert!« meinte der Herr Vikar, der sich seinen Leuten angeschlossen hatte. Doch diese Bemerkung ging im allgemeinen Trubel unter.

Als sie dann näher hinzukamen, sahen sie, wie die Nachbarn soeben die alte, verrunzelte Frau heraustrugen; sie mußte offensichtlich bei einer Tätigkeit am Herdfeuer von einer Ohnmacht überrascht worden sein, denn sie schaute ganz entgeistert um sich und fuchtelte hilflos mit den dürren Armen herum. Ein paar Männer, die sich in das brennende Häuschen hineinwagten, trugen einige Habseligkeiten heraus, etliche irdene Töpfe voller Salben und eine ganze Menge von Säckchen und Beuteln, die mit getrockneten Kräutern angefüllt waren.

Jetzt griffen auch die Nußdorfer zu und schütteten Eimer um Eimer des Brunnenwassers in die Glut. Am End kam auch noch der Einsiedler-Bruder daher und versuchte zu helfen. Doch da gab es nichts mehr zu retten: die alte prasseldürre Bude – ein Armenhaus der Gemeinde – war restlos verbrannt.

Inzwischen war auch der alte Wirt Eizenberger mit dem Ortsvorsteher in der Chaisen dahergekommen, doch zum Retten reichlich zu spät. Als der Eizenberger die arme Rizza etwas abseits liegen sah – in der Geschäftigkeit hatten sie das arme Luder ganz vergessen – sagte er zum Vorsteher und zum Vikar: »Bis ihr a Loch habts, wo sie einaschlupf'n ko, bleibt sie bei mir!« – Über dieses Wort waren die beiden Gemeinderegenten von Nußdorf sehr froh, hätte doch keiner von ihnen gewußt, wohin man die Traumdeuterin, Zukunftsseherin, Wahrsagerin und Fruchtabtreiberin hätte bringen sollen. Und weil er an der Brandstätte nichts Ersprießliches hätte tun können, ließ er das Weib auf seine Chaisen laden und fuhr heim.

Im Laufe dieser angebrochenen Nacht kamen alle Nußdorfer, die am Samerberg geholfen hatten, zum Eizenberger in die Wirtschaft, um sich einen Trunk der Danksagung zu gönnen; denn darin gipfelt die Größe des g'stand'nen Mannsbild's, zu wissen, wann er sich selber etwas schuldig ist! . . .

Auch der Vorsteher, der Herr Vikar und der Klausnerbruder Wolf Rieder kamen. Sie setzten sich zum Gastgeb an den Stammtisch, weil an diesem Tische kein Schmarrn, sondern nur Grundsätzliches geredet wurde.

Sagte der Vorsteher: »Es ehrt den Vikar ebenso wie den Einsiedl, daß sie ohne Ansehen der Person der menschlichen Not zu Hilfe geeilt sind!«

»Ob 's die Rizza verdient hat, darf man füglich bezweifeln!« entgegnete der geistliche Herr.

»Hätt'st sie wohl lieber dem Feuertod preisgegeben, wie es die Hexen zu Mühldorf haben erfahr'n müassen?« ließ sich fragend der Eizenberger vernehmen.

»Das grad nit!« antwortete der Vikar. »Wenngleich sie mir manchen Prügel und Stolperstein vor die Füaß g'worfen hat.«

»Moanst die Engelmacherei?« fragte der Vorsteher weiter und machte dabei ein etwas spitzbübisches Gesicht.

»Da lassens sie sich zuerscht die Frucht zerstör'n, dann kriagens a schlecht's G'wissen und rennen zum Vikar, wie wenn der's wieder heil macha kannt! – Von der Sünd' lossprechen, dös ko der scho; aber 's Jahr drauf mach'ns es wieder. So kommt, woaß der Himmel! koa tätige Reue nit zustand', wenn d' bloß aufn Samerberg schleicha muaßt!«

Das war eine harte Rede, und sie war so laut und deutlich gesprochen, daß jeder der in der Gaststube versammelten Männer sie vernahm. Und mancher schaute betreten auf den Bierkrug, den er vor sich stehen hatte. Es ist eben nicht immer leicht, dem Vertreter des göttlichen Gesetzes freiweg in die Augen zu schauen . . .

Hinterm Schanktisch stand das Wirtstöchterl Maria; auch sie hatte alles vernommen und dachte sich: Die einen lassen die Kinder umbringen, und die andern kriag'n koa! Dann betrachtete sie den Bruder Rieder von der Seite, weil er gerade so schön schräg vor ihr am Stammtische saß: Is do' wirkl' a sauberner G'sell! Und so liab schaugt er drein! – Mit dem muß sie reden, grad' jetzt, wo sie die Rizza im Hause hat! Er soll ihr sagen, ob sie sich bei der Alten einen guten Rat holen soll oder nicht! Wenn andere sie aufsuchen, um sich die Leibesfrucht 'rausreißen zu lassen, dann kann es doch kein Fehler sein, wenn man sie fragt, wie eins zu einer Leibesfrucht kommen kann! – Und weil sie sah, wie der Bruder sich sachte zum Gehen rüstete, huschte sie zum Vater hin und flüsterte ihm etwas ins Ohr. Er nickte, und sie verschwand nach hinten hinaus.

Etliche Minuten drauf verabschiedete sich der Einsiedl vom Stammtisch und wünschte allen eine gesegnete Nacht.

Als er im Hinterhofe bei der Scheune vorbeiging, sprach ihn Maria unterm Tennentor leise an. Er erschrak nicht, sondern näherte sich und betrat mit ihr die ganz finstere Tenne. Sie redete auf ihn ein, hastig und verschreckt und wirr durcheinander, so daß er erst nach einiger Zeit verstand, was sie von ihm wollte.

Dann sagte er: »Maria, ich weiß schon, wo's brennt. Laß mir eine Woche Zeit! In dieser Woche will ich dein Anliegen Unserer Lieben Frau am Kirchwald vortragen. Danach treffen wir uns wieder!«

Er sprach's und ging.

Da überkam die junge Frau eine große Ruhe im Herzen . . .

Nicht so den Einsiedl.

Es war ja kein Kunststück gewesen, die hintergründigen Gedanken und unterschwelligen Gefühle zu erahnen, von denen die Wirtstochter beseelt war, als sie ihn in die Scheune gebeten hatte. Zu sehr hatte ihr Herz bei dem Bericht über ihren zweifellos starken Kummer geflattert, als daß ihm ihre weibliche Not dahinter verborgen geblieben wäre. Und er war kein Holzklotz . . .

Doch auf dem Heimwege zu seiner Klause rief er sich die Unterredung mit seinem Vorgänger – kurz vor dessen Tode – ins Gedächtnis zurück. Gerade dieses Problem hatte Bruder Michael damals angesprochen und hatte ihn zur Wachsamkeit aufgerufen. Diesen Aufruf sah der Rieder jetzt als Verpflichtung an. Als er auf die Höhe des Kirchwaldes kam, warf er sich in seinem Kirchlein vor das Wunderbild Unserer Lieben Frau nieder und rang und betete bis zum frühen Morgen. Darauf ging er zum Gottesdienst nach Nußdorf hinunter; – da schien es, als hätte er den Teufel der Lüsternheit in dieser Nacht in die Flucht geschlagen. Darauf kehrte auch in seinem Herzen die Ruhe ein.

Dann überlegte er, was der Weiß-Maria zu raten sei. Sollte er sie der Rizza ausliefern, die jetzt in ihrem Hause wohnte? Es war nicht zu leugnen, das Weib verfügte über Erfahrungen und Kenntnisse, die die Vorväter aus dem reichen orientalischen Wissenschatze ihr mochten anvertraut haben. Denn es ließ sich nicht verkennen, daß diese ägyptischen und babylonischen Altvordern schon hohe geistige Reichtümer zusammengetragen hatten, als im Abendland noch die stockdunklen Sprüche der Etrusker und der keltischen Druiden die Herzen ihrer Untertanen mit Schaudern erfüllten – lange, lange, bevor die Heilslehre Christi in die Welt kam. Es wäre also in hohem Maße sträflich, diese Reichtümer, mit denen und von denen die Menschen Jahrtausende lang gelebt hatten, jetzt einfach in den Wind zu schlagen, nur weil sie sich nicht nahtlos in das Rüstzeug der christlichen Moral einfügen lassen wollten . . .

Der Klausnerbruder Wolf Rieder kam also sachte zur Überzeugung, Maria sollte sich neben dem Gebet mit ihren Anliegen voller Demut auch der Einsicht dieser

wissenden Frau anvertrauen und ihre Ratschläge hören. Das sagte er ihr, als er nach der Sonntagsmesse ihr
vor der Wirtschaft begegnete.

Die junge Wirtin war indessen bereits mit Rizza ins Gespräch gekommen, weil diese ihr aus den Augen gelesen hatte, daß etwas nicht im Lot war; und Maria hatte
den ganzen Wust ihrer Seele bei ihr abgeladen. Darauf
war – was der Einsiedler angenommen hatte – die
Seherin an ihr tätig geworden: mit Latwergen und Tink-
turen, mit Einläufen und Schwitzkuren hatte sie die
verklemmte Wirtstochter traktiert; sogar für ihren
Eheherrn hatte sie ein Liebesträncklein zusammenge-
braut. Das alles erzählte Maria dem Einsiedl und be-
freite ihn damit von der Mühe einer längeren Besprechung, die möglicherweise am End hätte dumm ausge-
hen können.

Mit einer großen Dankbarkeit in der Brust kehrte Wolfgang Rieder auf seinen Kirchwald zurück.

Und siehe, am 7. Jänner 1676 schenkte die Wirtstochter
Maria Weiß einem gesunden Knaben Casimir zur
Freude des Großvaters – nicht so sehr des Vaters –
das Leben.

o-o-o-o-o

Drittes Buch

Der Sohn des Gastgebs

*»Nicht Hammerhiebe, sondern
der Tanz des Wassers rundet
den Kiesel zur Schönheit«*
Rabindranath Tagore

Der Plan des Grafen Preysing

Die heiligen drei Könige – so erklärte der Altwirt
Albrecht Eizenberger bei jeder passenden, bisweilen
auch unpassenden Gelegenheit – hatten der Familie
den Stammhalter gebracht. Und er fühlte sich in seiner
Freude bemüßigt, für das ganze Dorf ein stattliches
Fest auszurichten, zu dem wegen der grimmigen Kälte
leider nur die Umwohnenden kommen konnten. Unter
die tafelnden Gäste hatte sich auch die weissagende
Rizza einreihen müssen, woraus die wissenden Frauen
sofort folgerten, der kleine Casimir habe der alten
Hexe viel, wenn nicht sogar das Leben, zu verdanken.
Während sich also der Altwirt wie ein Schneekönig
freute, hatte es mit dem Jungwirt und Vater des Kindes, Georg Weiß, sein eigenes Bewenden. Niemand
wußte so recht, ob er krank oder gesund war, ob er mit
der Maria Eizenbergerin nur durch einen sogenannten
»G'schaftlhueber« verkuppelt worden war oder ob er
sie echt gern hatte. Er ging nicht aus sich heraus, kümmerte sich auch nur wenig um die Gastwirtschaft, sondern machte sein Geld mit dem Viehhandel. Bei den
Bauern war er beliebt und – wie es hieß – auch bei
manchen ihrer herzhaften Töchter. Und etliche, die
vorgaben, es genau zu wissen, meinten sogar, er veraus-
gabe sich in seinem Geschäft so sehr, daß für die Eizenbergerin nicht mehr viel übrig bleibe. Gleichwohl, niemand wußte Genaueres. Als man aber jetzt allenthalben merkte, daß ihm der Stammhalter nicht sonderlich
viel bedeutete, begann man sich von neuem für seine
Auswärtsbeziehungen zu interessieren. –
Monate vergingen, die Zeit verstrich, der kleine Casi-

mir ging in sein drittes Lebensjahr. Siehe, da brachte eines Tages der Korbmacher, der von einer Verkaufstour heimkehrte, die Nachricht mit, im Chiemgau hint' an der Grenz', gehe die Red', der Nußdorfer Viehhändler habe sich dort eine Maid angelacht und habe von ihr bereits zwei Kinder gewonnen. Und nicht nur das! Weil er auch irgendeinem der »Lustigen Fräulein« angewohnt habe, sei er von einer Malefranzenseuche angesteckt worden und wage sich jetzt nicht mehr heim, um nicht auch noch sein Weib zu vergiften.

Diese Meldung – ob sie stimmte oder nicht, muß dahingestellt bleiben – erzeugte in der Gemeinde einiges Aufsehen, besonders bei den Betroffenen. Weil man aber die ganze Zeit schon immer gemunkelt hatte, daß in der Wirtschaft der Haussegen nicht mehr gerade hänge, verlor sich das Gerücht bald: Was soll's denn auch?

Die Bauern, die Innschiffer und die Handelsleut' kehrten nach wie vor gerne beim Eizenberger ein; ließ er sich doch ebenfalls nichts anmerken. Frau Maria konnte anfangs ihre Betroffenheit nicht gut verbergen; nachdem sie aber in einer lauen Sommernacht dem Schiffmeistersohn vom Neuen Beuern Einlaß in ihre Kammer gewährt hatte, war das Gleichgewicht ihres Herzens wiederhergestellt. Dazu verlangte die Sorge um das Söhnchen Casimir, ein zartes Kind, viel Aufmerksamkeit, wenngleich auch der Großvater Albrecht tatkräftig die Erziehung mitbestimmte. –

Als der Bub dann in sein fünftes Lebensjahr ging, erkannte man allenthalben an ihm eine beachtliche geistige Begabung, und der Vikar Adam Trumblschlager erbot sich, ihn auf kindliche Art mit der lateinischen Sprache vertraut zu machen. Darauf wollte auch der

Einsiedl nicht untätig bleiben und fing an, ihn mit Lesen und Schreiben sanft zu traktieren, – getreu der langjährigen Absicht seines Vorgängers, am Kirchwald eine Schule zu errichten.

★

Doch mit der Lehrtätigkeit des Klausners Wolfgang Rieder nahm es ein jähes Ende, denn der liebe Herrgott hatte auch seinem Leben ein jähes Ende gesetzt. Die Ursache seines Todes ist nicht recht erkundbar, doch scheint er den Strapazen seines Alltags nicht mehr gewachsen gewesen zu sein, und auch die Münchner Jahre waren nicht spurlos an ihm vorübergegangen. Ein »erschröcklicher Hustenanfall cum convulsionibus« soll ihm den Tod gebracht haben.

Es hatten sich jedoch schon zu seinen Lebzeiten zwei junge Männer um die Mitgliedschaft als Einsiedler auf dem Kirchwald beworben: ein Frater Godefried Weymayr und ein Bartholomäus Lagler aus Seilenau bei Nußdorf. Der Frater scheint sich aber mit dem Lagler nicht recht verstanden zu haben, so daß dieser nach Jahresfrist den Kirchwald wieder verließ. Darauf übernahm Godefried auch den Unterricht des Knaben Casimir Weiß aus der Nußdorfer Wirtschaft. Und weil das Kind ungeahnten Lerneifer bekundete – auch beim Herrn Vikar Trumblschlager – traten die beiden Lehrer mit dem Vorschlag an die Mutter heran, sie möge doch den Buben in die Domschule nach Freising geben, weil berechtigte Hoffnung bestünde, daß er dereinst zur Würde des Priestertums gelangen könnte.

Frau Maria, auf der mit dem zunehmenden Alter des Vaters auch die Plage und die Verantwortung immer härter drückten, nahm diesen Vorschlag gerne auf, – nicht zuletzt auch deshalb, weil sie so ihr persönliches Leben freier gestalten konnte, ohne die Augen des Sohnes mahnend und warnend über sich zu wissen.

Der alte Wirt, der das etwas ungezügelte Leben seiner Tochter immer wieder mißbilligte, machte ihr deshalb bitterböse Vorhaltungen, als sie ihm ihre Absicht bezüglich des Sohnes mitteilte. Es war für ihn nicht einsichtig, daß ein Weib nach einem Jahrzehnt tiefer Enttäuschung – sozusagen vor Torschluß – sich noch nach dem Manne sehnte.

Da bewies aber die Tochter ein ungeahntes Stehvermögen und bat den Vikar, die Sache ihres Sohnes in Freising zu betreiben. Der tat das und erfuhr seitens des bischöflichen Consistoriums eine echte Unterstützung: Casimir Weiß wurde – zehnjährig – am Domberg in Freising unter die Sänger und Scholaren aufgenommen, konnte dort – mit Ausnahme von jeweils drei Wochen zu Weihnachten, zu Pfingsten und im Sommer – lernen, wohnen und essen und ging so ganz sachte von den klassischen in die philosophischen und theologischen Studien über. –

Ein Jahr reihte sich ans andere; der alte Eizenberger segnete das Zeitliche; Frau Maria Weiß übernahm die Wirtschaft. Jetzt, nachdem sie allein war und selbständig über ihr Tun und Lassen bestimmen konnte, blühte das Geschäft wieder auf, nachdem der Vater zuletzt die Kraft nicht mehr gehabt hatte, dem Ganzen vorzustehen.

Casimir, der – wie erwähnt – jährlich dreimal nach Hause kam, scheute sich trotz seiner zunehmenden Gelehrtheit nicht, seiner Mutter am Schanktisch und im Keller zur Hand zu gehen. Und weil er ein feiner und korrekter Gesell war, machte er bald – flußauf, flußab – von sich reden. Zwischen Rosenheim und Kufstein beeilten sich die flügge gewordenen Mägdlein, während dieser Ferienzeiten bei der Nußdorfer Wirtschaft vorbeizuschauen und einen wohlmeinenden Blick aus seinen schönen Augen zu erhaschen. Mehr erhaschten sie freilich nicht, denn ihm war die Züchtigkeit ins anmutige Antlitz geschrieben; da prallten auch die gekonntesten Liebäugeleien ab wie der Regen von der Ölhaut. Zudem gehörte Casimir Weiß zu jenen Scholaren, die nicht aus einer familiären Zwangshaltung heraus, sondern aus Freude am Lernen und an der Wissenschaft ihre Studien betrieben. Darum hätte es der junge Mann als Verrat an sich selbst angesehen, wenn er sich die Dirnlein angelacht hätte. Diese Zurückhaltung mochte seiner Mutter nicht so recht gefallen, träumte sie doch schon die ganze Zeit davon, den Sohn bei der bevorstehenden Vergrößerung und der damit verbundenen Verwaltung der Gastwirtschaft an ihrer Seite zu wissen.

Seit dem Tode des Klausners Wolfgang Rieder war es auf dem Kirchwald bisweilen zugegangen wie in einem Taubenschlag: Einsiedler waren gekommen und waren wieder gegangen, hatten die Klause beschnuppert und die Dörfer im Umfeld berochen – bisweilen sogar in unehrlicher Absicht, wie es eben in den Jahren der allgemeinen Verwilderung nach dem großen Kriege fast gang und gäbe war, bis auf einmal die Klause »An der schwarzen Lacke« auf der gegenüberliegenden Seite des Inntals, hinter Brannenburg, plötzlich ins Gespräch kam.

Da hatte sich 1659 der Eremit Georg Tanner auf einer Art Terrasse ungefähr hundertsechzig Ellen über dem Inntal, neben einem moorigen Tümpel, eine hölzerne Klause gebaut und darin auch ein liebliches Muttergottesbild aufgehängt. Der Herr der Hofmark, Ferdinand von Hundt, war von der Einfalt und Frömmigkeit dieses Eremiten derart angetan, daß er unverzüglich die moorige Lacke mit Schutt und Steinen zuschütten ließ – zum einen wegen der Gesundheit des dort hausenden Einsiedlers, zum anderen wegen der Pilger, die sich alsbald bei dem Bilde der liebenswürdigen Mutter Christi einfanden. Da wiederholte sich nun das gleiche fromme Schauspiel vom Kirchwald: in kleinen Gruppen und großen Prozessionen strömten die Christen aus nah und fern herbei, um der himmlischen Frau auf Schwarzlack ihre Reverenz zu erweisen und ihre Bitten zu unterbreiten.

Hier begegnet uns wieder – wie so oft in der Geschichte – daß sich neben einem Verfall gleichsam als Ausgleich ein Aufstieg entfaltet. Hauptursache ist der Übergang der Hofmark Brannenburg in die Hände der Grafen von Preysing-Hohenaschau-Neubeuern. Diese noblen Herren waren auf Grund ihrer Bergwerksgerechtsame sehr reich, auch ein wenig bauwütig wie die Wittelsbacher, desgleichen religiös und von hoher sozialer Einstellung. Kein Wunder, daß sie es sich zur Ehre anrechneten, das von den Vorgängern überkommene Marienheiligtum auf Schwarzlack zu hüten und zu pflegen und ihm jedwede Gunst zu erweisen. –

Und wie die Zufälle halt so spielen: Eines heißen, gewitterigen Augusttages im Jahre 1697 kam Graf Max von Preysing über den Samerberg mit großem Gefolge hereingeritten, um sich in Nußdorf über den Inn setzen zu lassen, hinüber nach Brannenburg. Kaum waren sie der Weiß'schen Tafern ansichtig geworden, gab es kein Halten mehr: Roß und Mann, vom Herrn Grafen bis zum letzten Knecht, stürmten in den Wirtshof hinein und rauften sich schier um einen schattigen Platz unter den üppig belaubten Bäumen; und alle schrien ihren Durst aus den rostigen, ausgetrockneten Kehlen. Ein Glück, daß sich der »filius hospitalis« (Gastwirtssohn) im Hause aufhielt. Er hatte Ferien. Sofort war er zur Stelle und Maria, die Mutter, mit ihm.

»Junger Mann«, schrie der Graf, »wenn du nicht willst, daß der Preysing und seine Leut' vor Durst krepieren, dann schlag die Zapfen ein und laß es rinnen!«

»Euch wird gleich geholfen sein, gnädigster Herr!« antwortete Casimir und rief alle zusammen, drei Knechte und drei Mägde.

Was sich jetzt im Wirtsgarten tat, hätte sich vor einem Kampfeinsatz dramatischer nicht vollziehen können. Casimir zapfte ein Faß um das andere an; die Knechte und Mägde rannten mit den Bierkannen schier um die Wette, während sich die Wirtin beim Stammtisch, wo die Herrschaften saßen, mit Geselchtem zu schaffen machte. Das gab ein Schmatzen und ein Rülpsen reihum, denn die Berggesellen von Hohenaschau waren nicht zimperlich; ihr Herr aber, der Graf, hatte sich an ihre rauhen Sitten gewöhnt.

Als jedoch einige darangingen, sich mit den Mägden herzhafter zu befassen, gab er dem Obersattelmeister einen Wink. Der erhob sich am Stammtisch, knöpfte sich die Gelüstigen kurz vor und zog ihnen seine Reitpeitsche einmal übers Gesicht. Damit war die ins Wanken geratene gräflich-preysing'sche Hausordnung wiederhergestellt, und die Sauferei nahm ihren Fortgang.

Nach zwei Stunden kippte der eine und der andere seitlich vom Hocker und suchte sein Heil unter dem Tische. Weil aber solches in Bergmannskreisen durchaus nicht abwegig war, nahm es kaum einer zur Kenntnis, sondern jeder war bestrebt, durch unentwegten Biergenuß dem Herrn Grafen alle Ehre zu erweisen. Als es Abend zu werden begann, hatte der Sattelmeister von der Kiefer her eine hinreichend große Plette besorgt, auf der Roß und Mann – ob nüchtern oder sternhagelbesoffen – auf die Brannenburger Seite übergesetzt werden konnten. Es war aber auch höchste Zeit gewesen, denn einige erreichten kaum noch die Wirtschaftsgebäude des freiherrlich Hundt'schen Schlosses.

Dieses beabsichtigte der Herr von Preysing demnächst zu kaufen.

Vor seinem Aufbruch in Nußdorf hatte er sich noch mit Casimir Weiß in ein Gespräch eingelassen und dabei erfahren, daß der sich mit dem Gedanken trug, die geistliche Laufbahn einzuschlagen.

»Wenn dir das gelingt«, hatte er dem jungen Manne gesagt, »dann melde dich beim Preysing! Er wird dir bei der Schwarzlack-Mutter-Gottes ein Kirchlein bauen, damit du dort für das Heil der Seelen arbeiten kannst. Merk dir das!«

Dann war er seinen Leuten auf die Plette gefolgt . . .

Es war ein guter Tag für die Weiß'sche Tafern gewesen, und Graf Max hatte der Wirtin fast den doppelten Zechbetrag in die Hand drücken lassen. Als die Sonne unterging, saßen Mutter und Sohn in der guten Stube beisammen und ließen das überraschend hereingebrochene Ereignis noch einmal an sich vorbeiziehen.

»Er will mir auf Schwarzlack ein Kircherl bauen!«
sagte Casimir zur Mutter.

»Und du willst wirkli' unser ganzes Sach' drangeben
und a Pfarrer werden?« fragte Maria mit einem weh-
mütigen Unterton in der Stimme. »Bist doch a sauberner G'sell und kannt'st leicht a geldig's Deandl
kriag'n.«

»Mag schon sein, Mutter« erwiderte er. »Wenn ich mir
aber das Zusammenleben zwischen Männern und Wei-
bern – nit bloß das eure! – so vorstelle, nacher is
mir's, wie wenn mi oaner an der Gurgel packat und wür-
gat. Was taugt dann das ganze schöne Sach' da, das wir
hab'm, und das viele Geld, das i erheirat'n kannt,
wenn's im G'müat nit stimmt? Ob du mir's glaubst oder
nit, Muatta: I möcht' amal a Klausner werd'n.«

Frau Maria schwieg eine längere Weile, dann meinte
sie: »Armer Bua, den Floh hat dir der Preysing ins Ohr
g'setzt! Unseroans is doch aa nit auf d'r Brennsupp'n
daherg'schwomma! Freili', die geistlichen Herrn und
die noblichten Herrn, die arbeit'n sich gegenseitig in
die Händ'!«

Darauf entgegnete der Sohn: »Recht is's ja nit, daß i
dich mit der Wirtschaft alloans lass', aber mi ziacht's
halt in die Ruah, ins Alloans-sein mit mir selber und
mit der Natur und mit'm Herrgott. I woaß nit, woher
das kommt; aber 's is so!«

»Ja, Bua, 's is' so! Und i werd' z'recht kemma müass'n,
werd 's wie's werd'« –

Da tat er etwas, was er seit gut zehn Jahren nicht mehr
getan hatte: er umarmte sie . . .

Ende August kehrte Casimir Weiß wieder auf den hohen Domberg nach Freising zurück, um die begonne-

234

nen Studien fortzusetzen. Hier erfuhr er auch, »über sieben Ecken«, wie man damals sagte, daß sich Graf Preysing beim Herrn Fürstbischof erbötig gemacht habe, auf Schwarzlack ein Kirchlein zu bauen und dabei habe einfließen lassen, wie angenehm es ihm wäre, wenn der Scholare Casimir Weiß dereinst dort einziehen könnte. – Damit war der Besagte allenthalben ins Rampenlicht gerückt worden, und jedermann prophezeite ihm eine glänzende Zukunft.

Doch der junge Mann vom Inn maß diesem Gerede keinen gesteigerten Wert bei. Dies um so mehr, als unter den Scholaren der höheren Jahrgänge die Meldungen der »Frankfurter Relationen« die Runde machten – natürlich mehr oder minder latent! – darin über das höfische Leben des jungen durchläuchtigsten Herrn Kurfürsten Max Emanuel von Bayern die merkwürdigsten »Marginalia« zu lesen waren, Besorgnis erregende Bemerkungen, aus denen hellhörige Untertanen auf eine traurige Zukunft des Landes schließen konnten.

»Es riecht nach Pulver;« hieß es allenthalben, und dies kaum ein halbes Jahrhundert nach dem mörderischen Dreißigjährigen Kriege! Da sagten sich die Bayern: »Gnade uns Gott!« und warfen ihre Zukunftspläne über Bord, weil sie ahnten, daß auch sie in absehbarer Zeit würden unter die Waffen gezwungen werden.

Der Scholaren am Freisinger Domberge bemächtigte sich ebenfalls eine starke Unruhe, sahen sie doch, wie fast unter ihren Augen die Lage des Bayernlandes einer Katastrophe zusteuerte. Denn seitdem der junge Held der Türkenkriege, Kurfürst Max Emanuel, seine Vaterstadt München mit Brüssel vertauscht und eine polnische Prinzessin geheiratet hatte, verschlechterten sich seine Beziehungen zu Kaiser Leopold fast zusehends und arteten am End in schieren Haß aus. Das konnte nicht gut gehen! Gar als der Bayer sich vorbehaltlos auf die Seite des kaiserlichen Erbfeindes, des Königs Ludwig von Frankreich, schlug, brachen alle Brücken zwischen Wien und München ab, und Kaiser Leopold ließ durch das Reichsgericht in Regensburg über Max Emanuel die Reichsacht verhängen.

Der aber war nicht gewillt, die Schuld bei sich selbst zu suchen, sondern führte im Gegenteil eine sehr scharfe Zunge gegen das Oberhaupt des Heiligen Römischen Reiches Deutscher Nation – wie die »Frankfurter Relationen« sich vernehmen lassen:

> »Es verdroß den Herrn von Bayern«, schreiben sie, »das spöttische Verfahren der Regensburger Schulfüchse, welche sich nicht gescheut, ihn einen Friedensbrecher zu nennen und ein Reichsgutachten in den choquantesten terminis von der Welt an den Kaiser zu richten. Er fand es outrageant und scandalos, daß die Schulfüchse mit einem vornehmen Kurfürsten ähnlich umgehen wollen wie mit ihren Schreibern; er hoffte demgemäß, daß ihnen wacker auf die Finger geklopft werde, damit sie lernen, nicht ohne Not Kriege in das Reich zu ziehen und jene nicht als Schelme traktieren, welche wahre für die Teutsche Freiheit strebende Sentimenten und Conduite führen thun.«

Indes, das »Fingerklopfen« besorgte jetzt der Kaiser dadurch, daß er in den ersten Märztagen des Jahres 1703 eine Heeressäule von 30.000 Mann in Bayern einfallen ließ . . .

o-o-o-o-o

Der mißglückte Feldzug

Der Scholare Casimir Weiß war inzwischen dem Beispiel einiger Kameraden gefolgt, hatte den Domberg von Freising verlassen und war nach Nußdorf heimgekehrt. Er wollte die Mutter in den früher oder später eintretenden Kriegsnöten nicht allein lassen.

Kurfürst Max Emanuel, der noch fünfzehn Jahre zuvor die Schlachten des Kaisers gegen die Türken in Ungarn geschlagen hatte, zog jetzt 9.000 Bayern, unterstützt von 2.500 Franzosen, bei Braunau am Inn zusammen, um dem Kaiser auf dem Wege über Tirol Schaden zuzufügen. In Eilmärschen rückte er Inn-aufwärts und kam am 18. Juni 1703 mit Hofstaat und Heer in Nußdorf ein. Er übernachtete hier in der Tafern beim Weiß. Als er sich am anderen Morgen mit einem Hauptmann seines Leibregiments in die Kirche St. Leonhard begab, begegneten sie bei den Stallungen dem Casimir. Der Kurfürst redete mit seinem Hauptmann ein paar französische Worte, worauf dieser sich an Casimir wandte: »Du wirst unsere Vorausabteilung unverzüglich auf den Höhen des Kranzhorns hinter den Turm bei Windshausen und dann weiter gen Kufstein geleiten! Das ist ein Befehl!«

Casimir warf den Bund Stroh, den er in den Armen hatte, zur Seite und folgte dem Hauptmanne. Der holte sich aus einem Zelt auf der Gemeindewiese dreißig Soldaten, und sie folgten dem Casimir durch den Bergwald. Nach einer guten Stunde schwenkten sie auf den Steilhang hinüber, unter dem der Kaiserturm und zwei Pulvertürme aufragten; alle drei von Tirolern besetzt. Der Hauptmann gab jetzt im Flüsterton seinen Leuten

Vnus pro Decem
millibus

Fortes Creantur
Fortibus

Kurfürst Max Emanuel

weitere Weisungen; darauf verloren sie sich im Baum- und Strauchwerk des Hanges; Casimir sollte bleiben und sie zurückerwarten.

Es ging auf elf Uhr; die Dörfer diesseits und jenseits des Flusses kündeten den Bauernmittag. Da mochten sich die Besatzer der drei Türme zum wohlverdienten Mittagessen niedergelassen haben. Plötzlich hörte Casimir einen kurzen Schußwechsel von unten herauf und dann eine furchtbare Detonation. – »Die Berge erbebten in ihren Grundfesten!« schrieb damals der Nußdorfer Vikar in sein Matrikelbuch. Alle drei Türme waren in die Luft geflogen; der bayerische Offizier und sieben seiner Leute waren tot.

Als gegen Abend der Kurfürst mit dem großen Heerhaufen bei den Trümmern des Grenzturmes eintraf, ordnete er an, daß die regulären Tiroler Soldaten, die die Explosion der Türme überdauert hatten, als Kriegsgefangene erklärt, die Landesschützen aber »mit gewinnender Milde behandelt und mit Geschenken entlassen werden sollten«. –

Casimir Weiß bekam eine Uniform und stand als Ortskundiger dem bayerisch-französischen Heer auch weiterhin zur Verfügung. In mancher der folgenden Nächte bedauerte er schmerzlich, daß er nicht am Domberg in Freising geblieben, sondern den Feiglingen nachgelaufen war, aber das half nichts! Wie sagte doch das alte Wahrwort? »Mitgegangen, mitgefangen – hoffentlich nicht! – mitgehangen! . . .«

Am anderen Morgen zogen sie über Erl und Ebbs auf Kufstein zu, wurden aber durch eine Schanze aufgehalten. Doch der kriegserfahrene Kurfürst hatte sie nach kaum zwei Stunden durchbrochen, worauf ihm Kufstein die Tore öffnete.

Der Vikar von Nußdorf fährt in seinen Aufzeichnungen fort: »19. und 20. Juni wurde die durch Kunst und Natur sehr gesicherte Festung durch Zufall, wahrscheinlich aber durch List und Verrat, in Brand gesteckt. Von da nahm der Bayernfürst nach zweitägiger Belagerung Rattenberg in Besitz und zog dann weiter gen Hall zur Innbrücke«. –

Der studiosus Casimir Weiß kam sich jetzt vor wie der »liebe Niemand«. Er gehörte zu keinem bestimmten militärischen Haufen und machte sich stets in der Nähe Max Emanuels zu schaffen, stets eines weiteren Auftrags oder Befehls gewärtig. Weil aber nunmehr genügend Ortskundige – vor allem Tiroler – zur Verfügung standen, die sich um bayerische Befehle schier zerrissen, zog sich Casimir in den Bereich der bei jeder bewaffneten Truppe bestgehaßten »Drückeberger« zurück und betätigte sich als kurbayerischer Wasserträger und Heizer, wenn es die Herrn und seine Mätressen zu baden gelüstete.

Dabei wurde er wiederholt Zeuge der abgrundtiefen Verkommenheit, die in diesen allerhöchsten Gesellschaftskreisen grassierte, wo sich die Sünde der Fleischeslust mit der Miene der Gehörigkeit zur Schau stellte. Gewiß, Casimir war kein heuriger Hase, denn die Nußdorfer Knechte und Mägde hatten zu gewissen Zeiten – etwa im Fasching oder zu Kirchweih – in der Wirtschaft seiner Eltern auch einiges geboten; doch vor dieser ausgeklügelten Sauerei wären auch sie zurückgeschreckt. –

Der Bayer verfolgte die Absicht, dem französischen General Vendôme und dessen beachtlichem Heer am Brennerpaß zu begegnen, sich mit ihm zu vereinigen und dann die in Bayern eingefallenen Österreicher wie-

Graf Arco opfert sich auf dem Zuge nach Tirol für seinen Fürsten 1703.

der zu verjagen. Deswegen forcierte er seinen Feldzug
und nahm Innsbruck, rückte auch zum Brenner hinauf
– und wartete vergeblich auf die französische Streit-
macht. Schließlich mußte er umkehren, denn die Tiroler Gebirgsschützen, die bisher ruhig zugeschaut hatten, erhoben sich hinter seinem Rücken. Die Gewalttä-
tigkeiten, Plünderungen, die Notzucht, die Schändun-
gen der Heiligtümer durch die dem Heer Max Emanuels eingegliederten Franzosen – alles das war den bie-
deren Bergbewohnern zu viel. Als daher der Bayer den
Rückzug antrat, stellten sie ihn an der Martinswand bei
Innsbruck. Und weil sie seinen Freund und Kammer-
herrn, den Grafen Ferdinand von Arco, wegen seiner

241

reichen goldbestickten Kleidung für den Kurfürsten hielten, wurde der an Max Emanuels Seite erschossen.

Der aber kehrte über Mittenwald nach München zurück, um gleich nach Passau weiterzuziehen und für alle Fälle Wien, den Mittelpunkt des Heiligen Römischen Reiches, zu bedrohen. Auch ließ er am 26. Juli leichte und schwere Reiterei mit 1.500 Mann Fußvolk bis Nußdorf vorrücken, um das vom Brenner zurückweichende Haupther – es waren noch wenig über 5.000 – nicht ganz den Tirolern auszuliefern. Da geschah nun eine entsetzliche Tat, von welcher der oben genannte Vikar berichtet:

»*Am 29. Juli wurden die Tiroler Bauern – 300 an der Zahl – welche in den Schluchten des Thierberges die Wache standen, von den Bayern Schritt für Schritt geschlagen, die meisten in schauerlicher Weise über die Felsen hinabgeworfen, ertränkt und grausam gemartert und nicht in gewöhnlicher Art ermordet. – Ein trauriges und beweinenswertes Los der Bauern, die vorher mit ihrem Schweiß die Erde benetzt hatten und jetzt mit ihrem Blute benetzten und mit ihren Leichnamen düngten. Sie werden den Lohn für die Verteidigung erhalten, wenn die Schar der Krieger sich durch Fäulnis nicht mehr bemerkbar macht.*«

Am 21. August gingen die vereinigten Soldaten in Nußdorf auf die Schiffe und fuhren ins Landesinnere nach Passau, wo der Kurfürst sie erwartete. –

Casimir Weiß glaubte seine militärische Mission beenden zu können; er mied die Schiffe und begab sich zu seiner Mutter mit der festen Absicht, fortan nur noch in weltabgeschiedener Einsamkeit zu leben.

★

Wenige Monate zuvor war für Nußdorf der vom Pfarramt Erl abhängige Franz Klingensberger als Vikar bestellt worden, ein seriöser junger Herr, zwar geistig nicht sehr anspruchsvoll, doch mit vorzüglichen charakterlichen Gaben ausgestattet. Vor allem rühmte man seine Diskretion und vornehme Zurückhaltung.

Kaum daß Casimir ins Elternhaus heimgekehrt war, suchte er den Vikar auf. Der war von dem Scholaren sehr angetan, zumal er dessen geistige Überlegenheit bald erkannte. Deshalb wollte es ihm auch nicht recht eingehen, daß der Sohn der Wirtin nach den vielen Studienjahren in Freising nun auf den Gedanken verfiel, sich eine Klause zu suchen.

»Ist es nicht schade um die Jahre, die Ihr ungenutzt wegwerft?« fragte er. »Schließt doch Eure Ausbildung ab und laßt Euch zum Priester weihen!«

»Herr Vikar, es ist mir leider nicht gegeben, die Anerkennung der Öffentlichkeit zu würdigen und zu genießen!«

»Dabei seid Ihr aber der Sohn eines Gastwirts und von Kindsbeinen an in der dörfischen Öffentlichkeit gestanden!«

»So recht Ihr habt, so sehr beklage ich meine Kindheit. Mein Vater ging auswärtigen Geschäften und Frauen nach; meine Mutter mußte viel durchstehen und war froh, als sie mich in die Obhut anderer geben konnte. Ich habe das sogenannte behütete Elternhaus nie gekannt. Ich war ein Eremit von Jugend auf – ausgenommen die Monate des Feldzugs nach Tirol, und ich will Eremit bleiben!« Diesen letzten Satz sprach Casimir so betont, als hätte er einen Eid gesprochen.

»Eure Neigung zum Einsiedlerleben wird Euch nicht hindern, das Priestertum anzustreben; denn wo steht geschrieben, daß eines das andere ausschließt? Im Gegenteil, Eure Einsamkeit wird verdienstvoller, wenn Ihr sie täglich mit Christus in der Eucharistie teilen könnt! Denn die Einsamkeit, die der Klausner mit dem im Sakrament beheimateten göttlichen Sohne teilt, wirkt in der Stille und verdoppelt sich in ihr: sie wird zum Unterpfand unaussprechlicher Seligkeit.«

»Ihr redet, als hättet Ihr diese Seligkeit bereits genossen!«

»Was ich nicht in Abrede stellen will; denn wenn ich — etwa in harten Wintertagen — allein an den Stufen des Altares stehe und im ganzen weiten Kirchenraume keine einzige Menschenseele weiß, weil sich vor Eisglätte und übermäßigem Gefrier niemand aus seiner Wohnlichkeit auf den Kirchweg getraut hat, dann spüre ich das, was Euch als Inbegriff des Eremitenlebens vorschwebt: das Hineingenommensein in die Geheimnisse der göttlichen Ruhe . . .«

»Wie wunderbar Ihr das zu formulieren versteht, Herr Vikar! Ich bitte Euch, mir zunächst den Einzug in eine Klause zu vermitteln. Was das Priestertum betrifft, so wollen wir uns darüber zu einem späteren Zeitpunkt unterhalten, vorausgesetzt, daß die uns allrings bedrohende Kriegsgefahr nicht von der Bildfläche fegt.«

»Was der Himmel von uns gnädig abwenden wolle!« —

Es schien müßig zu sein, daß sich Casimir um die Klause auf dem Kirchwald bewürbe, weil dort bereits zwei Einsiedler saßen, — nicht die frömmsten zwar, doch immerhin . . .

Anders lagen die Dinge auf Schwarzlack. Hier war die Klause schon seit einiger Zeit verwaist und durch die verschiedenen Irrungen, die da getrieben worden waren, völlig heruntergekommen. Sie entschlossen sich, miteinander den Grafen Preysing in der Brannenburg aufzusuchen.

★

»Dich kenn' ich ja!« sagte der Graf zu Casimir. »Du bist der Bua vom Gastgeb zu Nußdorf! Und wer bist du?« fragte er den Klingensberger.

»Gnädigster Herr Graf, der neue Vikar von Nußdorf!«

»Und was wollt ihr?«

Darauf der Vikar: »Dieser mein Freund hat das Heer des allergnädigsten Kurfürsten Max Emanuel durchs Gebirg ins Tirol geleiten müssen und ist jetzt, nachdem dieser Feldzug mißglückt war, vom Heer abgesprungen.«

»Kein loyaler Abschied, weiß der Himmel! Und ich soll jetzt den Gesellen vor dem Zugriff der Dunkelmänner schützen!«

»Ganz so ist es nicht, gnädiger Herr!« –

»Dann laß ihn doch selber reden!« unterbrach der Graf den Vikar.

Nun berichtete Casimir den ganzen Hergang: wie er zum kurfürstlichen Heer gekommen und nicht mehr losgekommen war, – trotz seines geistlichen Studiums ins Freising; und wie ihn das »viechische« Treiben bei Hoch und Nieder allenthalben angewidert habe. »Das hab ich nicht mehr verkraftet, gnädigster Graf! Und jetzt bin ich auf der Suche nach einer Klause, weil ich Eremit werden will!«

Graf Preysing schaute den jungen Mann mit Wohlgefallen an: »'s ist nicht gerade alltäglich, daß einer aus dem Gastgewerbe scharf ist auf die solitüde (Einsamkeit). Du weißt aber schon, daß dazu zwei Dinge erforderlich sind: einmal eine Klause, und zum anderen die Einweisung seitens des Chiemseebischofs. Die Klause hätten wir: Schwarzlack; wie's aber mit der Einweisung bestellt ist, entzieht sich meiner Kenntnis, denn die Herren Bischöfe haben ihre eigenen Köpf' und darin oft ganz verquere Mucken.«

»Gnädigster Herr, da wär' mir halt mit Eurer Fürsprache viel gedient!«

»Das sagst du so in deinem jugendlichen Leichtsinn! Gewiß, der Preysing kann einiges bewegen, aber nit alles, und besonders nit bei den Pfaffen! Die haben meist harte Schädel, vor allem die in unserm Bayernlande! Die hat der Dreißigjährige Krieg nit genug geschröpft . . .«

Es entstand eine Pause. Der Graf erhob sich an seinem wuchtigen Tische und trat in eine Fensternische. Dort trommelte er mit den Fingern an eine Scheibe, so daß der hinter der Tür schlafende Windhund aufstand und gespannt auf seinen Herrn schaute. Der wandte sich jetzt wieder den beiden Nußdorfern zu: »Ihr gefallt mir« sagte er. »Und weil ich nach Salzburg muß, könnt ihr mich bis Herrenwörth begleiten. Paßt's euch morgen früh?«

Der Vikar und Casimir schauten einander fragend an: Da war eine rasche Entscheidung fällig.

»An mir soll's nit liegen!« antwortete der Wirtssohn.

»An mir auch nit, denn ich mag den Casimir!« setzte der Klingensberger drauf.

Darauf der Graf: »Wenn ihr keine anständigen Rösser habt, sagt mir's! Bin mit Schindmähren nit gern unterwegs!«

Sie bestätigten ihm, daß er diesbezüglich keine Bedenken zu haben brauche, und verneigten sich in gehöriger Ergebenheit.

★

Am anderen Morgen, fünf Tage vor Mariä Himmel-
fahrt, standen sie beritten an der Ländbrücke von Nußdorf und erwarteten den Grafen von Preysing mit seinem stattlichen Gefolge von dreißig Mann. Kaum war
die Brannenburger Schloßfähre an den Heftstecken
verseilt, fing der Hengst des Grafen an, sich aufzubäu-
men und wild um sich zu schlagen, so daß drei Knechte
seiner kaum Herr werden konnten.
Was hatte er denn? – Er witterte die läufige Stute des
Vikars.
Als sie dem Grafen diesen Umstand hinterbrachten,
begann er zu schimpfen und zu toben und schrie den
Geistlichen an, sich sofort zu entfernen und mit einem
anderen Roß oder mit gar keinem ihnen zu folgen.
Franz Klingensberger ritt alsogleich davon, tauschte
seine Stute aus und gesellte sich auf dem Samerberge
wieder zum gräflichen Geleit. Gegen Mittag kamen sie
an den Chiemsee und wurden vom Versorgungsschiff
des Herrenwörther Klosters abgeholt, denn die Mönche wußten, was sie denen von Preysing schuldig waren. Einer opulenten Brotzeit folgte ein Stündchen der
Ruhe für Mensch und Tier; darauf begannen die Ge-
spräche im Arbeitszimmer des Propstes. Dabei ging es
hauptsächlich um Käufe und Gegenkäufe von Grund
und Boden, um Arrondierungen, Aufforstungen von
Auwäldern und Austausch von Seegrundstücken –
wie das eben bei den Hochmögenden so üblich ist.
Kurz vor dem Abendmahl kam dann endlich die Rede
auf den der Heiligen Theologie beflissenen Jungmann
Casimir Weiß und dessen Wunsch, Klausner zu werden. Als der Graf gleich zu Beginn die Klause Schwarzlack erwähnte, stimmte der Propst zu, ohne den Aspi-
ranten auch nur sehen zu wollen; boten ihm doch die

Empfehlung des Vikars und das bestimmende Wort des Grafen hinreichend Gewähr. Er ordnete dann einen älteren Mönch ab, den jungen Mann kurz auf seine Eignung zu prüfen und ihm dann das Regular der Hieronymiten samt Kutte und Skapulier zu überreichen. Das vollzog sich gleichsam zwischen Tür und Angel.

Der Graf wies noch kurz auf die Tatsache hin, daß der Gesell möglicherweise von den Schwarzröcken oder Dunkelmännern gesucht werde – von wegen und so weiter. Doch da solle er, Propst, sich nur in aller Schärfe auf ihn, den Grafen Preysing, berufen.

Während sich sodann der Vikar Klingensberger nach dem Abendmahl mit dem als Eremit eingekleideten Casimir Weiß zum Dankgebet in den bischöflichen Inseldom zurückzog, begingen die Mönche mit den Preysing'schen ein fröhliches Inselfest, das bis in die tiefe Nacht hinein währte. Dazu war auch die Fürstäbtissin von Frauenwörth mit etlichen ihrer Nobeldamen erschienen; erkannten doch auch sie im Grafen Preysing einen ihrer großen Gönner, was sie dadurch zum Ausdruck brachten, daß sie ihm einen Hengst aus dem fernen Arabien verehrten.

Mitten in der Nacht, als Herren und Knechte – nicht zuletzt wegen der abendlichen Gastierung – in tiefem Schlummer lagen, ließ sich ein Preysing'scher Hofherr auf die Insel Herrenwörth übersetzen und an die Klosterpforte führen, hinter der er seinen Grafen wußte. Mit seinem Klopfen und Schreien machte er das ganze Haus rebellisch. Als man ihn schließlich einließ und vor seinen schlaftrunkenen Herrn führte, erklärte er im flackernden Lichte des Kienspans, österreichische Truppen seien, von Tirol her kommend, ins bayerische Inntal eingefallen, hätten im Sturm die Auerburg genommen, ausgeraubt und niedergebrannt, und wenn die Bewohner des Auerdorfes, zusammen mit den Sensenschmieden, die besoffenen »Kraxentrager« nicht zuhauf in den Inn gejagt hätten, stünden sie vielleicht jetzt schon vor den Toren der Brannenburg.

Welch eine Schreckensbotschaft war das!

Sofort befahl der Graf, seine Leut zu wecken und unverzüglich zu den Heftstecken des Inselufers zu schikken.

Als sie dort ankamen, entledigte er sich seiner Nachtkleidung und schrie sie an, ein Gleiches zu tun und ihm zu folgen. Dann lief er ein paarmal, nackt wie er war, am Gestade hin und her, immer bis zum Nabel im Wasser, und hetzte sie unaufhörlich. Das empfanden die Älteren beschwerlich, und nur sein Beispiel ließ sie gehorchen; den Jüngeren aber kam es spaßig vor, so daß sich bald ringsum ein wildes Jauchzen erhob.

Inzwischen hatten die Stallknechte des Klosters die Rösser getränkt. Der Bruder Kellermeister schleppte mit seinen Leuten etliche Eimer Bier her, worauf sich die Preysing'sche Mannschaft – äußerlich gereinigt – nun auch innerlich frisch machte.

Das Versorgungsboot – von Fackeln erhellt – legte an; Roß und Mann betraten es behutsam. Eine Stunde später, als ein zarter Morgen über dem Chiemsee aufzugehen begann, rasten sie bereits hinter der Hohenaschau unter der überhängenden Wand auf Sachrang zu.

o-o-o-o-o

Heimkehr

Die beiden Nußdorfer hatten den gewaltsamen Aufbruch des Grafen in der stillen Beschaulichkeit des Inseldomes nicht mitbekommen. Bis Mitternacht etwa waren sie meditierend vor dem Allerheiligsten gekniet. Dann hatte den Wirtssohn die Müdigkeit übermannt, und er war eingeschlafen. Der Vikar hatte seine Augen noch ein kleines Stündchen weiter mit vielen Anstrengungen und Erhebungen des Herzens zu Gott offen zu halten vermocht, dann aber war auch er im Betstuhl zusammengesunken: – Selig die, welche im Angesicht des Herrn den Forderungen der schwachen Menschlichkeit erliegen, denn sie werden sein Erbarmen finden in alle Ewigkeit!

Als der Sakristan (Mesner) um die fünfte Morgenstunde die Mönche mit der Hausglocke geweckt hatte, kam er in den Dom, um für die fünfundvierzig Zelebranten die Meßgewänder zu richten. Da gewahrte er die frommen Schläfer und tat ihnen die Ereignisse der Nacht kund. Beiden schoß die Schamröte ins Gesicht. Er aber tröstete sie mit dem unter Mönchen gebräuchlichen Wahrwort: »Den Seinen gibt es der Herr im Schlafe!«

Nachdem sie miteinander die Matutin (Morgengebet) wechselweise gesprochen und der Klingensberger das Meßopfer dargebracht hatte, gaben sie sich mit Genuß der morgendlichen Atzung hin und ritten dann den Preysing'schen mit gebührender Würde – wie es sich für Kuttenträger ziemte – nach.

Als sie auf der Höhe des Samerberges angelangt waren

und ins Inntal hinabschauten, sahen sie den schwelenden Rauch, der von der einstigen wehrhaften Auerburg aufstieg: Weiß der Himmel, die Österreicher hatten ganze Arbeit geleistet! Wehe, der Kaiser schickte sich an, die ihm von den Bayern angetanen Unbilden zu rächen! Genade uns Gott, wenn das erst der Anfang ist! Aber so lohnen die Großkopferten die Ergebenheit auch ihrer besten Untertanen: Sechs Jahre lang hatte der Bayernfürst Max Emanuel dem Habsburger während der Türkenkriege die Kohlen aus dem Feuer geholt für nix und wieder nix. – Nein, ganz so undankbar war der Wiener Herr nicht gewesen! Er hatte ihm seine Tochter Maria Antonia, die ein Ausbund von Häßlichkeit war, ohne Mitgift zur Gemahlin gegeben! Sie hatte ihm einen Sohn geboren, den sogenannten »Prinzen von Asturien«; und diesen sechsjährigen Knaben hat der kaiserliche Großvater – wie unter den hohen Herrschaften die Rede ging – in dem Augenblick durch Gift aus dem Wege geräumt, als er sich zusammen mit seinem Vater anschickte, das spanische Königreich, in dem die Sonne nicht unterging, in die bayerisch-wittelsbach'sche Thronfolge zu übernehmen.

Auf bayerischer Seite ging ganz im geheimen damals das Wort: »Das stinkt zum Himmel und schreit nach Rache!«

Von diesen Dingen jedoch, die in den Aufgabenbereich der Fürsten gehörten, wurden die beiden Männer, die dem Geistlichen zugewandt waren, nicht sonderlich angefochten. Freilich war es auch für sie bitter, zu sehen, wie die kaiserlichen Soldaten, die jetzt plündernd, brennend und schändend durch das Bayernland zogen, überall Haß schürten; doch was hätten sie dagegen zu tun vermocht? – »Hinknien und beten!« sagte der Vikar zu seinem Gefährten.

Und überlang kamen sie heim nach Nußdorf.

Als Casimir in den Kastanienhof der Weiß'schen Tafern einritt, stand da einer unter der Haustür, alt, glatzköpfig und schäbig anzusehen. Er mußte ein paar Augenblicke länger als die Gehörigkeit es erlaubt hätte, hinschauen, um seinen Vater zu erkennen. Er stieg aus dem Sattel, ein Knecht nahm ihm das Roß ab. Der zusammengerackerte Mann unter der Tür rührte sich nicht von der Stelle. Bis Casimir bedachte, daß er ja die Kutte des Einsiedlers anhatte, davon sein Vater nichts wissen konnte. Dann aber kam die Mutter aus dem Hause und eilte ihm entgegen: »Der Vater is kemma! Geh halt hin zu eam!«

Der Sohn tat, was ihm die Mutter gesagt hatte: »Bist wieder da Vater?«

Was hätte er auch sonst sagen sollen? – Der andere nickte bloß. Da gewahrte Casimir, daß der Vater am ganzen Körper zitterte.

»Bist krank?« fragte er.

Georg Weiß erwiderte kleinlaut: »'s wird scho wieder!«, drehte sich um und ging ins Haus hinein.

»Lang macht er's nimmer!« meinte Frau Maria.

»Zweg'n dem is er wohl aa hoamkemma!« entgegnete Casimir mit einem leicht ätzenden Unterton in der Stimme.

»Bua, die Kranken brauch'n unsern Beistand, und die Sterbenden unsern Trost!«

Dieses Wort der Mutter klang in Casimirs Ohren wie

ein Satz aus dem Evangelium, und er schämte sich wegen seiner lieblosen Bemerkung.

Weil der heimgekehrte Wirt nicht in die Gaststube ging, kam es am Abend in einer Nebenkammer zwischen Vater und Sohn zu einem Gespräch. Dabei ging es hart auf hart. Bei aller Ehrfurcht vor dem Vater, die Casimir wahrte, schilderte er ihm das herbe Schicksal der Mutter in all den verflossenen Jahren. Daß die Wirtschaft nicht auf die Gant gekommen sei, sondern allen Widerwärtigkeiten getrotzt habe, sei der Mutter zu verdanken – und dem Großvater: Gott habe ihn selig! Mit Umsicht und Tatkraft hätten beide geschuftet und geschafft und hätten sogar noch das Geld aufgebracht, ihn selber in die Domschule nach Freising zu schicken. »Drum laß dir, Vater, bei allem Respekt gesagt sein, daß du hier nur dann glücklich leben wirst, wenn du nichts von dem, was in deiner Abwesenheit aufgebaut wurde, anrührst, um es abermals zu verschleudern . . .!«

Georg Weiß saß da, blaß wie eine Kalkwand, und nickte bloß, so daß dem Sohne der Gedanke kam, der Vater könnte durch sein Luderleben auch im Verstande brüchig geworden sein.

Das bestätigte ihm auch die Mutter Maria, als er zu ihr in die Gaststube kam, wo ein paar Altbauern sich über den Brand der Auerburg unterhielten. Sie bat aber den Sohn, darauf bedacht zu sein, den Heimgekehrten nicht herauszufordern, sondern eher zu beruhigen, wenn ihm etwas gegen den Strich gehe. Wisse man doch nicht, was zu unternehmen ein Halbirrer imstande sei, wenn man ihn anlaufen lasse und reize. Und sie fuhr fort: »Doch noch was anders: Willst du mi' jetzat alloans lass'n mit eam?«

»Hast Angst, Muatta?«

»Angst is leicht nit das richtige Wort . . .«

»Dann bleib i bei euch, bis die Dinge klar san!«

»So wär's mir scho recht.« –

Casimir blieb also in der Weiß'schen Tafern zu Nußdorf – nicht so sehr wegen des Vaters, sondern vor allem, weil Graf Preysing in diesen Tagen und Wochen andere Probleme hatte, als einen Einsiedler in seine Klause einzuweisen. In Bayern standen die Verhältnisse zwischen München und Wien auf Sturm. Denn nachdem Max Emanuel endgültig alle Brücken zwischen hier und dort abgeworfen und in Frankreich Hilfe gegen den Kaiser gesucht hatte, zögerte dieser nicht mehr, seine Truppen von mehreren Seiten her in München einrücken und das ganze Bayernland besetzen zu lassen. Kaiser Joseph I., der auf Leopold gefolgt war, hatte seit je eine ungebändigte Eifersucht gegen den im Kampf und bei schönen Frauen erfolgreichen Bayernfürsten im Herzen getragen und sah jetzt den Zeitpunkt gekommen, die Rache eines kleinen Geistes an den unschuldigen Bewohnern Bayerns auszulassen.

Es ist nicht schwer, für diese Behauptung den Beweis anzutreten!

Sowohl der kaiserliche Vater Leopold wie auch der kaiserliche Sohn Joseph konnten sich schier nicht genug tun, das Volk der Bayern zu verlästern und zu verteufeln. So ließ sich der Erstgenannte in einem vertraulichen Schreiben vernehmen:

> »Ich bin billig des Dafürhaltens, daß wenn die Contributiones an Geld, Vieh und Naturalien mit aller Schärfe eingetrieben, mithin das Land (Bayern) soviel als möglich gezwackt und ausgesaugt würde, man zu behuf der künftigen Subsi-

stenz und meines aerarii einen großen Vorteil verschaffen könnte.«

War dies noch die Auslassung einer erbärmlichen Krämerseele, so schreit aus dem Patent seines Sohnes Joseph bereits das nackte Verbrechen:

> *»Alle Bayern sind der beleidigten Majestät der allerhöchsten Person Josephs I. als des ihnen von Gott dem Allmächtigen vorgesetzten alleinigen rechtmäßigen Landesherrn schuldig und daher ohne weiteres mit dem Strange vom Leben zum Tode zu richten. Nur aus allerhöchster Clemenz und landesväterlicher Mildigkeit wird verordnet, daß allezeit 15 zu 15 ums Leben spielen und jener, auf den das wenigste Loos fällt, im Angesicht der anderen aufgehängt werden soll! – Dagegen aber muß – von diesem Loose abgesehen – aus jedem Gerichtsbezirk ein Bösewicht hergenommen und ohne Loos hingerichtet werden.*
>
> *Ist sonach jeder fünfzehnte Mann hingerichtet, sind die Übriggebliebenen, denen aus angeborner, allerhöchster Milde das Leben geschenkt ist worden, in die Festung Ingolstadt zu liefern, die Tauglichen als gemeine Soldaten unterzustecken, die Untauglichen gleich anderen Verbrechern zu öffentlichen Arbeiten anzuhalten! – Von den Bürgern ist nicht der fünfzehnte, sondern der zehnte Mann – oder wenn deren nicht genug – der fünfte Mann aufzuhängen; die tauglichen Bürger aber unters Militär zu stecken, die übrigen gegen geschworene Urfehde auf ewig aus Bayern und der Oberpfalz zu verweisen und ihre Habe zum Fiskus einzuziehen. – Alle bekannten Rädelsführer, alle abgedankten bayerischen und de-*

sertierten Soldaten sollen nicht unters Loos gezo-
gen, sondern gegen alle soll standrechtlich mit
dem Strange verfahren werden!«

★

»Standrechtlich mit dem Strange . . .!«
Der Vikar Franz Klingensberger, der aus dem Tirol
stammte, kam in jenen Tagen in den Besitz einer Ab-
schrift dieses kaiserlichen Patents und erschrak. Denn
auch Casimir Weiß war entweder ein abgedankter oder
ein desertierter bayerischer Soldat. Wehe, wenn die
jungen Burschen von Nußdorf zur Kenntnis dieses Patents gelangen und einer von ihnen wird »unters Militär
gesteckt« oder »aus Bayern verwiesen«!
Die Burschen wissen doch ausnahmslos, daß der Sohn
des Gastwirts den gesamten Tiroler Feldzug des Kurfürsten Max Emanuel mitgemacht hatte und erst am
Ende desertiert war. Werden sie nicht – so wie es die
Eifersucht und Mißgunst verlangt – ihn bei den kaiserlichen Behörden, die jetzt in Bayern aus dem Boden
sprossen wie Pilze nach dem Regen, werden sie ihn
nicht hinhängen, mit den Fingern auf ihn weisen und
fragen: Warum der nit?
Der Klingensberger ließ sich mit der Fähre bei Degerndorf an das Inngestade setzen und ritt spornstreichs
nach Brannenburg zum Grafen Preysing. Auch der
kannte bereits das fürchterliche kaiserliche Patent.
»Gnädigster Herr«, fragte der Vikar, »was können wir
angesichts dieser schrecklichen Aussicht für den Casimir tun?«
Max Preysing, der jetzt häufiger in seinem Palais zu
München residierte und den Statthalter des Kaisers,

den Grafen Max Carl von Löwenstein, zum Freund gewonnen hatte, beruhigte den Klingensberger: »Sei
ohne Sorge, Mann Gottes, wir werden doch den braven
Gesellen der reschen Weiß-Tochter nit dem Kaiser ans
Messer liefern! Geh zu ihm, hilf ihm, den Nußdorfer
Staub von seinen Sandalen zu schütteln und bei Nacht
und Nebel die Klause auf Schwarzlack zu beziehen!
Niemand zu Nußdorf soll davon erfahren; er selber soll
sich da droben ganz staad verhalten! Brot und Butter
werd' ich ihm jede Woche bringen lassen! Und du,
schleich dich jeden Monat einmal zu ihm hinauf, damit
er in seiner Klaus'n nit spinnat wird vor Angst! Davon
berichtest du mir jed'smal!« –
So geschah's auch!
Casimir Weiß ließ sich den Bart wachsen, – und eines
Tages sah und hörte man in Nußdorf nichts mehr von
ihm. Frau Maria, die Mutter, schlich trübselig umher.
Der Vater hatte den Sohn sowieso kaum richtig verein-
nahmt und vermißte ihn nicht. Auch die Knechte und
Mägde, die von den Leuten bisweilen gefragt wurden,
wußten nichts. Weil aber in jenen Anfangsmonaten des
Jahres 1705 viele junge Männer plötzlich verschwanden, betrachtete man das bald als eine notwendige Tat
der Selbsterhaltung. Denn wenn man sah, wie die Burschen nächtens aus den Betten geholt, an Fuhrmannswagen gekettet und zu den österreichischen Armeen
nach Italien und Ungarn transportiert wurden, blieb einem nichts anderes übrig, als sich auf den Almen oder
in Holzfällerhütten zu verkriechen.
Beim Verkriechen ließen sie's aber nicht bewenden.
Denn eines Tages schlich die geheime Nachricht von
Haus zu Haus, der Kaiser beabsichtige, zunächst die
fünf ältesten Söhne des Kurfürsten Max Emanuel zu

entführen und das regierende Haus Wittelsbach Zug
um Zug auszulöschen. Da rotteten sich die Isarwinkler
zusammen, schickten Geheimboten aus mit der Weisung, es möge sich jeder, der willens sei, das Heimat-
land zu verteidigen, zu Beginn der Heiligen Weihnacht
um München herum einfinden. Schlag zwölf Uhr,
wenn die Glocken zur Mitternachtsmette läuten würden, werde es in der Landeshauptstadt losgehen. Die
Münchner würden die Stadttore öffnen und Feuersi-
gnale abbrennen: Zeichen des Beginns der Befreiung.
Denn lieber bayrisch sterben, als österreichisch verderben!

Die Weisung war auch ins Inntal gelangt, doch der Amtmann des Distrikts Rossersberg erklärte den Boten gegenüber: »Wir müssen zu Hause bleiben aus Furcht, daß inmittels die Tiroler einfallen und uns um all das Unsere bringen möchten!«

Andernorts freilich gab man sich den Namen »Landesdefensoren« und rüstete sich.

Da machte ihnen jedoch der Pflegerichter von Starnberg, Johann Joseph Öttlinger, einen Strich durch die Rechnung: er verriet den Plan dem österreichischen Stadtkommandanten in München. Als dann in der Heiligen Nacht dreitausend Defensoren aus dem Isarwinkel bis Baierbrunn vorstießen, warteten sie vergebens auf die angesagten Feuerzeichen. Darauf kehrten viele wieder um; nur die Tölzer zogen weiter – bis vors Isartor Münchens. Hier wurden sie nach schweren Verlusten von österreichischer Reiterei abgedrängt und im Sendlinger Friedhof eingeschlossen. Dann begann die »Sendlinger Mordweihnacht«: Achthundert eingekesselte Bauern wurden von den Husaren widerstandslos zusammengehauen – trotz zugesagter Gnade, wenn sie sich ergäben . . .

Von alledem erfuhr der Einsiedler Casimir Weiß nichts. Er war eifrig darauf bedacht, seine Klause auf Schwarzlack – außer zum Sonntagsgottesdienst in Degerndorf – nicht zu verlassen. Wenn allmonatlich der Vikar Klingensberger bei ihm erschien, dann bestand ihre Unterredung nicht aus dem Austausch von Neuigkeiten, sondern aus geistlichen Gesprächen und erbaulichen Meditationen und aus gemeinsamem Gebet. Bei diesen Zusammenkünften gewannen beide an religiöser Tiefe. Das erkennt man aus einer Abhandlung, die sie miteinander erarbeitet und aufgezeichnet haben. – Selbst auf die Gefahr hin, den oder jenen Leser zu langweilen, sei erlaubt, ein Kapitel dieser Gemeinschaftsarbeit zu zitieren:

Jesus von Nazareth. – Wer war Jesus von Nazareth? Ein ansprechender junger Mann, Sproß aus hochadligem Hause, denn sein gesetzlicher Vater und seine Mutter waren vom Stamme Davids. Wenngleich verarmt und genötigt, sich mit der Hand das tägliche Brot zu verdienen, stand er doch den Intellektuellen seiner Zeit in nichts nach.

Diese erhoben – wie die Evangelien berichten – manchen Vorwurf gegen ihn; nie aber sagten sie: Er ist uns nicht ebenbürtig! Er war im Schrifttum seines Volkes außerordentlich belesen und selbst ein Dichter: Seine Parabeln stehen in der Weltliteratur heute noch unerreicht da. – Er war ein gewaltiger Redner: dabei prunkte er nicht mit seinen Fähigkeiten wie die, welche auf den Lehrstühlen der Alma mater (Hochschule) saßen und um die Stirn heilige Bänder trugen. – Jesus war in der Heimatkunde und der Geschichte seines Volkes sehr bewandert; das machte seine Reden besonders gefällig.

Redete er auf dem Lande, so wußte er von Weinbergen zu berichten und von Weizenfeldern, von den Hüteknechten und den Schnittern, von den Feigenbäumen, vom Sauerteig, von Mühlen und von der Fischerei. – Redete er aber in der Stadt, dann kannte er Wechselbanken, Steuer und Zollgesetz; er kannte das Marktleben und die Gastmähler in den Palästen der Reichen; er spielte an auf die Gebetsriemen und die langen Kleiderquasten der Gesetzeslehrer und auf die perlenhandelnden Kaufleute; er würdigte die Grabmäler und die Gedenksteine der Propheten.

Jesus sprach über Politik ebenso kundig wie über die kleinen Vorkommnisse des Alltags: vom Fleiß der Diener, von der Unschuld der Kleinen, vom Spiel der Kinder, der Klage der Witwe, vom mürrischen Amtmann und vom Weibe, dessen Stunde gekommen ist.

Er war vertraut mit der Natur, so wie sie jedem Menschen begegnet. Er wohnte nicht in der Wüste, sich nährend von Heuschrecken und wildem Honig. Er aß und trank wie jeder andere. Er war wie einer von den vielen, so daß das Volk – von der Wucht seiner Rede übermannt – fragen konnte: »Was ist es nur mit dem? Wir kennen ihn bloß als einen Zimmermann!« –

Trotz seiner einzigartig großen Sendung hatte er immer Zeit. Wäre an uns der Ruf ergangen, eine welterschütternde Aufgabe zu vollbringen, wir hielten jede Stunde, die nicht im Sinne unseres Zieles verwandt würde, für einen Raub an unserer Berufung.

Dreißig Jahre verbringt er im verborgenen, in dem Städtchen Nazareth, von dem die Rede ging: »Was kann denn schon aus Nazareth Gutes kommen?«

Kaum an die Öffentlichkeit getreten, begibt er sich auf eine Hochzeit armer Leute, wo doch wahrhaftig so ziemlich nichts für die Ausbreitung des Reiches Gottes zu erhoffen war. Hätte er das Weinwunder auf einer Galahochzeit in Jerusalem gewirkt, welchen Eindruck hätte er damit gemacht! – Man verstünde auch, wenn er sich Zugang zum Hohen Rat und zur Schriftgelehrtenschule verschafft und dort gesprochen hätte wie damals, als er zwölf Jahre alt war. Statt dessen diskurriert er eine ganze Nacht mit Nikodemus, der zu feig war, ihm bei hellichtem Tage seine Bedenken vorzutragen.

Er setzt sich auf den Brunnenrand bei Sichar und wartet, bis die mehr als zweifelhafte Samariterin vorbeikommt, und führt ein langes Gespräch mit ihr. Und auch bei dem bestgehaßten Zöllner Zachäus kehrt er gastlich ein. –

Ein Mann mit den natürlichen Fähigkeiten Jesu hätte leicht eine Menge großzügiger, welterfahrener Hörer um sich scharen können. Er hätte nicht durch sonnenheiße Landstriche, über staubige Straßen wandern müssen. Unterstützt von einem Kollegium reicher Gönner, wäre es für ihn leicht gewesen, berittene Eilboten mit Briefen und Edikten abzufertigen nach Alexandrien, nach Damaskus, nach Rom und Athen. Gesandte hätte er empfangen können, Fürsten und Könige wären gekommen, ihn an ihre Höfe zu bitten. Und wie leicht hätte er jener König werden können, den sein Volk so heiß ersehnte!

Nichts von alledem! Taglöhner unter Taglöhnern, mußte er nicht selten auf freiem Felde nächtigen, während die Füchse ihre Höhlen und die Vögel ihre Nester hatten. – Und dieser Mann hat es vermocht, eine Gemeinschaft zu gründen, an der schon manche Weltmacht zerbrach . . .! – Kraft aus der Stille . . .!

Wenn auch der Eremit Casimir nichts von der Verbannung der bayerischen Prinzen nach Kärnten erfuhr, so mußte er doch eines Nachts die Wildheit der Feinde erfahren. Sie hatten sich weiter und weiter ins bayerische Inntal hereingeschoben, und plötzlich stand auch eine Horde Krovoten vor seiner Hütte. Sie durchstöberten seine paar Habseligkeiten, – und weil sie nichts fanden, was ihnen genehm gewesen wäre, zündeten sie die elende Behausung an. Sie brannte lichterloh, so daß man den Feuerschein in Nußdorf wahrnahm.

Als der Morgen über die Berge hereinkam, begab sich der Vikar, der das Feuer gesehen hatte, nach Schwarzlack. Casimir, den sie zusammengeschlagen hatten, war bis zur nahen Quelle gekrochen. Dort fand ihn der Klingensberger nur noch halb bei Bewußtsein. Mit Mühe brachte er ihn auf sein Roß und dann ins Vikariat. Hier nahm sich Frau Maria seiner an. Der von Rosenheim herbeigerufene physicus bescheinigte ihr, daß das Leben des Sohnes nach unserem Herrgott wohl nur noch ihr zu verdanken sei, ihr und ihrer aufopfernden Liebe.

o-o-o-o-o

Der Neue auf Kirchwald

Durch die Ausbeutung des Bayernlandes, durch die ständige Rekrutierung seiner jungen Männer, die als Kanonenfutter in die vordersten Kader des österreichischen Fußvolkes geschoben wurden und dort überdurchschnittlich hohe Verluste erlitten, griff eine allgemeine Verelendung um sich. Handel und Wandel im Lande hatten in erster Linie Belange der Besatzer zu favorisieren. Die Moral sank in dem Maße, als Hunger und Not wuchsen. Die Geistlichkeit hatte sich aus Opportunitätsgründen mit der Besatzungsmacht arrangiert und führte keinerlei Klage. Nur die Bauern waren die Dummen und wurden geschunden und geschabt.

Casimir Weiß konnte nach ein paar Tagen ins Haus der Eltern ziehen, wo ihm die Mutter auch weiterhin alle Obsorge angedeihen ließ. Freilich war er für sie neben dem Gatten eine weitere Belastung, weil Georg bis in alle Einzelheiten der Pflege bedurfte. Es war geradezu ein Glück, daß kaum Gäste in die Wirtschaft kamen, weil niemand im Dorfe es wagte, abends oder gar nächtens sein Anwesen zu verlassen. Freilich war nicht daran zu denken, daß der junge Wirt sein Eremitenleben hätte wieder aufnehmen können, denn zum einen lag seine Hütte in Asche, zum anderen war auch das liebliche Maria-hilf-Bild verbrannt, das – von Lukas Cranach stammend – einer Kopie im Dom zu Innsbruck nachgestaltet worden war. Wohl konnte ein weiteres beschafft werden; doch der Graf von Preysing wagte nicht, zum gegenwärtigen Zeitpunkt einen Wiederaufbau auf Schwarzlack zu beginnen, und so konnte man sich mit dem Bilde ebenfalls Zeit lassen.

Eine gemeinsame Überlegung mit dem Vikar ergab, daß Casimir nun doch das Studium in Freising wieder aufnehmen sollte, falls der Fürstbischof seine Zustimmung gäbe. Johann Franz von Ecker, den sie miteinander aufsuchten, konnte seine Bewunderung für den arg Blessierten nicht verbergen und versprach – »ceteris non obstantibus« (wenn kein Hindernis entgegenstehe) – ihn nach zwei Jahren im Freisinger Dom zum Priester zu weihen. Für seine Absicht, nach der Weihe wieder in die Waldeinsamkeit einer Klause sich zurückzuziehen, bekundete er freilich keine sonderliche Begeisterung, »denn die erste Aufgabe eines Dieners Gottes ist es, nicht für sich, sondern für die geplagten Mitmenschen dazusein und sie – besonders in den gegenwärtigen Zeitläufen – aufzurichten, damit sie in ihrer Verzagtheit nicht zu Grunde gehen«.

Casimir Weiß versprach, die Worte seines Oberhirten zu bedenken, und reihte sich abermals in die Schar der Scholaren ein. Ein Geistesriese war er nicht, doch ein guter, gediegener Arbeiter. Die Lehrer der heiligen Wissenschaft, die Professoren der Theologie, ließen ihm alle Rücksicht angedeihen, hat doch einer, der in die Vierzig geht, nicht mehr die Beweglichkeit des Gedächtnisses wie ein Zwanzigjähriger.

So wurde Casimir Weiß, dem kurz zuvor der Vater gestorben war, am 19. April 1710 in Freising vom Fürstbischof zum Priester geweiht und mit der Aufgabe betraut, die Wallfahrtstätigkeit und den Schulunterricht auf der Klause Kirchwald wieder zu beleben.

★

Kurfürst Max Emanuel sieht nach langjähriger Trennung die Seinen im Schloß Lichtenberg auf Lech wieder. 1715.

Der Tod eines Menschen kann je nach dessen Stand und Rang bisweilen sogar für ein ganzes Volk von schicksalhafter Bedeutung sein. Das bewahrheitete sich 1711, als Kaiser Joseph unerwartet das Zeitliche segnete. Sein Tod hat Bayern gerettet. Denn jetzt wandten sich die Seemächte – vorher mit Österreich verbündet – von seinem Nachfolger Carl VI. ab. Der war nun gezwungen, eine neue politische Gangart ein- zuschlagen, und fing an, um Max Emanuels Gunst zu buhlen – nicht um dessentwillen, sondern weil er, Carl, sein Österreich liebend gern noch durch die Zu- gewinnung Bayerns arrondiert hätte. »Da bleibt ihm aber der Schnabel trocken!«, soll der Preysing gesagt haben, als er jetzt die Landesverwaltung Bayerns über- nahm. Denn nach dem Rastätter Frieden kehrte der Bayernfürst, der in die Niederlande geflohen war, wie- der nach Hause zurück und begegnete seiner Gemahlin und den Kindern nach zehn Jahren wieder.

Nur mit Widerwillen zog der Kurfürst in München ein und begab sich alsbald auf sein Lustschloß Schleißheim, um daselbst das Luderleben, das er während seiner »schönen« Verbannung zehn Jahre lang im Westen geführt hatte, noch intensiver fortzusetzen. – Seine zweite Gemahlin, die polnische Prinzessin Kunigunde, erleichterte ihm diese Lebensführung dadurch, daß sie ein Ähnliches tat. Schon als sie noch – getrennt von ihrem Gemahl – in Venedig lebte, hatte sie ihrem Beichtvater Dorotheus Schmacke einen Sohn geschenkt, der nach seiner Geburt einer Amme in Arezzo übergeben worden war. Dieser Knabe – Johann Christoph – folgte jetzt, neunjährig, seiner durchläuchtigsten Frau Mama nach München – unter der beflissentlich vorgegebenen Devise, er sei im Lager der Türken als ein ausgesetzter armenischer Königssohn gefunden worden und habe begreiflicherweise das Mitgefühl der Prinzessin erregt, die damals der Mutterfreuden in einem fremden Lande hatte entraten müssen.

Daß in einer solchen vaterländischen Atmosphäre ein nach Höherem strebender Mann wie Casimir Weiß nach Abgeschiedenheit und Einsamkeit geradezu lechzte, kann nicht verwundern, zumal die Zügellosigkeit der Zeit langsam auch auf die Landbevölkerung übergriff und die allenthalben noch heilen Sitten an ihren Wurzeln zu verderben drohte. Hatte man denn nicht erst jüngst bei den Kieferer Ritterspielen gesehen, daß die Höhepunkte erreicht, die Grenzen bereits überschritten sind? Da hat sich doch ein »Ritterfräulein« irgendwo drinnen in der Stadt einen Busen verfertigen lassen, in den der geschmeidige »Knappe« mühelos den ganzen Kopf hineintunken konnte! Und der aus dem Morgenlande heimkehrende »Rittersmann« hatte eine Herde Sklavinnen mitgebracht, die waren so raffiniert in durchsichtige Schleier gehüllt, daß man dahinter mehr gesehen hat, als wenn sie ganz nackig gewesen wären. Und selbst die hochehrwürdigen Mönche vom Sankt Georgenberge, die bei diesem Ritterspiel anwesend gewesen waren, hatten gekollert wie die Puter und gefeixt wie die fekunden Bauerndirnen . . . Das ist er, der neue Geist, den sie uns mitgebracht haben aus dem Lande der Franzmänner und von den Küsten der Mijnheers . . .

Pater Casimir Weiß war in eine verwahrloste Klause und in ein Kirchlein mit feuchten und verfaulten Wänden eingezogen. Der nicht unvermögende Wirtssohn bedachte sich nicht lange, wandte sich an die Nachbarschaft und bat die Leut' um die für den Neubau eines respektablen Kirchleins erforderlichen, freiwilligen Hand- und Spanndienste. Sie sagten ihm freudig zu. Darauf begab er sich zum geachteten und kunstfertigen Bürger und Maurermeister Wolfgang Dientzenhofer nach Aibling und bot ihm eine Kaution von 2.000 Gulden an. Der Meister entwarf eine Kirche – die jetzige – und erstellte einen Kostenvoranschlag von 1.479 Gulden.

Da konnte das alte Gotteshaus am Kirchwald niedergelegt und ein Neubau begonnen werden. Acht Gesellen und acht Handlanger arbeiteten nun hundertvierzig Tage und errichteten ein Bauwerk, das die Bewunderung aller – auch der nichtfrommen – Wallfahrer erweckte.

Kirchwald mit Klause (links).

Freilich scheint es auch schon damals Brauch und Sitte
gewesen zu sein, Kostenvoranschläge zu überziehen:
Der Bau kam um 1.000 Gulden höher zu stehen, so daß
Pater Casimir zusätzlich noch zwei von seinen Eltern
überkommene verzinsliche Güter (in Happing und Ai-

sing) stiften mußte. Als er dann aus Kostenersparungs-
gründen die Weihe des Gotteshauses in kleinem Rahmen halten wollte, wurde er dadurch bestraft, daß man
ihn drei Jahre warten ließ, ehe man von Salzburg her
das große Zeremoniell vornahm, wofür ihm dann an
Kosten für Rösser, Knechte und Wagen sowie für Zeh-
rung aller zur kirchlichen Weihe erforderlichen Klerisei
auch noch 77,86 Gulden in Rechnung gestellt wurden.
Dazu schreibt P. Casimir in seinen Erinnerungen den
schlichten Satz:

> *Weil ich aber bereits unvermögend geworden
> war, hat es mich nach Salzburg getrieben und
> habe ich außer den Kanzleikosten vollen Nachlaß
> erhalten, nicht für mich, sondern Unserer Lieben
> Frauen zu einer notwendigen Zier.«*

Von da ab kehrte in der Klause von Kirchwald jene
Ruhe ein, die für den Eremiten wie die Luft ist, die er
zum Atmen braucht. Casimir Weiß lebte getreu nach
den Regeln der Hieronymitaner, unterrichtete die Kinder sowohl von Nußdorf wie auch aus der Umgebung
im Lesen, Schreiben, Rechnen und in der Christen-
lehre; er tat Gutes, wo immer sich ihm eine Gelegenheit bot. Seine Lehrmethode scheint von hohen päda-
gogischen Graden gewesen zu sein, wird uns doch berichtet, daß ihn Kinder aus weiter entlegenen Orten be-
suchten, deren gutbetuchte Eltern es sich leisten konnten, ihnen in Nußdorf Speisung und Unterkunft Woche
für Woche zu bezahlen.
Es sprach sich bald herum, daß der neue Einsiedl nicht
bloß Laienbruder, sondern ein geweihter Geistlicher
sei und in seinem kunstreichen Kirchlein – außer
sonntags – auch die Messe zelebrieren dürfe. Und

weiß der Himmel!, es ging von der Gottesmutter am
Kirchwald viel Heil und Segen aus!

★

In diese Stille fiel anno 1722 ein Ereignis, das den Eremiten für einige Zeit aus dem Rhythmus seiner Beschaulichkeit warf und beinahe bedenkliche Folgen
nach sich gezogen hätte. – – –
In der Zeit, als die bayerischen Prinzen vom Kaiser
noch auf verschiedenen Schlössern Kärntens in
schmählicher Gefangenschaft gehalten worden waren –
zehn Jahre lang – hatte sich am Ende eine gewisse ver-
haltene Freundschaft zwischen ihnen und seinen Töchtern ergeben. Sie hatte sich schließlich soweit verdich-
tet, daß – und das war, als der Vater Max Emanuel
wieder nach München zurückgekehrt war – der Kaiser seine Tochter Amalia dazu bewog, für den bayerischen Kurprinzen Carl Albert Zuneigung zu empfinden und so die Würde einer bayerischen Kurfürstin zu
erwerben. Dieses kaiserliche Bemühen gipfelte freilich
in dem nie offen ausgesprochenen Gedanken, auf
diese Weise – früher oder später – ganz Bayern zu
schlucken.
Und tatsächlich, die kleine, nicht sonderlich mit Gaben
des Leibes noch Geistes gesegnete Erzherzogin Amalia
ging »in angestammter habsburgischer Treue« auf den
Plan der väterlichen katholischen Majestät ein! Auf
den verschlungenen Pfaden der Diplomatie wurden
über den Brannenburger Grafen Max von Preysing,
den Konferenzminister, Kontakte aufgenommen und
herzallerliebste Fäden gesponnen, bis es feststand, daß
die für einander Bestimmten das Beilager in München
festlich besteigen sollten.

Maria Amalia im Jagdkostüm.

Die zarte Amalia wurde zunächst ins Land Tirol diri-
giert, um sich auf Gamsjagden, für die sie schwärmte,
weidlich zu ergötzen. Darauf sollte sie von Innsbruck
aus durch einen kaiserlichen Hofschiffmeister auf Inn
und Donau prunkvoll nach Wien heimgebracht werden. Das majestätische Leibschiff war bereits in Hall
eingetroffen und lag an der Lände der hochwürdigen
Franziskanerbrüder.
Nun will es aber die Geographie, daß der Inn zwischen
Kufstein und Passau durch bayerisches Hoheitsgebiet

fließt. Es wäre nun gegen alle diplomatische Gehörigkeit gewesen, hätte der Kaiser in Wien den Kurfürsten Max Emanuel, den »viellieben Vetter« in München, nicht um diesen »transitus« gebeten. Und bayerischerseits wäre es eine flagrante Ungezogenheit gewesen, die kaiserliche Hoheit, Erzherzogin Amalia, nicht mit Anstand und Würde aufzuhalten und mit »hochderoselbem Gefolge« zu begrüßen. Es jagten daher reitende Boten von Wien nach München und von München nach Wien mit allerhöchsten Depeschen in den Satteltaschen, um das, was schon in geheimen Konferenzen ein fait accompli (fertige Tatsache) war, der abendländischen Öffentlichkeit bombastisch »kund und zu wissen zu tun«.

Max Emanuel, sein Sohn Carl Albert und der Konferenzminister Max Graf von Preysing setzten sich zusammen und dachten sich für den Empfang der Erzherzogin auf bayerischem Boden ein paar freundliche Überraschungen aus; zuerst natürlich eine Einkehr auf der Brannenburg, – das ließ sich der Preysing nicht nehmen, auch wenn er sonst auf die Habsburger einen Grant hatte. Amalia liebte es überaus, mit jedermann wienerisch zu sprechen – sogar mit denen aus fremden Ländern – und hatte dann ein geradezu kindisches Vergnügen, wenn die sich unbeholfen gebärdeten, weil sie diese Mundart nicht verstanden. Der Preysing war von dem Mägdlein angetan, denn in diesem puncto benahm er sich wie sie: er erging sich meist in einem rüden Bayerisch, worüber sich die ausländischen Geschäftsträger, Botschafter und sonstigen »Klugscheißer« – wie er sie öffentlich bezeichnete – grimmig ärgern konnten.

»Wie waar's denn«, sagte er bei dem Dreiergespräch, »wenn wir dem Weaner Madl a weng unserne Berg' zoag'n taaten? Denn mit die Berg' hat sie's!«

»Lieber Preysing, sie kommt doch gerade aus den Tiroler Bergen und soll dort – wie zu erfahren war – mit Pfeil und Bogen die reinsten Wunder vollbracht haben!« Der Kurfürst sprach's und war sich dabei sicher, durch seinen Widerspruch den alten Herrn herausgefordert zu haben.

»Ja, wenns ös moants«, erwiderte der gereizt, »nacher soll's mir aa recht sein! I wills ja nit heirat'n! I spar' mir vuil Göld, wenns mi links lieg'n laßts!«

Beschwichtigend meinte Carl Albert: »Aber Vater Preysing, seid doch nit gleich so aufgebracht! Wir sitzen ja deswegen hier beisammen, damit wir was G'scheit's aushecken!«

Darauf der Graf: »Mein Prinz, dös is a guat's Wort! Hecken wir also weiter!« –

Am End kamen sie überein, dem Preysing den ersten Empfang der Erzfürstin auf bayerischem Boden zu lassen und sich selbst bis Wasserburg zurückzuziehen. Da strahlte der um das Kurfürstentum vielverdiente Mann und geleitete seine noblen Gäste bis zu den Heftstecken am Inn, wo das kleine kurfürstliche Lustschiff festgemacht hatte. Hier wurden sie von etlichen Hofdamen begrüßt, die sich hitzig danach sehnten, dem Vater und dem Sohne in den niedlichen Kammern des Schiffes die Alkoven zu wärmen.

Es war Abend geworden, und ein leicht aufstehender Nachtwind – der »Erler« – trieb sanft plätschernde Wellen vor den Bug des prächtigen Gefährts. Der Leibschiffmeister und seine Knechte begaben sich zum Schlafen an Land; die Nachtwachen des Garderegi-

ments zogen auf. Dann kam der Kanzler – Baron Un-
ertl – wünschte eine gute Nacht und nahm das Proto-
koll für den anderen Tag auf. Über dem Heuberg und
dem Kranzhorn funkelten vor dem nachtblauen Himmel in klarer Pracht Sterne um Sterne. Sie kündeten
dem, der sie zu bewundern verstand, manches von
überirdischen Geheimnissen . . .
Wer hätte sich's da versagen können, ganz Mensch zu
sein?

o-o-o-o-o

Die Brautfahrt

Nach etlichen Tagen kam ein Meldereiter auf die Brannenburg mit der Nachricht, die Erzherzogin Amalia und das Gefolge seien von Innsbruck abgereist und gedächten in Hall an Bord zu gehen.

Das brachte nun den alten Edelmann gehörig auf Trab. Innerhalb einer Stunde hatte er ein kleines Dutzend Reitknechte mit Einladungspapieren auf den Weg gebracht; einen hatte er auf die Hohenaschau geschickt und den dortigen Burgvogt aufgefordert, unverzüglich zwei Wildsäue im Sachranger Holz erlegen und tranchieren zu lassen; noch während der Nacht müßten sie in die Brannenburg eingebracht werden, ebenso aus der Schloßbrauerei unter der Kampen drei Fuder Lagerbier. Stücker zehn eilends herbeigeschaffte Bauerndirnen hatten mit Eimern voller Laugenwasser und Bräuhausschrobbern auf allen Holz- und Steinböden im Burginnern zu wüten und in den Ecken und hohen Winkeln die Kolonien von Spinnen auszurotten, die noch aus den Tagen der gottseligen Freiherren von Hundt stammen mochten. Weiß Gott!, der alte Graf schien an der zarten Habsburgerin den Narren gefressen zu haben! Deshalb tauschten ja auch die Hauskavaliere hinter vorgehaltener Hand tuschelnd ihre Verlästerungen aus. Wehe, wenn er das mitbekommen hätte! Mit der Reitgerte hätte er sie wohlwollend bedient!

★

Inzwischen hatte das kaiserliche Lustschiff von Innsbruck her unter der Burg Geroldseck in Kufstein an
den Heftstecken festgemacht und seine edle Fracht
dem österreichischen Burghauptmanne anvertraut.
Der war angewiesen worden, die Erzherzogin mit sol-
datischem Gepränge dem Grafen von Preysing und seiner Eskorte zu übergeben, sobald der alte Herr, dessen
Ahnenreihe bis in die Zeit der Staufer zurückreichte,
um sie anhalten würde. Und wahrhaftig, der würdige
Edelmann kam auf vier mächtigen Salzschiffen mit
hundertsechzig bayerischen Leibgardehatschieren den
Fluß herauf, begrüßte im Namen seines Kurfürsten die
kleine Kaisertochter und bot ihr den Schutz des Landes
der Wittelsbacher an.
Da gab es auf beiden Seiten viel Pomp und Prunk zu sehen und auch die rührende Szene, als sich Amalia dem
bärigen Edelmanne kindlich in die Arme schmiegte.
Die Nacht verbrachte man gemeinsam in Kufstein bei
üppiger Gastierung; da floß viel herrlicher Etschländer
durch die rauhen Männerkehlen, und die würzigsten
Partien von Almenkäse ergötzten die Geschmäcker.
Um die wehrhaften Rundtürme tobte in vorgeschritte-
ner Stunde ein hartes Gewitter mit mächtigen Donner-
schlägen, so daß sich der Preysing eines Vergleichs
nicht enthalten konnte. »Dortmals« so sagte er, »wo
der Kaiser Maximilian . . .«
». . . der letzte Ritter, wie sie ihn jetzt nennen . . .«
unterbrach die kleine Erzherzogin.
Doch der Preysing fuhr unbeirrt fort: »Dortmals also,
wo der Maximilian, den die Historia als den letzten
Raubritter bezeichnen wird, uns Bayern die Feste Geroldseck abgelaust hat, dortmals hab'n seine paar Ka-
nonerl genauso wie jetzt um diese Mauern gedonnert,

Blick ins Inntal – der Fluß noch mit seinen Inseln.

hab'n aber nix ausg'richt', dergestalt, daß unser Ritter
Pienzenauer die Mauern mit'm Bes'n hat abkehr'n
könna! Do hat's dem Maximilian g'stunka. Dester-
weg'n hat er aa den Pienzenauer nachg'rade um oan
Kopf kürzer g'macht – der feige Hund!«
Nun erhob sich bei den Tirolern ein Sturm der Entrü-
stung, und es wäre unweigerlich zu einer herzhaften
Schlägerei zwischen Bayern und Österreich gekommen, hätten nicht die Hofherren und Diplomaten auf
beiden Seiten besänftigend eingegriffen und die aufge-
wühlten Wogen geglättet. Auch wirkten sie dahin, daß
man sich auf beiden Seiten entschloß, die Alkoven und
die Strohsäcke aufzusuchen.
Anderen Tags wurden alle schon in früher Morgenstunde geweckt. Das war gut so, weil ihnen der Schlaf
und der Suff noch in den Augen hing. Da waren sie
kaum eines vernünftigen Gedankens mächtig, geschweige denn eines vaterländischen Vergeltungsschla-
ges. Sanft wie die Lämmer – besser gesagt: dumm wie

die Schafe! – begaben sie sich auf ihre Posten – und das kaiserliche Lustschiff lichtete den kleinen Anker und löste sich von den Heftstecken.

Als sie bei den mächtigen Ruinen der Auerburg vorüberglitten, begann der Preysing nochmals zu stänkern und meinte treuherzig: »Eierne Krovoten hab'n da a sauberne Arweit do!«

Weil aber die kleine Amalia tat, als hätte sie diese Bemerkung nicht gehört, sondern unentwegt die lieblichen Vorberge der Alpen beiderseits des Inn bewunderte, verlor sich das böse Wort. Dafür kam jetzt das kunstreiche kleine Gotteshaus auf dem Kirchwald – dreihundert Ellen über dem Tale – in Sicht, das der Erzherzogin sofort einen Ausruf der Begeisterung entlockte.

»'s ist die Einsiedelei Kirchwald, hohe Frau!« meinte der neben ihr stehende bayerische Geschäftsträger in Wien.

»Einsiedelei?« fragte sie. »Was machen die Einsiedler?«

»Kaiserliche Hoheit, sie beten. Auch heißt es, daß die da droben Schule halten.«

»Das is' net schlecht! Hab'n wir in Wien auch Einsiedler?«

»In Wien wohl nicht, denn sie lassen sich nur an einsamen Orten nieder – und Wien ist alles andere als einsam! Hier dagegen kann man leicht zehn bis fünfzehn dieser Männer aufzählen.«

»Wir hab'n noch nie an Einsiedler zu G'sicht gekriegt!«

Der Ausruf der Begeisterung Amaliens und ihre Unkenntnis über die Einsiedler wurde pflichtschuldigst sogleich dem Grafen Preysing hinterbracht. Und noch ehe das Lustschiff richtig vor Brannenburg angeländet hatte, ritt ein Melder nach Nußdorf – und den Kirchwald hinan.

★

Er traf den Pater Casimir Weiß in seiner Kirche, knieend vor dem wundertätigen Marienbilde, das der brave Tuchmacherssohn Michael Schöpfl fast achtzig Jahre zuvor aus Rom an den Inn gebracht hatte. Er wartete nicht ab, bis sich der fromme Mann von seinem Betstuhl erhoben hatte, sondern verkündete mehr schreiend als redend – wie es eben bei den Soldaten so üblich ist – mitten im leeren Gotteshause seinen Auftrag: »Unser gnädigster Herr, Graf Maximilian von Preysing, läßt Euch sagen, daß die kaiserliche Hoheit Amalia, Erzherzogin von Österreich aus Wien, noch keinen Einsiedler gesehen, geschweige denn gesprochen hat. Darum sollt Ihr ansagen, wann in den nächsten drei Tagen es Euch gefällig sein wird, die hohe Frau in Eurer Behausung zu empfangen!«
Der Eremit nahm den Soldaten sanft am Ärmel, und gemeinsam verließen sie das Kirchlein und betraten die gegenüberliegende Einsiedelei. Hier hieß er den Soldaten sich setzen und reichte ihm in einem hölzernen Becher Wasser aus dem steinernen Brunnen, der draußen im Garten unter einem Strohdache plätscherte: »Mehr könnt Ihr von einem Klausner nicht erwarten!« sagte er. »Doch das Wunderwasser wird Euch laben bei dieser Hitze.«
Der junge Mann dankte mit einer strammen Verbeugung und bat noch um einen Eimer voll für sein Roß.
»So ist es recht!« erwiderte Casimir. »Ihr denkt auch an die geschundene Kreatur. Denn es ist keine Kleinig-

keit, ein g'stand'nes Mannsbild durch Schwärme von giftigem Geschmeiß an dem Steilhang hier heraufzutragen! Ruht Euch ein wenig aus und laßt mich das Roß tränken!«

Als er nach einer Weile wieder in die Klause trat, sagte er: »Meldet dem Herrn Grafen, meinem großen Gönner, er möge ganz nach seinem Gutdünken über meine Zeit verfügen!«

Der Reiter kehrte alsbald auf die Brannenburg zurück.

Hier wurden bereits die letzten Vorbereitungen für das strahlende Fest getroffen, das der Preysing der künftigen Kurfürstin von Bayern schuldig zu sein glaubte. Und weil er mit zu den Vermögendsten im Lande zählte, würde jedermann eine solche Festivität auch nur als gehörig ansehen.

Amalia verstand sich gern in der Rolle einer jagenden Amazone und trug grüne Mannskleidung. Nur eine weiße Perücke, die ihr gut stand, unterstrich das weibliche Wesen; mehr aber noch taten's die breiten Hüften und – wie der Graf einmal gesagt hatte – der »feste Reiterarsch«.

Dann kamen sie geritten und in kostbaren schweren Wagen angefahren, so wie der Herr auf Hohenaschau, Brannenburg und Neuen Beuern sie geladen hatte: lauter Herren und Damen vom höheren bayerischen Adel. Der bedeutendste Mann unter ihnen war Franz Adolph Graf von Wagenspreng, der Fürstbischof vom Chiemsee. Wegen seiner fast erschreckenden Leibesfülle reiste er in einer Sänfte an, getragen von zwei stämmigen Samerberger Saumtieren. So ähnlich mochte der Carthagerkönig Hannibal im Winter die Alpen überquert haben, als er bis an die Tore Roms vorstieß. Indes, ein Hannibal war er nicht, der edle Kirchenfürst! Deshalb erklärte er denn auch ganz kühl, daß er den geplanten Aufritt der Erzherzogin zum Einsiedler auf Kirchwald nicht anführen werde, läge ihm doch noch die erst vor zwei Jahren gehabte Consecration des Dientzenhoferschen Kirchleins heute noch in den Gliedern. – Nun ja, niemand, der sah, wie die beiden Saumtiere schwitzten, mochte es ihm verargen! Nur der Preysing, trotz seiner Jahre noch drahtig von Gestalt, murmelte seinem secretario zu: »Sollt' halt nit so vuil fressen, der geischtliche Herr!«

Das Begrüßungsfest im hohen Schloß zu Brannenburg verlief zur Freude aller sehr friedlich. Etliche böhmische Sackpfeifer aus Strakonitz sorgten für gute – eben böhmische! – Musik. Die Düfte des großportionierten Wildschweinbratens durchfluteten das ganze Haus. Das Aschauer Starkbier, das aus hölzernen Maßkrügen getrunken wurde, heiterte die Gemüter ebenso auf wie die Weine aus Oberetsch. Ein paar grasgrüne Ritterbürschlein verlangten vom Hausherrn in ziemlich ungehobeltem Tonfall, er möge doch unten am Inn den Anger freigeben, damit auch sie – wie vormaleinst der »Goldene Ritter« und sein Kontrahent – ein scharfes Rennen versuchen könnten. Doch da schoß dem Preysing das Blut ins Gesicht und er schrie durch den Saal: »Ihr Arschlöcher von Gottes Gnaden, laßt euch erst von euren Nährmüttern den Rotz vom Zinken putzen, eh ihr euch anmaßt, einen Caspar Winzerer nachzuäffen! Burgvogt, schmeiß die lausigen Gesellen hinaus und schick ihnen vorsichtshalber den Hundehalter nach!« Dieser Ruf zur Ordnung des Hauses war notwendig, weil da auch ein paar Ritterfräulein auf die Jungen eingeredet hatten, sich vor ihren Augen zu bewähren. Diese Dirnlein erhoben sich jetzt an der Tafel

und verließen mit den Bürschlein die Brannenburg. –
Am anderen Morgen wurden zwei von ihnen nackert
aus den Heuschobern gezerrt, eine dritte, eine Magd,
lag am Gestade des Innflusses und blutete still vor sich
hin. Mit der hatten sie's am tollsten getrieben . . .
Ansonsten war das Fest gut verlaufen, und als der Morgen aufblaute, ruhte über der ganzen Brannenburg der
Friede des Gerechten – bis in den hohen Tag hinein.
Der allergnädigste Herr Fürstbischof fühlte sich nicht
ganz wohl und reiste ab. Darauf meinte die kleine Erzherzogin, in deren unmittelbarer Nähe er getafelt
hatte, hinter der vorgehaltenen Hand zum Preysing:
»Mit dem, was der verdruckt hat, hätt' ma' drei Taglöhner satt mach'n könna!«

Der andere Tag, ein Sonntag.
Nach dem Gottesdienst in der Burgkapelle wurde der
Aufritt zum Einsiedler nach Kirchwald zusammenge-
stellt: Voraus zwanzig Preysing'sche Waffenknechte in
Paradeuniform; dann zwischen sechzehn spanisch ge-
kleideten Edelfräulein die Erzherzogin; in respektvollem Abstand dahinter der Graf und der bayerische Geschäftsträger in Wien. Ein Reitknecht mit zwei anderen
trug hinter den Herrschaften in einem schönen Futteral ein Ciborium, aus Gold und Silber getrieben und
mit Amethysten besetzt. Dieser sogenannte Speise-
kelch, in welchem die geweihten Hostien in den Taber-
nakeln der Altäre aufbewahrt werden, fehlte noch auf
Kirchwald. Er sollte ein Geschenk an den Einsiedl
sein.
Wiewohl die Bewohner von Nußdorf den steilen An-

stiegspfad von den großen Gesteinsbrocken gesäubert hatten, gestaltete er sich für die Reiterinnen und ihre Rösser doch recht beschwerlich, so daß man fast bei jeder der vierzehn Kreuzwegstationen, die den Weg säumten, ein Weilchen verschnaufen mußte.

»Und den Weg macht der Einsiedler tagtäglich nauf und nunter?«

Diese Frage der hohen Frau klang schier entsetzt.

»So ziemlich!« erwiderte der Graf. »Mit seine fuffzig Jahr is er zwar noch – verhältnismäßig – a junger Hupfer; weil ihn aber die Krovoten, die der Kaiser aufs Bayernland losg'lass'n hatte, fast derschlag'n hab'n, is er leidend word'n, der arme Hund. Wenn Ihr also jetzt zu eam kemmts, nacher denkts dro! Darum bitt i euch alle mitanand!«

Da wurde es unter den Fräulein recht still, obzwar sie vorher ihre süßen Mäulchen eifrig spazieren geführt hatten.

Sie ritten weiter – und dann standen sie auf der Wiese vor dem Kirchlein und der Klause. – Der Preysing hieß sie absitzen und den Rössern die saftig-grüne Wiese um die Kirche und die Klause herum zu überlassen.

Dann trat er aus der Tür seiner Behausung heraus: Pater Casimir Weiß, der Klausner vom Kirchwald. Im Gegensatz zu vielen anderen Einsiedlern in der Gegend, hatte ihm der liebe Gott einen üppigen und kräftigen Bartwuchs versagt, so daß er – am Kopfe blond behaart – einen noch recht jugendlichen Eindruck machte. Dazu gab ihm das geistvoll geschnittene Gesicht ein fast jünglinghaftes Aussehen. Kein Wunder, daß die Baronesse Livia von Laiming, eines der Edelfräulein, einen inbrünstigen Seufzer nicht zurückhalten konnte und ihrer Nachbarin zuraunte: »Der waar a Todsünd'n wert!« – Das war so laut gewesen, daß die Erzherzogin und sogar der Eremit selber es vernommen hatten. Während die hochedle Frau leicht ihre Perücke schüttelte, verzog Casimir sein Gesicht zu einem anmutsvollen Lächeln.

Darauf begrüßte er die Kaisertochter mit wohlgesetzter Rede und pries sein eigenes Geschick, daß er unter den abendländischen Eremiten wohl der einzige sein werde, dem das Glück eines solchen Besuchs widerfahren sei. Er begrüßte auch die edlen Fräulein und bedauerte, daß ihm die Satzung seiner Ordensgemeinschaft verbiete, Damen in sein Haus einzuführen – ausgenommen die jeweilige Gemahlin des Landesherrn. Es sei zwar die Verbindung Habsburg – Wittelsbach noch nicht bis zu diesem Ende gediehen, stünde jedoch unmittelbar bevor, – und darum bitte er die hochedle Frau, ihren Fuß über die Schwelle seines Hauses zu setzen.

Amalia winkte dem Reitknecht, der das Futteral trug, und beide folgten dem Einsiedler. Im Vorraum der Klause überreichte sie dem völlig verstörten geistlichen Manne ihr Geschenk und hieß den Knecht gehen. Dann betraten sie gemeinsam den Wohn-, Arbeits-, Gebets- und Schlafraum des Klausners. Da stand auch noch ein mächtiger Kachelofen, der etwa ein Drittel des gesamten Raumes einnahm. Ein Tischlein unter dem Fensterbrett war so gebaut, daß es mit ein paar Handgriffen zu einem Betstuhl umgemodelt werden konnte. An den drei freien Seiten des Ofens hingen von der niedrigen Holzdecke an Stricken leichte Stangen herunter, deren Zweck es war, die vom Hausbewohner gewaschene Leibwäsche trocknen zu lassen: ein Hemd von unbestimmter Farbe, das einem ausgebeulten Maltersacke täuschend ähnlich war; ebenso eine farblich unbestimmbare Hose und etliche aus grober Wolle gestrickte Strümpfe, deren Fersen nicht eingearbeitet, sondern durch steten Gebrauch eingetreten worden waren. Diese Wäsche war schon trocken; er hatte nur vergessen, sie von der Stange zu nehmen. Darüber stieg jetzt eine leichte Röte in sein Gesicht.

»Erzfürstin«, sagte er, »mein Hauswesen darf Euch nicht stören, denn wer bemüht sein muß, sich mehr und mehr dem Göttlichen zuzuwenden, verliert mit der Zeit die Bezüge zu den Menschen und ihren Geltungen. Ihr wißt, daß keiner anderen Frau als der Landesherrin der Zugang in die Clausur gestattet werden darf; wißt auch, daß die Armut keine Schande ist, solange sie sich nicht mit Schmutz und Sünde verbindet.«

Sie erwiderte: »Mann Gottes, wir sind nicht gekommen, Euren Lebensstil anzutasten, sondern nur um uns über ihn unterrichten zu lassen.«

Darauf er: »Herrin, ich will sein wie ein aufgeschlagenes Buch; blättert darin!«

Er setzte sich auf die Ofenbank und bat sie, auf einem wackeligen Stuhle, in dessen ungefüger Rückenlehne ein Herz ausgesägt worden war, niederzulassen. Das erwies sich wegen ihrer Reithose als ganz problemlos.

★

Und sie begann: »Wie verkraftet Ihr das Alleinsein?«

Er schaute ihr gerade ins Gesicht und erwiderte: »Da ist nicht viel zu verkraften angesichts der alten Parole, die über unseren Haustüren steht: 'O beata solitudo, o sola beatitudo! – Selige Einsamkeit, einzige Selig-

285

keit!' Ihr solltet bedenken, hohe Frau, daß kein Mensch diese Parole erfassen, geschweige denn nach ihr leben kann, wenn er nicht von Gott berufen ist. Berufung aber ist Gnade, und Gnade ist unverdientes, unverdienbares Geschenk des Himmels!«

»Also seid Ihr ein begnadeter Mensch!«

»Erzherzogin, wer könnte das von sich sagen, ohne sich zu versündigen? Doch fragen wir uns einmal, was von dem Guten, das wir in die Welt einbringen, ist denn nicht Gnade? Wenn Ihr demnächst als die Fürstin Bayerns dieses Land mitregieren werdet und es durch Eure Güte und Menschenfreundlichkeit, durch Euer Mühen um Wohlfahrt und Erfolg seiner Bewohner zu einem Lande macht, auf dem das Glück der Erde und der Segen des Himmels ruhen, – ist da nicht eine Berufung an Euch ergangen und eine Gnade Gottes über Euch ausgegossen worden? Seid Ihr da nicht ein begnadeter Mensch? Und welch ein begnadeter!«

Er unterbrach seinen Gedankengang; sie aber schwieg.

»Und dennoch werdet Ihr nicht hergehen mit Pauken und Trompeten und auf den Straßen und in den Gassen verkünden: Seht, ich bin ein begnadeter Mensch! – Nein, Ihr werdet Euch hinknien in der Stille Eurer Kammer und zu Gott sagen: Lieber Herr, ich danke dir, daß du mich auserwählt hast, Gutes zu tun! Hohe Frau, in diesem Augenblick, wo Ihr so sprecht, seid Ihr wie der Einsiedler: ein von Gott begnadeter Mensch; ein unverdientes Geschenk – donum gratuitum – ist Euch zuteil geworden!«

Und weil sie immer noch, in Gedanken versunken, vor ihm saß, fuhr er noch einmal fort: »Das aber, womit der Mensch begnadet wird, ist nicht von Belang. Mir wurde die Gnade des Alleinseins geschenkt; Euch wurde die

Gnade der Führung und Beglückung eines Volkes verliehen. Jedes von uns wird einmal gefragt werden: Was hast du aus meinem Geschenk gemacht? Hast du mit ihm gewuchert oder hast du's versteckt, um es nicht mehr zu sehen? An den Türnagel gehängt wie einen alten Hut? – Gnaden sind nämlich auch Aufgaben und ziehen eine gerichtliche Erkundigung nach sich!« –

Und dann – wie von einem inneren Anruf aufgeschreckt – fragte Amalia geradeheraus: »Wollt Ihr mit Uns nach München gehen und Unser Beichtiger sein?«

Nach einer langen Weile des Vor-sich-Hinstarrens faltete Casimir Weiß die Hände vor der Brust und sprach: »Vieledle Fürstin, seid gnädig und entreißt mich nicht meiner Berufung!«

Darauf geleitete er sie in sein Kirchlein, während hinter ihnen der gesamte kleine Hofstaat, der mit auf den Kirchwald gekommen war, sich in die Bänke mit den feingeschnitzten Wangen kniete. Gemeinsam mit der Erzherzogin trat der Eremit vor den Hochaltar und betete – gemeinsam mit ihr – die Lauretanische Litanei:

> »Du Mutter der schönen Liebe –
> bitt' für uns!«

Die Reitknechte hatten die vielen Rösser betreut, die Edelfräulein hatten auf der Wiese Blumen gepflückt und mit den Knechten – nicht die saubersten – Witze gerissen.

Jetzt saßen alle auf.

Amalia kniete sich vor dem Einsiedler ins Gras; er segnete sie. Dann hielt ihr Graf Max von Preysing – von einer inneren Rührung ergriffen – den Steigbügel, und in der Ordnung, in der sie gekommen waren, ritten sie davon.

Als Livia von Laiming am Einsiedler vorbeikam, warf sie ihm ihr Sträußchen blauer Blümchen zu und sagte leise: »Vergiß mein nicht!«

o-o-o-o-o

»Und führ uns nicht in Versuchung!«

Zwei Tage später bewegte sich das kaiserliche Lustschiff mit großem Geleit weiter den Inn hinab bis Wasserburg, wo der erste Teil der Brautfahrt zu Ende war.
Denn hier empfingen der Bräutigam Carl Albert und
der kurfürstliche Schwiegervater Max Emanuel die
Kaisertochter mit Glanz und Gloria und derart pompö-
sem Aufwand, daß allein das Bild des Kurprinzen, das
die Erzherzogin geschenkt bekam, auf 250.000 Gulden
geschätzt wurde. Und das Paradebett in der Münchner
Residenz, darauf das Beilager zelebriert werden sollte,
hatte 800.000 Gulden gekostet, weil dazu allein schon
zweieinviertel Zentner Gold verwendet worden waren.

Inzwischen hatte der Eremit Casimir sein Kirchlein
wieder gesäubert und den Dreck hinausgekehrt, den
die Gesellschaft hinterlassen hatte. Auch hatte er den
kleinen Blumenstrauß des Edelfräuleins Livia in ein
Tonkrügerl gesetzt und auf den Hochaltar gestellt.
»Vergiß mein nicht!« – Dieses Wort aus dem schönen
Munde der Schwarzhaarigen fauchte durch sein Gemüt
wie der Föhnwind durch die Frühjahrsnacht. Wollte sie
ihn tratzen? zum Narren halten? oder sonst einen
Spott mit ihm treiben? – Das konnte er sich nicht vorstellen; denn eine Edelmaid, die auf die Dreißig zuge-
hen mochte, dazu im Gefolge einer Erzherzogin,
durfte doch keine so dummen Witze machen und einen
Gottesmann äffen! Hatte sie sich also dabei etwas gedacht? War ihr schönes Wort von einer Empfindung

des Herzens getragen, so wie eine Geliebte ihrem Verehrer eine schöne Blume entgegenträgt, weil sie im Augenblick kein anderes Geschenk für ihn hat? So wie Eva dem Adam einen Apfel gereicht hatte, wo er doch einen ganzen Obstgarten besaß?

Was hatte sie sich gedacht?

Was hatte sich denn Eva gedacht? – Und hatte sie ihm vielleicht auch das liebe Wörtchen hingehaucht: »Vergiß mein nicht!«? – Und wenn sie es getan hatte, warum sollte sie es nicht in der feinen, freundlichen Absicht getan haben wie diese Schöne mit dem ebenholzfarbigen Haar: zu einer Erinnerung an den Tag, da sie sich unter dem Apfelbaume begegnet waren? . . . auf der Kirchwaldwiese begegnet waren? Ist es denn so schlimm, wenn sich ein Mann und ein Weib in Gottes freier Natur begegnen und ein freundliches Wort sagen? Ist doch die freie, unschuldige Natur dazu angetan, daß einander freundlich gesinnte Menschen sich in paradiesischer Keuschheit begegnen. Da ist kein Falsch und kein Hintergedanke, wie etwa, wenn sie sich in der Stille einer lauschigen Kammer, im flirrenden Licht eines unbegangenen Waldpfads begegnen würden – oder gar an der Höklwand am Kitzstein, wo Goldtropfen von der Decke fallen! Nein, sie waren einander begegnet auf der freien Wiese von Kirchwald, vor den Augen aller, ohne vorherige Absprache! Ihre Schutzengel waren es wohl gewesen, die sie einander zugeführt hatten – mit ein paar Blümchen vom Anger . . . Oh, was muß es für die Schutzengel eine Beglückung sein, Menschen einander zuzuführen, die sich nie gesehen, nie geahnt hatten, und auf die plötzlich im Abenddämmern ein Sonnenstrahl fällt und sie das Wörtchen sagen läßt: »Vergiß mein nicht!«!

Nein, du Schwarze, dein vergeß ich nie! –
Mitten in diese Gedanken des Einsiedlers hinein
schlich sich das andere Wort, das wie aus heiterem Himmel auf ihn niedergegangen war, das Wort der Erzherzogin: »Wollt Ihr mit Uns nach München gehen und
Unser Beichtiger sein?«
Hatte er nicht doch etwas zu voreilig und unbedacht
dieses fürstliche Anerbieten abgelehnt? Andere hätten
sich um Amt und Würde eines Geistlichen bei Hofe gerissen. Jetzt, wo ihm das Edelfräulein begegnet war, lagen die Dinge noch viel, viel günstiger: Sie hätte ihm
höfische Sitten und das ganze herrschaftliche Gebaren
beigebracht, wäre mit ihm ausgeritten und seine Fran-
zösisch-Lehrerin geworden – natürlich alles in Ehren!
Denn das war ja das Bewundernswerte an der Dame,
daß sie mit keinem Wimpernschlag eine unlautere Absicht zu erkennen gegeben hatte. Solche Vertreterin-
nen des weiblichen Geschlechts sind auch die Haushäl-
terinnen auf den Parochien der Pfarrer: sauber, streb-
sam und stets auf das Wohl des Herrn und der Gemeinde bedacht. – Könnte er, Casimir Weiß, den
Schritt ins öffentliche Leben wagen? Dürfte er das,
ohne Gefahr zu laufen, in der dicken Luft der Landeshauptstadt, in der prickelnden Atmosphäre eines mehr
als schlüpfrigen Hoflebens seine Ideale der Stille und
Einsamkeit, der Gottergebenheit und des Herzensfrie-
dens aufs Spiel zu setzen? Würde das edle Fräulein bereit sein, diese seine Ideale gemeinsam in feiner Zweisamkeit mit ihm zu realisieren? Es gibt doch in der Hei-
ligenlegende Beispiele, die die Möglichkeit einer solchen Harmonie dokumentieren! . . .
Wochenlang quälte sich der Einsiedler mit derlei Gedanken herum und fand keine Lösung. Seinen Pfarrvi-

kar in Nußdorf, vor dem er sein Innenleben auszubreiten pflegte, wollte er mit diesen seelischen Wirrnissen nicht belästigen. Zudem wußte alle Welt, daß der beim Biertisch in vorgerückter Stunde Zweideutigkeiten eindeutig darzustellen pflegte, – und ein Blick hinter die Kulissen des Eremiten auf Kirchwald wäre gegebenenfalls für das ganze Inntal ein »gefundenes Fressen« gewesen! Ist doch der sogenannte »gute Ruf«, den ein Mensch in seinem Umfeld genießt, wie ein Untier, das alles frißt, am liebsten das Schlechte, das hinter der vorgehaltenen Hand erzählt und aufgebläht wird.

Je länger Casimir Weiß grübelte, in eine desto größere Unsicherheit manövrierte er sich hinein, die nun auch durch nächtliche Lust- und Schreckträume sein Gemüt verwirrte und den Schlaf von seinen Augen vertrieb. Er fing an zu zittern wie ein alter Mann und begann zu fasten.

Gefastet hatte er zwar schon immer, so wie es ihm das Regular des Ordens vorschrieb; jetzt aber vollbrachte er in dieser Hinsicht Werke der Übergebühr, was seinen Kräftehaushalt noch mehr belastete. Jetzt war es schon dahin gediehen, daß ihn die Bewohner von Nußdorf auf offener Gasse fragten, ob er krank oder gar am Verhungern sei. Das war ein Alarmzeichen, das ihm endlich den Entschluß abrang, mit seiner ganzen seelischen Misere den Grafen Max von Preysing auf Brannenburg aufzusuchen.

★

»Exzellenz, Ihr wißt, wie es um meinen Vater bestellt war, und daß Ihr schon in jungen Jahren für mich eine Vaterfigur gewesen seid, zu der ich voller Ehrfurcht aufgeschaut habe wie zu einem Gnadenbilde.«

292

»Aber zur Ehre der Altäre willst mi no nit erheben?«
erwiderte launig der alte Herr.

Darauf offenbarte der Einsiedler ungeschminkt den
Zustand seines Herzens, und wie es dazu gekommen
war, erklärte auch, daß er nächtens kaum noch Schlaf
finde, – ebenso wenig wie einen Ausweg aus seiner
Qual.

»Wie alt bist?« fragte der Graf.

»Ich geh' auf die Fünfzig, Exzellenz!«

»Und tuast wiar a Siebzehnjähriger! Kannst aber nix
dafür! Schuld san deine Alt'n! Dei' Vater, der Hallodri
vom Samerberg, war allweil auf fremde Weiber aus;
und dei' Muatta is a guate Haut g'wen und hat di' ver-
wöhnt, weil's an geischtlichen Herrn aus dir hat macha
woll'n. – Hast überhaupts scho a Weiberts im Alkoven g'habt?«

»Naa, Exzellenz, no nia!«

»Armer Bua! – Un jetzat willst's ausg'rechnet mit ara
solchenen probier'n, die wo in zehn Tag'n durch elf
Händ' gengan!«

»Naa, Exzellenz, so is's nit!«

»Wie is's nacha dann?«

»I will bloß an andern Menschen spür'n!«

»Wie spür'n? Geistig oder körperlich?«

»Exzellenz, rein geistige Menschen hab i a guat's Jahrzehnt lang g'spürt: meine Lehrer. Die hab'n mi mit
Glauben und Wissen, mit Denken und Erkennen, mit
Vermuten und Forschen zug'schütt't bis zum Kragen! –
und jetzat hab i an Menschen troffa, der wo einfach
g'sagt hat: Vergiß mein nicht! An Menschen, der wo mi
g'sehg'n hat und o'g'lacht hat! Mit oam Wort: an liabn
Menschen!«

Graf Preysing nickte. Dann wurde er doktrinär – auch in der Sprache – und sagte: »Schlag mir in deinen Theologieheften und in deinem Ordensregular die Stellen auf, wo's heißt: Vergiß mein nicht! – Diese Stellen wirst du nit finden! Wohl aber wird es an hundert anderen Stellen heißen: Verleugne dich selbst, nimm dein Kreuz auf dich, und so weiter! – Ich sag dir nur eins: Du hast keine Jugend gehabt; das Elternhaus und die Domschule haben dich verbildet; du bist dem Gemüt und dem Körper nach ein Krüppel – und jetzt, wo du ins Altern kommst, fordern die Verkrüppelten ihr unterdrücktes Recht ein. – Casimir, mei liaba Bua, heit is 's zu spat! Heit hoaßt 's: biegen oder brechen! Entweder die Maid biegt dich zu dir – oder du brichst mit ihr! – Hast mi'?«

Er hielt inne. – In einem gemütlichen Tonfall fuhr er dann fort: »Jetzat hab i g'red't wie der Burgkapellan auf unserer Hohenaschau. Anderscht aber geht 's nit! Bleib du der brave Einsiedl aufm Kirchwald und scher di nit um dös Münchner Weibervolk! Dich rumkriag'n, in'n Alkoven einikriag'n, dös taat dene scho schmecka. Aber den G'fall'n taat i eana nit!« –

Wie ein Luchs schaute jetzt der alte Herr auf den zerknirscht dastehenden Casimir, um vielleicht zu ergründen, was in seinem Innern vorgehe. Indes, der Eremit schien noch keiner Stellungnahme fähig zu sein. Die harte Rede des Grafen hatte sich unbarmherzig in ihn hineingebohrt und fing an – was Preysing beabsichtigt hatte – sich in seinem Herzen ernüchternd auszubreiten. Langsam begann er festen Boden unter seinen Füßen zu gewinnen.

Mitten in das entstandene große Schweigen hinein murmelte dann der Edelmann: »Casimir, jeder von uns

Menschen schlägt bisweilen einen Irrweg ein, keiner ist dagegen gefeit. Wer sich dessen schämen wollte, übersieht unsere Geschöpflichkeit und benimmt sich wie ein Depp. Ein Meisterstück aber ist's, auf dem falschen Wege anzuhalten und umzukehren! Das sagt dir einer, der in seinem langen Leben oft und oft hat umkehren müssen, weil er sich verrannt hatte. Schäm dich also ja nicht! – sei aber bedankt für das Vertrauen, das du mir geschenkt hast!« – Er war wieder in seinen lehrhaften Ton gefallen, was ihm jetzt peinlich vorkam. Darum erhob er sich jäh, streckte dem Einsiedl die Hand hin und meinte: »Nix für unguat! Aber für di bin i allweil da!«

Pater Casimir Weiß kehrte langsam von der Brannenburg nach Nußdorf zurück. Er sann über die markanten Worte des Grafen nach und wurde dabei inne, daß er über die Vater-unser-Bitte »Und führ uns nicht in Versuchung« eigentlich noch nie so recht nachgedacht hatte. Weiß Gott, jetzt hatte ihn eine ausgewachsene Versuchung erreicht! Tröstlich berührte ihn der Gedanke des Grafen, daß kein Mensch sich eines Irrtums zu schämen brauche; freilich gilt es jetzt, anzuhalten und umzukehren: »Errare humanum est, sed turpe, in errore perseverare! Irren ist menschlich, doch schimpflich, im Irrtum zu verharren!« – Dieses Wort stand in der lateinischen Grammatik; er hatte es vor fast vierzig Jahren übersetzt, ohne daß es damals seine Seele berührt hätte. Es mußte erst der alte Herr kommen und ihn – zwar nicht direkt, aber dennoch! – einen Deppen heißen, wenn anders er den Mut und die Kraft zur

Umkehr nicht aufbringen sollte. – Nein, Exzellenz, ein zweites Mal sollt Ihr mir dieses Kraftwort unserer Väter nicht ins Gesicht schleudern! Dazu möge mir unser Herrgott seinen Beistand nicht versagen!« –

Es ging mit Riesenschritten in den Herbst hinein. Föhnstürme und Regengüsse, heftige Gewitter und eine vorzeitige Kälte durchfurchten das Inntal, so daß die Bauern ihre liebe Not hatten, die dritte Wiesenmahd einzubringen. Der uralte Christoph Stadler, einst Holzmeister des Marktes Rosenheim, dem man absonderliche Ahnungen nachsagte, hatte erst neulich auf seinem Gütl am Sonnhart dem Herrn Vikar Paul Bumi erklärt, auf dem Samerberge waberten allerhand böse Geister umanand: man müsse sich auf einiges gefaßt machen. Was das sein könnte, darüber hatte sich der alte Seher zwar nicht geäußert, schien aber auf die kommenden Witterungsverhältnisse abgezielt zu haben.

Und in der Tat, am Feste der Mutterschaft Mariens, anfangs Oktober, wälzten sich finstere Wolkenmassen über die Berge her. Da stand manche alte Urmutter unter der Haustür, schlug betend die Hände zusammen und jammerte: »Lieber Herrgott, mach 's gnädig!« – Darauf setzte ein sturzbachartiger Regen ein: der schwoll mächtig über die Ufer heraus; die Bäche überschwemmten Äcker und Wiesen und bohrten tiefe Erdlöcher in ihr Bett; aus den Wäldern rissen sie gestapeltes und wild liegendes Holz mit sich, übergaben es dem Inn, und der zerstörte damit die Archenbauten, die Heftstecken und die Ländplätze. Es griff eine derartige Vernichtung menschlicher Einrichtungen um sich, daß der alte Holzmeister sich vermaß, zu behaupten, so ähnlich werde es am Jüngsten Tage hergehen.

Nahe bei der Einsiedelei am Kirchwald war eine Mure niedergegangen. Sie hatte den Gesundbrunnen ganz und gar weggerissen, hatte sich bis hinab nach Nußdorf ergossen und war sogar über die Wasserleitung des Dorfes, die ein gutes Wasser »in offenen Rindeln« vom Einfang hereinbrachte, hergefallen und hatte sie völlig zerstört.

Das ganze Dorf war vorübergehend ohne das kostbare Naß; Mensch und Vieh drohten zu verdursten.

In dieser beklemmenden Lage scheint ein guter Geist das Herz des Paters Casimir während der Nacht angerührt zu haben. Denn als er am Morgen in seinem Kirchlein an den Altar trat, kam ihm zu Sinn, daß er noch einiges Geld besaß, das diebessicher beim Gericht Rosenheim lag. Nachdem er die Messe und das Sakrament allein mit sich selbst zelebriert hatte, begab er sich hinab ins Dorf zum Vikar und legte ihm seine Absicht dar. Der war davon in hohem Maße angetan. Gemeinsam begaben sie sich zum Ortsvorsteher, der just von seinen Ratsmännern umgeben war, die miteinander das Wohl der Gemeinschaft bedachten. Still und mit bedrückten Gemütern saßen sie da. Als jetzt die beiden Geistlichen sich zu ihnen gesellten, hellten sich ihre Gesichter ein wenig auf. Und gar erst, als Casimir Weiß ihnen sein Angebot vortrug. Freilich machte er einschränkend geltend, daß die gesamte Dorfgemeinschaft sich an dem neuen Werk – nämlich das Wasser von den Wiesen des Sulzberges herab durch gebohrte Röhren ins Dorf zu leiten – mitbeteiligen müsse.

Darauf erfüllte ein Sturm der Begeisterung die gesamte Gemeindestube. Der Vorsteher beeilte sich, einen »Wasserbrief aufzurichten«; darin hieß es:

*»Damit diesseits mit göttlicher Hilf und Beistand
dem gemeinen Wesen zum besten Wohl das Brun-
nenwerk gebührendermaßen unterhalten werde,
hat der wohlehrwürdige Pater Casimir Weiß, als
seinem Stamm nach ein geborener Wirtssohn allhier zu Nußdorf, aus von Gott verliehenem Eifer,
dann um Fried und Einigkeit mit den Benachbarten zu erhalten, ein Kapital von 100 Gulden baar
erlegt.«*

Siebenhundert Rohre mit einer Bohrung von acht Zen-
timetern wurden an den »Röhrbohrer« in Auftrag gegeben, ebenso viele eiserne Büchsen, die zum Zusam-
menschluß der Rohre erforderlich waren, an den
Schmied. Auch wurde der Teichwart angewiesen, dafür Sorge zu tragen, daß die gebohrten Rohre fachge-
recht gebeizt würden, das hieß, in Gruben, die aus
Kalk gemauert waren. –

Der Einsiedler hatte sich für diese Aufgabe so stark gemacht, daß das Nußdorfer Gemeinwesen – zusammen mit dem Vikar – nach seinem Tode an alle Bürger
folgende Verlautbarung ergehen ließ:

*»Es soll in dem hochlöblichen St. Leonhards-
Gotteshause auf dem Karmeliteraltare jährlich
allzeit am nächsten Montage nach den heiligen
Dreikönigen eine heilige Seelenmesse gehalten
werden, dem Hochwürdigen Casimir Weiß ge-
dankt, auch nachgehends den armen Leuten eine
Spendt – so dieser heiligen Messe beiwohnen –
von 30 Kreuzern ausgeteilt werden mit der Er-
mahnung, daß sie bei diesem Heiligen Gottesdienst – vor allem die hiesige Gemein Nußdorf –
zur Dankbarkeit für den mildreichen Stifter andächtig beten sollen.«* –

Vier öffentliche Brunnen im Dorfe sorgten für erhöhte Bequemlichkeit und Sicherheit. Beim Hauptbrunnen ließ der Vorsteher eine Gedenktafel anbringen:

»Casimir-Weiß-Brunnen«.

o-o-o-o-o

Der Lechner und der Ziehbrunn

Mit der Geschäftigkeit, die der Einsiedler in diesen Monaten entfaltete, verloren sich in seinem Innern die krankhaften Wahnvorstellungen von der Position eines Hofpfarrers in München. »Hic Rhodos, hic salta!« sagte er jetzt immer wieder zu seinem Herzen und frischte sich damit selbst zu erhöhter Tatkraft für seine nähere Umwelt an.

So war denn nach der Fertigstellung des gesamten Leitungs- und Brunnenwerkes – zwei Jahre hatte man dafür gebraucht – nicht bloß der Schaden, den die abgegangene Mure angerichtet hatte, sondern auch die seelische Verwirrung des Eremiten gewichen. Jetzt schaute er wieder froh in den Tag hinein, worüber sich vor allem seine Schulbuben freuten. Denn in der Zeit, als noch der Mißtrost sein Herz umfangen hatte, war ihm manchmal die Lausbüberei der Knaben so zuwider gewesen, daß er den Tag gesegnet hätte, an dem sie nicht wiedergekommen wären.

Den noch aufliegenden »Kirchwaldakten« ist zu entnehmen, daß etliche Geistliche und Gemeindevorsteher wiederholt versuchten, die Schule vom Kirchwald in den Ort Nußdorf zu verpflanzen. Der Versuch schlug jedoch ebenso oft fehl, weil sich für die Dorfschule keine beständige Lehrkraft fand. Einer der Vikare hatte sogar in verständlicher Unverschämtheit seinen Versuch mit dem Argument begründet, »es sei doch billiger, wenn ein Eremit den Weg abwärts zurücklege, als daß 70 Kinder zur Bequemlichkeit des Eremiten aufwärts stiegen.«

Es blieb also beim Schulunterricht auf Kirchwald, und zwar nach der vom Pater festgeschriebenen Norm, »daß alle Klausner gehalten sein sollten, nicht bloß auf die Kirche zu sehen, sondern auch zum Nutzen der gesamten Gemain die Schuel fleissig zu halten, die Kinder nit allein im Lesen und Schreiben, sondern auch täglich etwan ein viertel oder halbe Stunden der Geistlichen Lehr aus dem Canisi (d.h. Katechismus) und anderen christlichen Tugenden zu unterweisen.« Klausner, die dazu nicht fähig und tauglich wären, sollten erst gar nicht aufgenommen werden.

So hochgeachtet und verehrt der Einsiedler-Pater Casimir Weiß auch war, so hatte er doch – wie das auf Bauerndörfern so üblich ist – einen ganz üblen Widersacher: den Hans Lechner. Der saß auf einem Lehensgütl des Klosters Seeon, das in Nußdorf insgesamt elf Anwesen sein Eigen nannte.

Als der Eremit gleich nach dem Abgang der Mure alle Bauern einzeln aufgesucht und um einen Beitrag zum Bau der Wasserleitung gebeten hatte, war er beim Lechner schief angekommen. »Hab meinen eignen Ziehbrunn!« hatte er damals gesagt und den Einsiedl barsch bis vors Hoftor hinausbegleitet. Seitdem waren zwischen den beiden Männern alle Brücken abgeworfen.

Die Wasserleitung war gebaut worden, vier Brunnenstuben gab es, daraus sich die Bauern im Dorfe reichlich bedienen konnten, doch der Lechner lehnte das gesunde Sulzberger Wasser ab und schöpfte ausschließlich aus seinem Ziehbrunnen. Bis auf einmal das Erdreich im Innern dieses Schachtes sich zu bewegen begann. In seiner Selbstherrlichkeit erklärte er seiner Familie und dem Gesinde gegenüber, dergleichen Fälle habe er zu wiederholten Malen allein und mit der linken Hand bereinigt; er werde daher sogleich in den Ziehbrunnen hinabsteigen. Und er stieg auf einer zusammengebundenen Leiter – bewehrt mit Hacke und Schaufel – in den Brunnen hinunter, während seine Leute oben um den Brunnenkranz herumstanden und das Abenteuer mit bangem Herzen verfolgten. Dem Großknechte hatte er befohlen, das abgebrochene Erdreich, das er unten einschaufeln werde, eimerweise hinaufzuziehen.

Jetzt war er unten und stand bis zu den Hüften im Wasser. Mit der Hacke schabte er nun an der Brunnenwand das nach seinem Ermessen – besser: nach seiner dümmlichen Vorstellung! – lose Erdreich ab, um auf felsigen Untergrund zu gelangen. Doch einen solchen gab es da nicht, im Gegenteil, immer größere Erdbrocken lösten sich, und plötzlich stürzte der untere Teil des Brunnens in sich zusammen und über den Bauer, so daß er – welch ein Wunder! – gerade bis ans Kinn von feuchtem Kies umhüllt war. Er vermochte noch zu atmen – wenn auch mühsam – und zu schreien. Sein Geschrei machte die Zuschauer oben so »wepsig«, daß niemand mehr wußte, was zu tun sei. Die Frauen und Kinder knieten sich auf den Rasen und beteten; die Mannsbilder eilten: der in die Scheune, um Stricke zu holen, der andere in die Schmiede, um ein paar Ketten zusammenzuraffen. Dann standen sie beim Brunnen und warteten, bis jemand ihnen ein Zeichen gäbe, dies oder das zu tun, um dem immer noch schreienden Lechner zu helfen.

Da faßte der Großknecht Mut und stieg in die Leiter, zog auch einen Strick mit sich, den die anderen sachte nachließen. Am Leibriemen hatte er sich eine Kehrichtschaufel lose befestigt. Als er beim Bauer angelangt war, begann er ihn vorsichtig auszuschaufeln: erst machte er ihm den Hals frei, dann die Schultern, dann die beiden Achselhöhlen. Das vollzog sich freilich recht langsam und bedächtig, stand er doch auf der Leiter, an der er sich nur mit einer Hand festhalten konnte.

Als er schließlich den nachgezogenen Strick unter den Achselhöhlen des Lechners durchgezogen hatte, sagte er: »Jetzat, Bauer, bet' ein Vaterunser!«

Der andere tat's und keuchte die einzelnen Bitten des Gebets mühselig heraus, während der Knecht ein Bein durch die Sprossen der Leiter streckte und es dann zusammenkrümmte. Jetzt hatte er beide Hände frei und konnte das Seil um Brust und Buckel des anderen mit einigen Knoten verknüpfen. Als das geschehen war, bekreuzte er sich und pfiff scharf durch die Zähne.

Da begannen die Mannsbilder oben gemach die Haspel zu drehen – eine Handbreit vielleicht. Der Bauer schrie, sie arretierten, der Großknecht schaufelte abermals und pfiff dann wieder. Jetzt ging es langsam, sehr langsam, doch stetig weiter nach oben. Als der Oberkörper des Bauern befreit war, merkte der Knecht, daß der Kies Hose und Stiefel des Armen behalten hatte: eine Jammergestalt schwebte nun sachte empor; der Knecht folgte auf der Leiter nach. Die an der Haspel packten den Lechner, als er ankam, mit festem Griff und legten ihn auf die Brunnenbank, während die Bäuerin mit den Mägden und den Kindern wegschauten und sich beeilten, in die Stube zu kommen.

★

Eine Woche drauf, an einem Freitag, saß Pater Casimir vor seiner Einsiedelei und betete die kirchlichen Horen. Der spätherbstliche Sonnenschein bestrahlte die hölzerne Hauswand hinter seinem Rücken und belebte das Fliegengeschmeiß, das vielleicht in der folgenden Nacht schon einem ersten Frost zu Opfer fallen würde: Übten sie den Totentanz?

Da näherte sich vom Rande der Wiese her eine kleine Schar Wallfahrer. Der Eremit stand von seiner Bank auf und ging den laut Rosenkranz-Betenden gemessenen Schritts entgegen. Und er staunte. Voraus der Lechner, umgeben von seinem Eheweib und seiner Mutter. Hinter ihnen die fünf Kinder. Und dann das Gesinde, angefangen vom Großknecht bis hinab zum Hüterbuben.

Dann standen sie sich Aug in Aug gegenüber, der Bauer und der Einsiedl.

»Pater Casimir«, sagte der Bauer, »i muaß di um Verzeihung bitten!«

Erwiderte der Einsiedl: »Um Verzeihung bitten, sagst? Hans, mi nit, aber d' Leit im Dorf! Die wo zahlt ham und immer no zahl'n müass'n. Dene hast du mit deiner Sturheit wehton!«

»Und wie kann i's wieder richten?«

»Geh zum Vorsteher und – wenn d' wuilst – geh' beichten!«

»Hab i mir doch denkt, daß dös aa kimmt!«

»Und wie is kemma, daß du umdraht hast?«

»Laß dir's vo meine Leit verzähl'n! I geh' in d'Kirch! Muaß mi niedersitz'n!«

Da begann sein Eheweib zu berichten, und der Großknecht erzählte den Hergang im Brunnen, und die Kinder überstürzten sich fast bei der Darstellung, daß sie sich ins Gras gekniet und die Gottesmutter vom Kirchwald um Hilf' gebettelt hätten. –

Als es dann Abend geworden und die Nacht heraufgezogen war, setzte sich der Einsiedler vor das dicke Mirakelbuch, das seine Vorgänger begonnen hatten, und schrieb:

>*Anno 1725. Hans Lechner in Nußdorf hat sich in großer Gefahr seines Lebens, welcher in einen seiner Ziehbrunnen hinuntergestiegen, willens, selben zu räumen, und ist in währentem der Brunnen eingefallen und hat ihn bis an den Hals verschidtet, ist doch durch die Vorbitt der Muetter Gottes glicklich davon khommen.*«*

Der Bauer Lechner hat durch dieses Ereignis einen heilsamen seelischen Schock erfahren. Er führte bis ans Ende seiner Jahre ein Gott wohlgefälliges Leben und war den Menschen seiner Umgebung allzeit hilfsbereit. Den Eremiten Casimir und dessen Nachfolger verehrte er, als wären sie Himmelsboten.

Auf der Gemeinde zahlte er alles nach und erhielt Anschluß an die Wasserleitung. Seine Ziehbrunnen ließ er zuschütten . . .

Überlang fing's an zu schnei'n. Die Innschiffer hatten ihre Tätigkeit eingestellt; dafür fuhren jetzt die Holzschlepper Tag für Tag in die Wälder und zogen die Bäume heraus, deren die Köhler in der Kiefer, am Samerberg und anderswo bedurften, um die Erzbergwerke draußen in Schwaz und drüben in Aschau andienen zu können, nicht zu reden von den Nagel- und Sensenschmieden in den Gebirgstälern. Diese gefährliche Arbeit brachte den Bauern jenen Verdienst, den ihnen der karge Boden oft versagte. Und weil da nicht selten durch Unachtsamkeit und Leichtsinn der und jener

Bauer oder Knecht sich eine böse – bisweilen tödliche! – Verletzung zuzog, pilgerten die Angehörigen eifrig auf den Kirchwald und flehten zur Muttergottes um Schutz und Schirm; – und Pater Casimir nahm sich freudig ihrer an und tröstete die Leidgeprüften.

★

Um diese Zeit war es auch, daß der allergnädigste Herr Kurfürst Max Emanuel – nicht zuletzt wegen seines sündhaften Lebenswandels – von einer schweren Krankheit heimgesucht wurde. Krampfhafte Wogen des Schmerzes durchwühlten seinen Körper, so daß ihm sogar die Aufnahme von Nahrung oft verleidet war. Da halfen auch die anderthalbhundert geistlichen Bücher nichts, die er sich in sein Krankenzimmer bringen ließ, damit ihm der Beichtvater daraus vorläse. Von schrecklichen Todesängsten gequält, starb er am 26. Feber 1726, – so ziemlich von niemandem betrauert, am wenigsten von seinen Bayern; denn die hatten jetzt die horrente Bürde von dreißig Millionen Staatsschuld zu übernehmen. Da wurde an den Biertischen derart laut geflucht und gelästert, daß der Hungerturm und das Malefizhaus oft überfüllt waren.

Zwar zelebrierte die Landeshauptstadt die Funeralien (Leichenbegängnis) ihres Fürsten glanzvoll und prächtig, doch die Mehrzahl der Trauergäste dachte an das viele Geld, das sie jetzt zu zahlen hatten. Die Gattin Kunigunde, die polnische Königstochter – betrogen von ihm am laufenden Band – verließ München und zog sich nach Venedig zurück, wo sie mit dem Beichtvater Schmacke zehn glückliche Jahre verlebt hatte. Jetzt konnte der Jesuit sie nicht mehr begleiten, weil er von seinem Generaloberen nach Neustadt an der Donau befohlen worden war, um dort als »pater spiritualis« (geistlicher Berater seiner Mitbrüder) zu wirken. Es wird berichtet, er habe dort viele seiner Verfehlungen abgebüßt. – Ob sich die Frau Kurfürstin hat damit trösten können?

Die übrige Verwandtschaft des Hauses Bayern freilich wußte sich sehr bald zu trösten, und zwar bei den Ergötzlichkeiten der Jagd reihum im Lande. Da machte vor allem jene Parforce-Jagd viel von sich reden, zu der die Frau Kurfürstin Amalia, die Kaisertochter aus Wien, ohne Beachtung des sogenannten Trauerjahres Mitte Juni 1726 eingeladen hatte: eine Jagd auf Hirsche im Umfeld des Schlosses Heimhausen hinter Freising. Die Hegezeit für diese prächtigen Tiere war vorbei; jetzt standen sie im besten Safte und durften erlegt werden.

Zu den Geladenen zählte neben den Wittelsbach'schen vor allem Max von Preysing, der die hohe Frau gewissermaßen als Hochzeitslader seinerzeit ins Bayernland gebracht hatte. Sie hatte ihm durch einen reitenden Boten auf die Brannenburg einen charmanten Brief geschickt – als Wienerin verstand sie sich auf Charme! – und ihn gebeten, in seinem Gefolge auch den Eremiten Casimir vom Kirchwald mitzubringen, zu dem sie damals ein besonderes Vertrauen gewonnen habe. –

Der Preysing beorderte den Einsiedl alsbald zu sich.

»Du mußt ihr einen Mords-Respektum eingeflößt haben, daß sie sich vier oder fünf Jahre später immer noch deiner erinnert!«

»Gnädigster Graf, ich habe mit der hohen Frau bloß ein Schwätzchen getan unter vier Augen. Das hat ihr offensichtlich gefallen.«

»Vielleicht möcht' sie dich zum Beichtiger haben!«

»Das hat sie schon damals haben wollen; hab' ihr aber den Willen nit erfüllt. – Ihr wißt, warum.«

»Bist du inzwischen mit dir im Reinen?«

»Alles in allem: Ja!«

»Und hast keine Bedenken, sie könnt' dich mit der anderen überrumpeln?«

»Keine Bedenken, gnädigster Herr!«

»Dann reitest also mit mir! A anständig's Roß steht auf der Burg. I lass' dir sagen, wann du zu uns kommen sollst!« . . .

Dann, gegen Ende des Monats, waren sie in München im Nymphenburger Schloß untergebracht. Der neue Kurfürst Carl Albert weilte nicht bei Hofe. Er reiste in den europäischen Hauptstädten umher und warb bei den Mächtigen um Unterstützung, falls irgendwann die Frage nach dem Nachfolger auf dem Kaiserthron in Wien aufgeworfen werden sollte; denn der Kaiser besaß keinen männlichen Erben, sondern nur die zwei Töchter Amalia, die Gemahlin des Kurfürsten von Bayern, und Maria Theresia.

Und der Bayer glaubte, die ersten Erbansprüche geltend machen zu können.

0-0-0-0-0

Die Parforce-Jagd

Über das wellige Hügelland flutete zitternder Sonnenglast. Die Zwiebeltürme der Dorfkirchen schienen – gleichsam in sich versunken – die Mittagsruhe zu genießen, als die zehn Leibwagen und die dreißig oder vierzig Reiter – Herrschaften und Knechte – im Schloßhofe von Heimhausen einkamen.

Hier war etwa die gleiche Anzahl von Treibern versammelt, an ihrer Spitze der Unterkommandant der Parforce-Jagd und Generaladjutant der Frau Kurfürstin, Graf Ferdinand Rambaldi.

Die Herrschaften stiegen aus den Wagen oder aus den Sätteln und begaben sich in den großen Festsaal des Schlosses, um sich noch kurz für die Jagd zu kleiden und zu richten.

Die Treiber und Knechte verließen mit der jaulenden Meute den Hof und wurden von etlichen Forstmeistern in ihre »Relais« eingewiesen, das heißt, an jene Stellen, an welchen der zu jagende Hirsch ausgemacht worden war. Ein Parforce-Horn erschallte – und die Meute fuhr in das Dickicht, gefolgt von einigen berittenen Jägern.

Bald hörte man die Hunde da, bald dort jaulen, hörte das Weidgeschrei der Treiber, bis auf einmal »la vue« geblasen wurde: der Hirsch war gesichtet worden. Nun setzten sich die Herrschaften auf diesen Punkt zu in Bewegung. Das alles währte länger als drei Stunden.

Endlich hatten dann die Hunde das gehetzte Tier gestellt.

Jetzt bliesen die treibenden Jäger den sogenannten »Fürstenruf«, worauf die hohe Jagdgesellschaft sich –

horrido! – dahinbegab. Die Frau Kurfürstin ließ sich die Steinschloßflinte reichen und jagte dem erschöpften Zwölfender oberhalb der Augen eine Kugel in den Kopf. – Und die Jäger bliesen die Fanfare »la mort (tot)«.

Dieser Akt entbehrte nicht einer gewissen Feierlichkeit. Alle waren schweigend auf ihrem jeweiligen Platze verharrt, und erst als der Fangschuß gefallen war, brach der allgemeine Beifall los. Darauf ritten die Herrschaften in gestrecktem Galopp über Wiesen und Felder dem gastlichen Schlosse zu, wo eine dem hohen Anlaß entsprechende Brotzeit bereitstand.

Es dunkelte schon, und die Kammerfräulein ließen eine starke Müdigkeit erkennen, weshalb sie auch den Tafelfreuden nur bedingt zusprachen. Es gelüstete sie nach einem erquickenden Bade. Nun gab es aber auf Heimhausen bloß zwei Badestuben: eine für die Herrschaft, die andere für den Gast. Weil aber diesmal die Gäste in so stattlicher Zahl erschienen waren, hatte man eine glückliche, wenn auch gewagte Lösung getroffen: das geräumige Waschhaus. Man hatte es in der Quere durch eine hohe, hölzerne Wand getrennt, um Anstand und Sitte zu wahren, – was besonders den Kammerfräulein zugute kommen sollte. Dabei wußte aber jedermann, daß die meisten dieser anderthalb Dutzend Damen schon zu Zeiten des gottseligen Herrn Kurfürsten Max Emanuel in der Badenburg zu München ihrem Herrn schwimmend und bei zarter Musik ohne Scheu assistiert hatten – nackt wie sie nicht nackter hatten sein können.

Man begab sich also in das zweigeteilte Waschhaus, wo – hier Mägde, dort Knechte – das duftende warme Wasser in hölzerne Zuber schütteten und je nach Bedarf den einen oder anderen Buckel schrubbten: ein rares Vergnügen! –

Wie es nun bisweilen so geschieht: das edle Fräulein Livia von Laiming, das während es ganzen Tages den Einsiedel Casimir nicht aus den Augen gelassen hatte, setzte sich in einem günstigen Augenblick von den anderen ab und huschte ins Schloß, wo in der Nähe des Kapellentraktes dem Eremiten ein Stübchen gerichtet worden war, unmittelbar neben der Kammer des Grafen Preysing. Im Schloß herrschte eine schier klösterliche Ruhe, seufzte doch das ganze Hauspersonal unter der Last dieser oder jener Aufgabe, vor allem im Waschhause. Geschmeidig wie eine Wildkatze schlich Livia an den Türen mit den hohen Supraporten vorbei, hörte noch den Preysing arg husten und stand dann vor Casimirs Kämmerchen. Sie drückte die Tür auf, die leicht quietschte, – dann sah sie sich bis auf vier Ellen dem Manne gegenüber, der ebenfalls dabei war, sich aus einem Lavoir den verschwitzten Körper zu erfrischen. Jetzt griff er nach der Kutte, warf sie sich über und sprang hinter den kleinen Tisch.

»Fräulein«, sagte er leise, »ich darf nicht schreien, denn nebenan schläft der alte Graf Preysing – und der braucht seine Ruhe!«

Sie näherte sich zwei Schritte: »Ich will dem Grafen nichts! Dich wollte ich! Doch wenn ich dein ausgemerkeltes Gestell sehe, vergeht mir alle Lust. Als ich dich auf Kirchwald in der Kutte sah, kamst du mir vor wie der Sohn eines Propheten; jetzt ekelst du mich an!«

Sprach's und war in der Nacht verschwunden.

★

Als sich am hohen Nachmittag alle wieder um die Frau Kurfürstin versammelten, um zu einem neuen Jagderlebnis aufzubrechen, erklärte sie, unpäßlich zu sein, und wünschte allen Weidmanns-Heil. Darauf bat sie den Einsiedler Casimir Weiß zu sich.

Die beiden an der Tür ihrer Gemächer stehenden Hatschiere salutierten, und er folgte ihr. Sie ließ sich in einem großen Lehnstuhle nieder, der das zierliche Frauchen fast zu verschlingen schien; jetzt hätte auch der Laie erkannt, daß sie gesegnet ging. Eine Kammerfrau brachte ihr den Fußschemel und eine Decke. Dann war Casimir mit Amalia allein.

»Pater«, begann sie, »seid Ihr krank? Seit unserer Begegnung in Eurer Einsiedelei auf Kirchwald scheint Ihr arg geschwächt zu sein!«

Casimir nickte bejahend und erwiderte: »Erzfürstin, wie verdiene ich Eure Teilnahme an meinem Geschick? Doch Ihr habt recht! Ich habe harte Monate voll seelischer Erschütterungen durchgestanden, Erschütterungen, die mich in meiner menschlichen Armseligkeit beinahe an den Rand der Existenz gebracht hätten. Und nur dem kraftvollen Zupacken des erlauchten Grafen Preysing dürfte es zu verdanken sein, daß ich mich wieder erfangen habe.«

»Ja, der Preysing! Er ist ein gottbegnadeter Rüpel mit einem goldenen Herzen! Wir wissen nicht, ob Wir noch am Münchner Hofe wären, wenn er Uns nicht in entscheidenden Augenblicken immer wieder beigestanden wäre und Uns den Kopf zurecht gesetzt hätte. Aber auch Euch, Klausner Casimir, verdanken Wir viel! Wir verdanken Euch die feinen Worte über die Gnade, die Ihr an jenem Tage der Einkehr zu Uns gesprochen habt!«

»Dankt nicht mir, Erzfürstin, sondern Unserem lieben
Herrgott, der mir damals – ohne mein Zutun – jene
Worte in den Mund gelegt hat!« –
Nach einer Weile fuhr die Kurfürstin fort: »Wir haben
Euch zu dieser Jagd eingeladen, um die Bitte zu wieder-
holen, Unser Beichtiger zu werden. Weil aber Livia von
Laiming Uns gestern wissen ließ, sie hege ein absonder-
liches Verlangen nach Euch, wollen Wir davon abste-
hen – zum Wohle von Euch, von ihr und von Uns! –
Es war uns ein echtes Anliegen, Euch dies zu sagen!«
Der Einsiedler, den die hohe Frau inzwischen zum Sit-
zen eingeladen hatte, lächelte: »Das war gestern,
meine Fürstin; heute liegen die Dinge bereits anders.
Das edle Fräulein hat mich während der Nacht besucht
und meinen elenden körperlichen Zustand gesehen.
Darüber entsetzt, bekannte sie ihren Ekel vor mir. –
Besseres konnte mir nicht geschehen!«
Kurfürstin Amalia schüttelte den Kopf: »Wir hatten
geglaubt, die jungen Dinger seien nur in Wien laster-
haft und gemein; doch scheint München hierin nicht
zurückzustehen . . .«
Der Einsiedler: »Hochverehrte Fürstin, wenn auch somit das 'absonderliche Verlangen nach mir' – wie Ihr
es zu nennen geruhtet – des Edelfräuleins hinfällig geworden ist, so bitte ich Euch dennoch, mich um meines
Seelenheiles willen nicht an Euren Hof zu berufen.
Ausgewachsene Bäume soll man nicht verpflanzen,
und das Bergkraut verkümmert in den Gärten der Könige! Laßt es dabei bewenden, daß ich auf meinem
Kirchwald Euch betend nahe bin!«
Nach einer längeren Bedenkzeit erhob sich die Fürstin
nicht ohne Mühe aus dem prunkenden Sessel, kniete
vor dem Eremiten nieder und sprach: »Pater, Wir ge-

hen Unserer schweren Stunde entgegen: Segnet Uns
beide!« . . .

★

Im Laufe des Nachmittags verschlechterte sich die Un-
päßlichkeit der Kurfürstin merklich, so daß der Preysing, der Rambaldi und die zwei mitgekommenen Leib-
physici in einem kurzfristig anberaumten Gespräch
sich entschlossen, die hohe Frau noch in der bevorstehenden Nacht nach Nymphenburg zurückkehren zu
lassen.

Max von Preysing stellte ein kleines Geleit von zehn Ka-
valieren und ebenso vielen Edeldamen zusammen, dessen Führung er selbst übernahm; Graf Rambaldi sollte
mit den Zurückgebliebenen die Jagd fortsetzen und
zum guten Ende bringen. Pater Casimir Weiß saß mit
im Jagdwagen des Herrn von Preysing, während die
physici das kurfürstliche Geleit rechts und links reitend
begleiteten. –

Wie sich dann in München nach Consultation einiger
Frauenärzte ergab, hatte sich die hohe Frau beim Par-
force-Ritt durch die Wälder etwas übernommen und
wurde jetzt – mit aller schuldigen Hochachtung und
Ehrfurcht – gehalten, den Sattel bis zu hochdero gesegneten Niederkunft zu meiden. –

Preysing und der Eremit verbrachten den Rest der
Nacht und den ganzen anderen Tag im gräflichen Palais
gegenüber der kurfürstlichen Residenz, ehe sie in der
großen Brannenburger Karosse ins Inntal zurückkehr-
ten.

o-o-o-o-o

Das letzte Kapitel

Drei Klausnerbrüder sind uns auf den Seiten dieses Buches begegnet — keine Hochgestochenen, sondern Männer wie du und ich: mit Fehlern behaftet, schuldig geworden, aber immer wieder bereit, mit des Himmels zuvorkommender Gnade in ihrem Lebens- und Schaffensbereich dem Guten eine Gasse zu bahnen. — Dem dritten von ihnen — P. Casimir Weiß — wollen wir noch das letzte Geleit geben, hat er uns doch nach den zweiundfünfzig Jahren seines Lebens am Hange des Inntals — in Kirchwald bei Nußdorf — ein kleines Gotteshaus, eine Stätte der Kunst, der Beschaulichkeit und des Friedens hinterlassen: ein Geschenk, dessen Wert wir Heutigen nicht leicht in unseren Herzen ermessen — noch nicht . . .!

Als Casimir wieder in seine Klause heimgekehrt war, erwog er die Ereignisse der zwei verwichenen Nächte und wurde von großer Dankbarkeit und stiller Freude erfüllt, wurde aber zugleich auch inne, daß es mit den Kräften seines nicht gerade robusten Körpers sachte bergab ging. Es galt daher, das Haus zu bestellen und für den Nachfolger herzurichten; denn wehe dem, der seine letzten Dinge — und die vorletzten! — nicht in Ordnung gebracht hat, ehe er das Zeitliche segnet: Die Nachkommen werden Schindluder treiben mit seinem Gedächtnis!

Inzwischen hatte auch ein strenger Winter eingesetzt, so daß der Eremit manchen Tags seine Klause nicht verlassen konnte, um dem Vikar in Nußdorf behilflich zu sein und die Naturalspende des jeweiligen Bauern entgegenzunehmen. An solchen Tagen legte er die Liste seines Vermächtnisses an. Und wenn er auch nicht mehr viel zu vermachen hatte, so sollte doch alles – auch das Kleinste – seinen Rang und Namen haben im Inventar dessen, was er noch besaß:

>*Ein Goldwägl samt den Einsätzen, vier harberne Hemden, ein Leylach, ein Tischtuch, zwei Handtücher, ein hölzerner Einsiedlerstab, ein Habit (Kutte), zwei Mäntel und ein schwarzer Huet. Desgleichen eine große und eine kleine Spannsag, zwei Hobel, ein Hammer, zwei Stemmeisen, zwei Druckstöcke.*«

Schon aus diesen Einzelheiten mag man auf die armselige, büßerhafte Ausstattung seines Haushalts schließen. – Um so mehr ist man erstaunt, zu hören, daß er noch sechs geistliche Jahrtage stiftete in der Absicht, Einsiedler und Schule in Kirchwald zu erhalten. Ebenso sorgte er noch dafür, daß jeder seiner Nachfolger jährlich zehn Gulden und dazu das Schmalz erhalte, das seit Bestehen des Ewigen Lichts (1727) geopfert wurde, etwa sechs bis zehn Pfund. Überhaupt sollte das Ewige Licht »in Hinkunft« aus seinem Vermächtnis bestritten werden. Auch waren darin Beträge vorgesehen »zur Aufpauung beider Sakristeien, zur Drucklegung eines Büchleins über den Ursprung dieses Gnadenortes, zur Aufrichtung des Brindels, zur Erhaltung des Kirchdaches und der Klause nebst Gartenplanken und zur Schaffung eines neuen Choraltars.«

Mit solchen organisatorischen Aufgaben füllte der Einsiedel die harten Tage und Nächte aus, wo niemand auf den Kirchwald pilgerte: die Wallfahrer wären im Schnee stecken geblieben.

Als es aber Mai geworden war, erschienen sie wieder in kleinen Gruppen und in großen Prozessionen. Freilich blieb den Leuten der Körperverfall des Paters nicht verborgen; vor allem gab ihnen zu bedenken, daß er bisweilen vor ihnen stand, blaß wie eine Kalkwand; und die, welche ihn schon öfter gesehen hatten, bangten um ihn. Fragten sie ihn voller Besorgnis, so pflegte er ihre Bedenken zwar herunterzuspielen, machte sich aber seine Gedanken, die mehr und mehr auf die Verinnerlichung seines Tuns und Lassens abzielten, Gedanken auch, die ihn mahnten, alles im Spiegel der Jenseitigkeit anzusehen. Dadurch gewann er eine nicht geringe Selbstsicherheit, so daß die Leute, denen er begegnete, ihm immer mehr Ehrfurcht und Hochachtung erwiesen.

Während des Sommers verdichtete sich in ihm die Überzeugung, daß seine Tage gezählt seien und er den kommenden Winter nicht überdauern werde.

Doch er überdauerte ihn, so daß sogar das Frühjahr 1728 eine letzte Belebung seiner Kräfte bewirken konnte: Er streifte mit seinen Schülern manche Stunde durch den ringsum aufatmenden Wald, belehrte sie über die Arten der Bäume, die Behausungen der Vögel, die Bauten von Fuchs und Dachs und über die Staatsform der Ameisen. Dabei versäumte er nicht, die Wunder der Natur als göttliche Geschenke anzusprechen. – In seinen Predigten vor den Inntaler Wallfahrerzügen erzählte er von der Lust und Gefahr der Flußschiffahrt, schilderte das eine oder andere wunderbare Ereignis von Rettung aus Wassersnot und rühmte die harte und gefahrvolle Arbeit der Schiffleut'. – Auf der Gasse oder wenn er durch die Felder ging, hatte er für jedermann ein liebes, freundliches Wort, so daß alle meinten, er sei »über den Berg«.

Mitte Juli jedoch wurde er wie aus heiterem Himmel von hitzigen Fieberwellen erschüttert, so daß der Rosenheimer physicus meinte, es habe ihn von außen her »etwas angeflogen«. Casimir war innerlich gefestigt und sah dem jähen Verfall seiner Leiblichkeit ebenso gefaßt entgegen wie dem kommenden Leben seiner Seele.

Sein Biograph Josef Dürnegger schrieb vor einigen Jahrzehnten:

>»Der St. Annatag 1728 (26. Juli) rief ihn hinüber in die Ewigkeit. Mit ihm schied ein großer Kulturträger seiner Zeit, ein Bahnbrecher für wahre geistige Aufklärung in Kirche und Schule, ein Wohltäter der Menschen. Das Sterbebuch bemerkt kurz und bündig: 'Fromm im Herrn versehen mit den Sterbesakramenten, starb der ehrwürdige Herr Casimir Weiß a Jesu Maria vom Orden des hl. Hieronymus, Priester und Eremit in Kirchwald, 52 Jahre alt.«*

Und Josef Dürnegger fährt fort:

>»Zur Beerdigung war die ganze Umgebung erschienen. Dabei konnte man elf Klausner zählen, für die im Testament je ein Buch und drei Gulden für die Teilnahme vorgesehen waren.«*

Die Klausner kamen von:

> Hl. Kreuz zu Windshausen
> Erl
> Trissel
> Wall
> Nuslberg bei Oberaudorf
> auf der Bieber bei Brannenburg
> Schwarzlack
> Au bei Aibling
> Weidach
> Thann im Wald
> Großhöhenrain bei Frasdorf

P. Casimir Weiß wurde in seinem Kircherl auf dem Kirchwald vor dem Hochaltar beigesetzt. Dabei sangen die elf Klausner – und es hallte in den Gewölben wie ein Posaunenchor:

> *»Wann es geht auf die Neig',*
> *Daß d' kommen wirst zum Sterben,*
> *Maria sich dann zeigt*
> *Und läßt dich nit verderben.*
> *Sie wird vor Gott's Gericht*
> *sich deiner nehmben an (!)*
> *Und dich verlassen nicht*
> *Bei ihrem liebsten Sohn;«*

o-o-o-o-o